ELINOR BICKS

Lavendelbitter

MÖRDERISCHE MITGIFT Lore Kukuk wohnt auf dem Otzberg, einem erloschenen Vulkan. Sie ist nicht mehr die Jüngste. Mehr Frucht als Blüte und auch die schon ziemlich welk. Als Lazlo Kalinn ihr den Hof macht, scheint sich das Blatt zum Positiven zu wenden. Doch dann wird der Verehrer tot in seiner Wohnung aufgefunden. Aus der Traum. Und noch schlimmer: Lore wird zur Hauptverdächtigen. Denn der Tote riecht auffällig nach Lavendel und Lore ist im ganzen Dorf bekannt für ihren Lavendelgarten. Außerdem säumt eine Reihe rätselhafter Männermorde ihren Weg. Kommissar Roland Otto, Ex-Bundeswehr-Flieger, und sein Assistent ermitteln. Der Kommissar ist als einziger von Lores Unschuld überzeugt, doch dann stößt er in ihrem Haus auf ein belastendes Beweismittel …

Ein packender Garten-Krimi rund um große Gefühle, kleine Hilfsmittel und Rezepte aus Omas Kräuterbuch – auf keinen Fall zum Nachmachen!

© Ute Ringwald

Elinor Bicks wurde 1966 in Darmstadt geboren und wuchs zum Teil im Odenwald auf. Sie studierte Romanistik in Heidelberg und Bogotá, Kolumbien. Nach Ausflügen in den Journalismus und als Sprachlehrerin landete sie in der Werbung, wo sie viele Jahre als Texterin und Strategin in internationalen Agenturen für bekannte Marken tätig war. Die Autorin lebt heute als Freiberuflerin in der Mainmetropole Frankfurt und besucht immer wieder gerne den Odenwald. Zur Recherche hat sie sich tief in die Welt der Heilpflanzen eingegraben.

ELINOR BICKS
Lavendelbitter

Roman

GMEINER SPANNUNG

Ausgewählt von
Claudia Senghaas

Besuchen Sie uns im Internet:
www.gmeiner-verlag.de

Im Ehnried 5, 88605 Meßkirch
Telefon 07575/2095-0
info@gmeiner-verlag.de

1. Auflage 2015

Lektorat: Claudia Senghaas, Kirchardt
Herstellung: Mirjam Hecht
Umschlaggestaltung: U.O.R.G. Lutz Eberle, Stuttgart
unter Verwendung eines Fotos von: © magdal3na / Fotolia.com
Druck: GGP Media GmbH, Pößneck
Printed in Germany
ISBN 978-3-8392-1643-9

Personen und Handlung sind frei erfunden.
Ähnlichkeiten mit lebenden oder toten Personen
sind rein zufällig und nicht beabsichtigt.

GLÜCKSJAHR

Lore schnupperte, aber riechen konnte sie nichts. Sie sah nur ein lilablaues Glitzern, das am Ende des Gartens durch das Grau der verdorrten Dornenbüsche schimmerte. Wenn sie die Augen zusammenkniff, verflüssigte sich der glitzernde Schleier zu einem violetten Meer. Der Lavendel. In den letzten Jahren hatte er so schüchtern geblüht, dass sich die lila Blüten kaum gegen die wuchernden Brombeersträucher abhoben. Doch jetzt schleuderten die prallen Dolden den Blütenstaub in die Luft und bildeten eine schimmernde Puderwolke. Das passiert nur in Glücksjahren, hatte Oma Kukuk gesagt.

Lore trat von der backofenheißen Terrasse in den Garten und bahnte sich den Weg durch das dichte Gestrüpp, dort wo einst der Pfad durch Omas Beete führte. Die Dornen verfingen sich im Stoff ihres Kleides und rissen Fäden aus dem weißen Leinen. Lore spürte das Brennen von kleinen Kratzern auf ihren Armen, von oben brannte unbarmherzig die Sonne. Zwischen dem Brombeergestrüpp wucherten Flughafer und Gänsefuß, dazwischen ragten die hohen grünen Dolden der Fuchsschwanzgewächse auf, ein Stockwerk tiefer breitete sich Hundspetersilie büschelweise aus. Lore blieb stehen. Hier war einst das Gemüsebeet. Sie kannte die Abfolge der gepflanzten Sorten noch genau: Kohlrabi, Kartoffeln, Tomaten zur Rechten, links standen die Beerensträucher: rote und blaue Johannisbeere, Stachelbeere und Brombeere, weiter unten die Erdbeeren, dann die Kräuter. Das gute und das böse Beet. Lore ging weiter und schob mit den Händen das Gebüsch auseinander. Plötzlich stand sie mittendrin im lilablauen Duftmeer. Rechts der Schopflavendel mit den gezackten Blüten und dem kampferartigen, stechenden Geruch. Links der Lavendula angustifolia, der tiefviolett blühende Lavendel, dessen ätherisch-süßer Duft die ganze Welt verzaubert.

Da, wo die Stauden kleine Gewölbe bildeten, hatte Lore als Kind oft gehockt, den Kopf zwischen den Blütendolden, die würzige Sommerluft geatmet und dem Hummelbrummen gelauscht. Der Duft ließ Bilder vorbeiströmen von lavendelblauen Hügeln, die sie von Postkarten kannte, am Mittelmeer, wo die Sonne von einem stahlblauen Himmel schien. Oma Kukuks erster Mann hatte ihr die blauen Stauden vom Frankreichfeldzug mitgebracht. Auf dem kalkhaltigen Untergrund gediehen sie ausgezeichnet und breiteten sich Jahr um Jahr aus. Oma Kukuk kurierte damit Nierenleiden, Bienenstiche und Wunden. Die ätherischen Öle wirkten jedoch nicht nur bei körperlichen, sondern auch bei seelischen Wunden. Auch bei Schwermut und Nervosität schwor Oma Kukuk auf ihre Lieblingsblume.

Lavendel klärt den Geist und belebt die Sinne.

Lore strich über die Blüten, die sich der Sonne entgegenreckten. Damals, nach dem unschönen Vorfall mit Freddy und dem Tollkirschen-Schnaps, war sie wie ein Mähdrescher durch Omas Garten gepflügt und hatte alles Wachsende vernichtet, nur der Lavendel blieb verschont. Das Versprechen, den Lavendel zu hüten, hatte Oma Kukuk Lore noch am Sterbebett abgenommen. »Achte auf den Lavendel.« Den Satz, mit kindergroßen Augen ausgesprochen, hatte Lore all die Jahre nicht vergessen können. Erst recht nicht, seit sie erfahren hatte, dass der Lavendel Omas Geheimnis hütete. Bis heute verteidigte Lore den Streifen Land wie eine Löwin, um Oma und ihr Vermächtnis zu schützen. Lore pflückte ein paar Stängel mit den vollreifen Dolden und ging dann zurück ins Haus. Sie band die Zweige zu einem Sträußchen und hängte sie kopfunter ans Fenster.

Lavendel, Universalreiniger des Lebens.

BERG UND TANZ

Drei kurze Huptöne ertönten vom Burghof. Lores Herz flatterte. Lazlo. Sie warf einen Blick in den

Spiegel. Das weiße Leinen war übersät mit Kletten, dazwischen hingen die Spelze des Flughafers. Mehrere Fäden waren gezogen, an den Seiten verliefen feine grünbraune Striemen auf dem weißen Stoff, als hätte jemand sie ausgepeitscht. Lore lief ins Schlafzimmer und öffnete den Kleiderschrank. Sie griff nach dem lavendelblauen Taftkleid und hielt es sich an. Eigentlich zu elegant für den Anlass. Aber egal. Außerdem war die Farbe ein gutes Omen. Sie schlüpfte hinein und ordnete anschließend ihr Haar. Ihre Achseln konnten etwas Deodorant vertragen. Sie wollte das Zimmer gerade verlassen, da fiel ihr Blick in die Nische zwischen Schrank und Wand, wo sich der kleine Kasten befand: Omas Arzneikasten.

Mit klopfendem Herzen zog Lore ihn aus der Nische und öffnete die Fächer. Ihre Finger flogen über die braunen, säuberlich beschrifteten Fläschchen, sie zog zielsicher eines heraus und hielt es gegen das Licht. Zu gut einem Drittel war es mit feinem Pulver gefüllt. Kalmuswurzel, Alraune, Appelgranat.

Liebespfeffer befeuert das Begehren.

Lore unterdrückte ein Grinsen. Ich sollte nicht, dachte sie und schloss ihre Faust um das kühle Glas. Niemand wusste so gut wie sie, dass derlei Nachhilfen bittere Folgen nach sich zogen. Aber verdammt, sie war mit keinem Mann mehr ausgegangen, seit Ronni tot im Erdbeerbeet gelegen hatte. Und das war mehr als 30 Jahre her. Lore ließ das Fläschchen in eine der kleinen Taschen des lavendelblauen Taftkleides gleiten. Wofür waren raffinierte Kleidertaschen sonst da? Hastig schloss sie den Arzneikasten und verstaute ihn wieder in seiner Nische.

Im Bad trug sie Deodorant auf und besprühte sich mit Parfüm. Nach dem milden Duftbad, das sie gerade im Garten genossen hatte, reizte der künstliche Duft ihre Nase und sie musste dreimal kräftig niesen. Dann trat sie hinaus auf den Burghof, wo die Hitze zwischen den Burgmauern brodelte wie in einem Kochtopf. Lazlo wartete neben dem Wagen.

Seine Erscheinung schüchterte sie ein. Im Vergleich zu ihrem ersten Treffen sah er ganz anders aus. Sakko mit Einstecktuch und Stoffhose ließen ihn groß und elegant wirken. Kennengelernt hatte sie Lazlo im Blaumann. Sie war sein Wasserschaden, er ihr Retter in der Not. An einem Sonntagnachmittag hatte er vor der Tür gestanden und den Rohrbruch behoben. Und er hatte offensichtlich vor, in Lores Leben noch mehr in Ordnung zu bringen, denn seitdem war kein Tag vergangen, an dem er sie nicht angerufen und sich nach dem Zustand ihrer Leitungen erkundigt hatte. Und weil diese keinen Anlass zur Sorge mehr gaben, hatte er sie zum Tanzen eingeladen. Damit bewies er ein gewisses Maß an Mut. Mit einer Frau ihres Rufs … Jetzt stand er neben der eleganten Limousine. Bei genauerem Hinsehen war er doch recht unauffällig, die Züge etwas verlebt, der ganze Kerl ein bisschen windschief geraten. Aber was soll's, dachte sie. Sie selbst war auch nicht mehr die Frischeste. Mehr Frucht als Blüte und auch die schon ziemlich welk.

Zur Begrüßung nahm Lazlo ihre Hand und deutete einen Handkuss an, wobei er die Härchen ihrer Fingerglieder mit seinen Lippen berührte. Dann öffnete er die Tür des silbrig flimmernden Gefährts und sie stieg in ein kühl temperiertes Eisfach mit feinem Geruch nach Möbelpolitur und Zeder.

»War Ihnen nicht zu heiß in der Sonne?«, fragte sie, als er von der anderen Seite zustieg. Obwohl er gut und gerne zehn Minuten in der mörderischen Hitze gestanden haben musste, konnte sie keine Anzeichen von Schwitzen an ihm entdecken. Er schüttelte den Kopf.

»Kalte Knochen«, erklärte er und drückte auf einen Knopf am Armaturenbrett. Lore war nicht sicher, ob es sich um die Sitzheizung handelte oder die Ventilation. Wie es sich wohl anfühlte, nachts neben einem leichenkalten Körper zu liegen?

Lazlo ließ den Wagen an und wendete auf dem Burghof.

»Sie leben wie eine Prinzessin«, sagte er mit einem Lächeln. Prinzessin auf dem Vulkan, dachte Lore und ließ den Blick über die sanftkuppige, zertalte Landschaft schweifen. Kaum jemand wusste, dass der Otzberg ein erkalteter Vulkan war. Man sah es der lieblichen Landschaft nicht an, dass sie einst von Naturgewalten geformt worden war. Die sanften Hügel wurden von den handtuchgroßen Feldern in

Gelb, Grün und Braun in einen Flickenteppich gestückelt. Bis Juli hatte es nur geregnet. Deshalb standen jetzt trotz Hitze die Wiesen voll im Saft und leuchteten in hellen Farben. Grüne Grasflächen, durchzogen vom Rot des Mohns, dottergelber Weizen, gepunktet von Kornblumen in knalligem Blau.

»Ich bewohne nicht die Burg, nur das Verwalterhaus«, stellte sie richtig.

»Für mich sind Sie das Burgfräulein. Die Herrscherin von all dem.« Dazu beschrieb er eine Geste, die das Dorf und die Landschaft umfasste.

Wenn du wüsstest, dachte Lore. Als sie das Dorf hinter sich gelassen hatten, öffnete sie das Fenster einen Spaltbreit, um Luft hereinzulassen. Der Duft nach Wiesenkräutern und Feldblumen beruhigte sie wieder, dennoch war ihr Mund trocken. Sie holte eine Dose Minzbonbons aus ihrer Tasche und öffnete den Schraubverschluss. »Möchten Sie?« Sie hielt ihm die Dose unter die Nase. Er schüttelte den Kopf.

»Zucker«, erklärte er. Und dass er auf seine Broteinheiten achten müsse.

Lore schaute vor sich auf die Straße. Himmel, dachte sie. Kalte Knochen und Diabetes. In meinem Alter handelt man sich mit dem Mann einen ganzen Pflegefall ein.

Als sie den Tanzsaal der ›Renate‹ betraten, war die Party bereits in vollem Gange. Der Saal kochte. Hier drinnen staute sich die Hitze und verwandelte die Luft in Gelatine. Lore blickte in ausgelassene, rotwangige Gesichter. Es roch nach Kleidung, die lange im Schrank gehangen hatte, und Haut, die selten schwitzte. ›Adío Mexiko‹ plärrte aus den Lautsprechern, der Refrain wurde mehrstimmig mitgesungen. Lazlo hatte einen Tisch reserviert und bahnte sich den Weg durch die Menge. Lore rieb sich an Nylonblüschen, Tweedsakkos und vereinzelt an einem nackten Arm, der sich unter dem Schweiß anfühlte wie kalter Gummi. Sie setzten sich. Lore bestellte einen eiskalten Rüdesheimer Kaffee und wedelte sich mit der laminierten Eiskarte Luft zu. Lazlo nippte an seiner Cola light. Die Gäste an den Nachbartischen tranken Wein aus Gläsern mit plumpem grünem Stiel. Wer nicht trank, tanzte.

Das letzte Mal tanzen war Lore im vorigen Jahrhundert. Genauer gesagt in den 70ern. Damals wurden im Darmstädter Schlosskeller Jimi Hendrix und die Doors gespielt, dazu trank man Rotwein aus Wassergläsern. Jetzt saß Lore beim Seniorentanz. Alles hatte seine Zeit. Wann kam ihre? Oder war die schon vorbei? Laut durchschnittlicher Lebenserwartung blieben ihr noch vielleicht 25 Jahre. Ein guter Grund, die Sache hier zu beschleunigen. Lore beobachtete die gleichgeschlechtlich weiblichen Paare, die sich auf der Tanzfläche drehten. Dann schielte sie zu ihrem Begleiter, der einer der jungen Bedienungen nachspähte. Als er ihren Blick bemerkte, hielt er ihr die Hand zum Tanz hin. Lore erhob sich und gemeinsam betraten sie die Tanzfläche.

Er nahm sie entschlossen in den Arm, der Druck seiner Hand auf ihrem Rücken war gerade richtig. Das nächste Stück war langsamer. Er zog sie enger an sich, wie zufällig berührten seine Lippen ihren Halsflaum und jagten ihr eine Gänsehaut-Lawine den Rücken hinab. Danach setzten sie sich wieder. Lore lief der Schweiß den Rücken hinunter, sie bestellte Wein mit Eiswürfeln. Die Bedienung war kaum 20 und trug ein Dienstmädchenkostüm mit Schürze. Warum stellen sie in den Oma-Cafés immer so junge Dinger ein?, dachte Lore und bemerkte Lazlos Blick, der die Bedienung verfolgte. Blick auf Hüfthöhe. Sie griff nach ihrem Strohhalm und saugte die Sahne vom Boden des Bechers, wobei sie ein Geräusch verursachte wie der Speichelsauger beim Zahnarzt. Na warte, Freundchen, dachte sie.

GEISTERSTUNDEN

Am nächsten Morgen wurde Lore nur mühsam wach. Der Wecker drangsalierte ihr Trommelfell so lange, bis sie aufstand. Sie ging ins Bad und musterte sich im Spiegel, wobei sie mit den Händen die Falten zu glätten suchte. Wie sah sie nur aus? Mistkerl, dachte sie und spritzte sich Wasser ins Gesicht. In der Küche nebenan setzte sie Wasser auf und machte einen Kaffee, den sie anstarrte, bis es Zeit war, das Haus zu verlassen. Am liebsten hätte sie Krummsiegel abgesagt, aber alles sollte so aussehen, als sei dies ein Tag wie jeder andere.

Sie schlich über den Burghof und betrat das Museum, wo das Schlossgespenst sie mit Eimer und Wischlappen erwartete. Krummsiegel war der Leiter des Otzberg Museums und eigenen Angaben zufolge Nachfahre einer Adelsdynastie, die die Veste Otzberg im Mittelalter bewohnt hatte. Dem Aussehen nach stammte er jedoch von einer Gespenster-Dynastie ab, die seit Generationen im Schloss spukte.

»Ein kleines Malheur im mittleren Raum oben«, erklärte die zwei Meter bleiche Haut mit dem länglichen Gesicht und den schwebenden Haaren. »Ich wollte gerade selbst, aber wenn Sie schon da sind …«

Lore nahm Eimer und Schrubber entgegen, ohne ihn, wie sonst üblich, darauf aufmerksam zu machen, dass sie nicht die Putzfrau war. Sie griff so vehement zu, dass das Putzwasser überschwappte und auf die Nagelränder seiner nackten Zehen klatschte.

Krummsiegel sprang zur Seite. »Passen Sie doch auf!«

»Nehmen Sie es als Erfrischung«, rief Lore barsch und war mit wenigen Sätzen die Treppe hoch. Oben angekommen, schnupperte sie. Der Geruch kam aus dem mittleren Zimmer, wie Krummsiegel gesagt hatte. Dreckschwein, dachte Lore und machte sich an die Arbeit.

Seit die Gegend Otzberg zum Weltnetz der Geoparks gehörte, war auch das Interesse an der Burg und dem Museum sprunghaft gestiegen und Lore hatte alle Hände voll zu tun. Als sie vor rund 20 Jahren ihre Arbeit im Burgmuseum aufgenommen hatte, war nicht mehr zu tun, als ab und an eine Handvoll Trachten auf Schaufensterpuppen zu drapieren oder heimatliche Szenen mit handgemachtem Holzspielzeug nachzustellen. Inzwischen fand alle drei Monate eine Ausstellung statt, immer mit Erlebnischarakter. Und Lore dekorierte.

Für die aktuelle Fledermaus-Ausstellung hatte sie eine Woche lang Tag und Nacht gearbeitet. Die Ausstellungsräume wurden mit schwarzen Tüchern und Pappmaché in lichtschluckende Höhlen umgewandelt und Fledermausattrappen aus Hartgummi so angebracht, dass ihre Flügel riesige Schatten an die Wände warfen.

Die Fledermaus-Ausstellung wurde zum Publikumsmagneten. Eltern kamen mit Scharen von Kindern, verwechselten die Veste mit der Burg Frankenstein, benahmen sich wie zu Halloween. Die dunkle Abgeschiedenheit der Höhlen rief in den Menschen die schlechtesten Eigenschaften hervor. Täglich fischte Lore einen ganzen Eimer Müll aus den Höhlen. Darunter zerknüllte Tempos und Butterbrotpapier, deren

Inhalt in aller Ruhe reifte, bis der Gestank auf die Quelle hinwies. Einmal hatte sie hinter den Tüchern der Großhöhle ein benutztes Kondom gefunden, ein andermal hatte sie einen Schüler in flagranti erwischt, der gerade plätschernd eine Pfütze hinterließ. Lore hatte ihn gepackt und dazu gezwungen, die Pfütze eigenhändig aufzuwischen. Mit einem Tempotaschentuch, das Lore für ihn aus dem Müll gefischt hatte.

Die Eltern des Zöglings beschwerten sich umgehend bei Krummsiegel und dieser hatte ihr mit Entlassung gedroht.

Lore hatte sich entschuldigt, notgedrungen. Sie brauchte die Stelle im Museum. Niemand sonst in der Gegend würde sie beschäftigen. Eine Frau ihres Rufs. Nach Lores Entschuldigung war alles vergessen, und sie blieb Herrin über die Burgausstellungen und die Mittelalterfeste, die ihr ein besonderer Dorn im Auge waren. Zweimal jährlich versammelten sie sich im Burghof. Mittelalterfans, die sich in braune Kutten warfen, das Fleisch mit den Zähnen von der Keule rissen und sich gegenseitig in der dritten Person Plural anredeten. Bezahlt wurde mit zerbeulten Blechmünzen, die sie Gulden nannten, und auf Wettkämpfen wurde mit selbst geschnitzten Weidenbogen auf Strohpuppen geschossen. Gab es etwas Alberneres? Letztes Jahr war ein Mann von einem fehlgeleiteten Pfeil verletzt worden und hatte nur knapp überlebt. Lore war darüber heilfroh gewesen, andernfalls hätte man sie höchstpersönlich verantwortlich gemacht, wie immer, wenn im Landkreis jemand starb. Dabei hatte Lore zu diesem Zeitpunkt nichts anderes getan, als dafür zu sorgen, dass der Honigwein nicht ausging.

Lore schrubbte die Fliesen, klatschte das Bodentuch über den Schrubber und wischte mit ausholenden Bewegungen nach. Den Weg zu den Toiletten legte sie im Schneckentempo zurück. Nachdem Lappen und Eimer gereinigt waren, trat sie ins Turmzimmer und von dort auf den kleinen Balkon.

Hier oben war man der heißen Sonne näher, dafür wehte ein kühler Wind. Lore steckte sich eine Zigarette an und atmete den mentholhaltigen Rauch tief ein. Der klarblaue Himmel intensivierte die Farben der Felder, die Skyline Frankfurts, die sich am Horizont abzeichnete, wirkte wie ein Scherenschnitt in der klaren Luft. Ihr Blick wanderte auf den blau blühenden Streifen ihres Grundstücks. Gestern hatte die Gemeinde ihr wieder einen Brief zugestellt. Die Summe, die sie ihr für den unteren Teil des Grundstückes geboten hatten, war verdoppelt worden. Alles nur, um den Wanderpfad auszubauen. Lore sah im Geist die Menschen, die den Wanderpfad entlangtrampelten, die Rucksäcke auf dem Rücken, aus Plastikflaschen saufend, deren Verschlüsse sie über den Zaun warfen. Doch das war nicht der Grund, warum der Brief im Müll gelandet war.

»Weiberheld«, murmelte sie, schnippte die Zigarette in den Wind und beobachtete, wie die federleichte graue Asche durch die Luft davonsegelte. Dann ging sie zurück in den Turm und stieg die Treppe hinab.

DREAM-TEAM

Der Deckenventilator im Kommissariat Darmstadt knirschte, als könne die Hitze allein durch den Lärm in Schach gehalten werden. Jetzt um zwölf Uhr mittags kapitulierten die Rotorblätter und schaufelten einfach nur die zähe Hitze von einer Ecke in die andere. Der Effekt war so erfrischend wie ein Saunaaufguss. Die Sonne, die durch die strapazierfähigen Nesselvorhänge brach, tauchte das Büro in ein milchiges Licht. Durch ein Brandloch erspähte Hauptkommissar Roland Otto ein Stück lächerlich blauen Himmels.

Mit dem Daumennagel streifte er einen Tropfen Schweiß von der Stirn und wischte die Hand an der Hose ab, bevor er die Seite des Hochglanzmagazins umblätterte. Das Fachblatt für Helikopter-Fans war nur geliehen. Eigentlich war für ihn das Thema Fliegen längst abgeschlossen, aber als er den Titel der Zeitschrift gesehen hatte, hatte er Rudi gebeten, ihm das

Heft auszuleihen. Es ging exakt um das Thema, das ihm beim Einsatz mit der SeaKing damals zum Verhängnis geworden war.

Als Otto einen Knall in der Tür hörte, sah er von seiner Lektüre auf. Brenneisen stand im Türrahmen und hatte die Hacken zusammengeschlagen. In der einen Hand hielt er eine Aktennotiz, in der anderen eine von diesen weibischen Minikarotten, an der er ununterbrochen nagte. Wie jedes Mal überlegte Otto, ob das Zusammenschlagen der Hacken einfach nur eine Marotte seines Assistenten war, oder ob er sich damit dezent über Ottos Militärvergangenheit lustig machte. Otto kratzte sich den kahl rasierten Schädel.

»Was gibt's?«

»Männliche Leiche in Dieburg«, meldete Brenneisen. »Es handelt sich um einen Litauer. Lazlo Kalinn.« Otto lehnte sich zurück und gleich wieder vor, als er das Hemd am Rücken kleben spürte.

»Wer hat ihn gefunden?«

»Der Hausmeister des Wohnblocks. Hat gleich die Polizei verständigt. Ich habe die Kollegen von der Spurensicherung und der Rechtsmedizin schon informiert.«

»Wie bitte?«, knurrte Otto. Das hieß, sein Assistent hatte die Staatsanwaltschaft eingeschaltet. »Was ist denn die Todesursache?«

»Noch nicht bekannt.«

»Wir fahren gleich«, murmelte Otto und beugte seinen Kopf erneut über das Magazin. Der Bericht über die Sea King war wirklich spannend. Es ging um eine vertrackte Eigenheit des Lastenhubschraubers. Der Heckrotor neigte zu Irritationen, wodurch der Pilot schnell den Giermoment unterschätzte und die Maschine unkontrolliert abdriften konnte. Der Autor schrieb einen Bericht über eine waghalsige Landung im Hochgebirge, sein Versagen war Otto ein Trost.

Nachdem er den Artikel zu Ende gelesen hatte, schloss Otto in aller Ruhe die Zeitschrift, legte sie in die oberste Schublade seines Rollboys und drehte den Schlüssel zweimal um. Er griff seine Fliegerjacke, hakte den Zeigefinger in den Aufhänger und schwang sie über die Schulter. »Auf geht's!«, rief er Brenneisen zu, der hinter seinem Rechner aufsprang und laut »Roger!« rief. Otto blickte ihm ins Gesicht. Täuschte er sich oder bekam der Grünling gerade feuchte Augen? Otto unterdrückte ein Grinsen. Der erste Fall war immer etwas Besonderes. Als er nach draußen eilte, glaubte Otto, hinter seinem Rücken erneut das Klacken von zusammenschlagenden Hacken zu hören.

Vom Kommissariat Darmstadt waren es gute 20 Minuten Fahrt nach Dieburg. Die klimagekühlte Fahrgastzelle nahm der grellen Sonne den Stachel und das unbarmherzige Himmelsblau wirkte weniger bedrohlich. Otto fühlte sich wie im Gitterkäfig in einem Haifischbecken. Fast behaglich. Mit untertourigem Lärm bogen sie in die Wohnsiedlung ein, wo sich die Häuser aneinanderreihten wie Dominosteine.

»Schalten Sie mal 'nen Gang runter!«, raunzte Otto und ließ den Blick über die Häuserreihen schweifen. Otto tippte Baujahr 60er-Jahre. Die Rasenflächen waren bis auf die Wurzeln heruntergebrannt. Das Haus, in dem der Tote gefunden worden war, erkannte man schon von Weitem. Eine Horde von Schaulustigen hatte sich zusammengerottet und wartete auf Sensationen. Zum Schutz vor der sengenden Sonne drängten sie sich im Schatten des Baums, der neben dem Haus stand. Herdentrieb, dachte Otto, als er aus dem Wagen stieg.

Verwöhnt von der Klimakühlung, traf ihn die Sonne nun umso brutaler. Otto und Brenneisen überquerten die Straße, wobei Otto das Gefühl hatte, auf Gummi zu laufen. Oder Treibsand. Jedenfalls fühlte sich der weichgekochte Untergrund nicht mehr nach Asphalt an. Die Menge setzte sich in Bewegung, als Otto sie aufforderte, eine Gasse zu bilden. Otto marschierte entschlossen an den Menschen vorbei, den Blick strikt nach vorn gerichtet. Niemand sprach ihn an, die Presse lag scheinbar geschlossen am Baggersee.

Die Wohnung befand sich im zweiten Stock, und obwohl die weiß verhüllten Kollegen von der Spurensicherung darin herumwimmelten wie Insekten, war sein erster Eindruck: kahle Bude. Die Wohnung sah aus, als hätte jemand eine Katalogseite herausgerissen und das Zimmer exakt nachgebaut. Kein persönlicher Stil. Typisch für Junggesellen. Der Tote saß am Tisch. Als wäre er beim Reden eingenickt, der Kopf ruhte auf der Tischplatte. Friedlich irgendwie.

Das weizenfarbene Haar gab dem Gesicht einen violetten Tonus. Das Gelb und das Lila erinnerten Otto an den Kunstunterricht, als die Komplementärfarben durchgenommen worden waren. Blau und Orange, Violett und Gelb, und was war noch gleich das dritte Komplementärpaar? Egal, es war ohnehin verrückt genug, jetzt an seinen Kunstlehrer zu denken.

Helm kam aus dem Nebenzimmer. Im weißen Schutzanzug und mit nach oben gereckten Händen sah der Gerichtsmediziner aus wie eine Gottesanbeterin. »Endlich mal 'ne schöne Leiche!«, rief er zur Begrüßung.

»Na ja«, entgegnete Brenneisen, der offenbar mit seinem Kreislauf rang.

Helm lachte. »Herr Kollege, das ist gar nichts«, rief er fröhlich und nahm die Atemmaske ab. »Sie hätten das Leichenpuzzle im Gaswerk erleben müssen, 24 Stunden haben wir gebraucht, um die Reste zusammenzulegen. Und etliche Teile haben gefehlt.«

Es folgte die Geschichte von der Wasserleiche, die sie vor zwei Jahren aus dem Woog gefischt hatten. »Die mussten wir drei Tage trocknen lassen, bevor sie in den Sarg passte.« Helm war in Hochform. »Entwässerungskur für 'ne Leiche. Das muss uns erst mal jemand nachmachen.« Brenneisen wendete sich ab, doch Helm war noch nicht fertig. Jetzt war der Bauleiter dran, der von einer Eisenplatte sprichwörtlich platt gedrückt worden war. »Den mussten wir rollen wie einen Pfannkuchen, damit er in den Sarg passte.« Krönender Abschluss seines Berichtes war die Geschichte von der sogenannten Putzmarie. Eine weibliche Leiche, die völlig unversehrt war, bis einer der Spurensicherer sie berührte. Daraufhin zerfloss sie vor aller Augen. Die Einnahme von mehreren Litern ätzendem Putzmittel hatte sie von innen förmlich verflüssigt.

Otto versuchte, sein Grinsen vor Brenneisen zu verbergen. Das war die Feuertaufe für alle Neulinge. Dann kam Helm zum aktuellen Fall, indem er auf die Leiche deutete. »Das hier ist übrigens gar kein Mord«, sagte er und wies seinen Assistenten mit einem Handwedeln an, Spuren von der Tischplatte zu nehmen.

Otto fuhr herum. »Soll das ein Witz sein?« Schlimm genug, dass der Anfänger großes Aufgebot bestellt hatte. Wenn jetzt auch noch eine natürliche Todesursache festgestellt wurde, waren sie grandios blamiert. Brenneisens Kopf wurde rot wie ein Zündholzkopf.

»Was ist denn die Todesursache?«, fragte Otto ungeduldig.

»Organversagen, vermutlich verursacht durch eine akute Hyperglykämie. Das heißt starke Überzuckerung. Der Mann war Diabetiker. Wundert mich zwar, warum der Kerl kein Insulin gespritzt hat, aber vielleicht war er ohnmächtig. Näheres weiß ich erst nach einer Laboruntersuchung. Die Kollegen nehmen hier aber trotzdem Spuren, rein routinemäßig, wo sie eh schon mal da sind und nichts Besseres zu tun haben an einem warmen Sommertag«, grinste er.

»Wir machen den ganzen Tanz hier wegen einem Zuckerschock? …« Ottos Hände waren nur Zentimeter davon entfernt, Brenneisen am Kragen zu packen. Er zählte bis zehn und übte sich in progressiver Muskelentspannung.

»Was wissen wir über den Todeszeitpunkt?«, wandte er sich an Helm, weniger aus Interesse als aus dem Bedürfnis heraus, sich von einer Gewalttat abzuhalten.

»Gestern Abend zwischen 20 und 23 Uhr. Könnte auch früher sein, bei der Hitze kühlt die Leiche nicht so schnell ab.« Dann blickte Helm auf und sah Brenneisen an. »Und auch wenn der junge Kollege etwas übereifrig war: Es gibt hier ein paar Ungereimtheiten.«

Otto steckte die Hände in die Taschen. »Schießen Sie los.«

»An einer Hyperglykämie stirbt man nicht so schnell. Für gewöhnlich fällt der Betroffene zunächst ins Koma, in der Regel kann man das Opfer noch retten, bevor dann ein Organ nach dem anderen ausgeknipst wird.« Helm machte eine Geste, als lösche er mehrere nebeneinanderstehende Nachttischlampen.

»Bei ihm ging das Sterben ziemlich flott«, fuhr der Mediziner fort. Otto nickte.

»Und dann der Geruch«, fuhr Helm fort. »Riechen Sie das? Das kommt von der Leiche. Normalerweise verströmt ein Diabetiker bei der ketoazidotischen Form der Überzuckerung einen Geruch nach Acetat, weil das Blut total übersäuert ist. Aber der hier«, Helm wedelte sich etwas Luft zu, »riecht nach Flieder oder Maiglöckchen.«

Auch Otto hatte den seifigen Geruch bemerkt. Wie Erkältungsbad, nur süßlicher. Jetzt schnüffelte auch Brenneisen. »Erinnert mich an Mottenpulver«, sagte er. Helm und Otto tauschten einen belustigten Blick. »Meine Frau nimmt etwas gegen Motten, das ähnlich riecht«, fügte er hinzu.

Otto zog die Brauen hoch. »Ihre Frau nimmt etwas gegen Motten?«

»Also genau gesagt, meine Frau nimmt das nicht, sie steckt das in Säckchen und legt es zwischen die Wäsche.«

Otto studierte seine Fußspitzen. In diesem Moment war er froh, dass er eine Institution wie die Ehe lange hinter sich gelassen hatte.

Im Flur wurde es lebhaft, jemand versuchte, sich Zutritt zur Wohnung zu verschaffen.

»Wer ist hier der Chef?«, kläffte eine heisere Stimme über die Mauer aus Polizeibeamten hinweg. »Hier!«, rief Otto und wies die Beamten an, ihn durchzulassen. Der Mann besaß die Maße einer Puppe und die typische Angriffslust kleiner Männer. Ein blauer Kittel wies ihn als Hausmeister aus. Er baute sich vor Otto auf.

»Knittel, Hausmeister. Ich habe den Totenfund gemeldet«, bellte er in schnellen Silben. Seine Ohren waren groß und bewegten sich beim Sprechen im Einklang mit dem Mund. Für einen Moment glaubte Otto, der Kerl rede mit den Ohren. »Wird der Russen-Kiosk jetzt geschlossen?« Der Kleine duckte sich, als setze er zum Sprung an.

»Welcher Kiosk?«, fragte Otto.

Brenneisen trat hinzu, in der Hand hielt er nun ein Klemmbrett, allem Anschein mit Notizen oder einer Liste, die er abhakte.

»Es handelt sich um den Kiosk des Opfers. Hier gegenüber«, er wies aus dem Fenster.

Der Kleine stemmte die Arme in die Seiten. »Den würde ich gerne übernehmen, damit er nicht wieder in falsche Hände kommt.«

Otto starrte den den Mann Unheil verkündend an und ließ seine Halsschlagadern anschwellen. Das konnte er auf Kommando und hatte damit schon als Jugendlicher erstaunliche Erfolge erzielt. »Hören Sie mal. Die Leiche ist noch nicht kalt und Sie wollen schon die Nachfolge antreten?« Das mit der Leichentemperatur war gelogen. Aber es machte gerade so schön Spaß. »Wenn Sie keine sachdienlichen Hinweise haben, dann rate ich Ihnen dringend zum Rückzug, sonst droht Ihnen eine Klage wegen Behinderung von Ermittlungen«, bellte Otto.

Doch der Kleine ließ sich nicht abschütteln. »Der Kiosk gehört in die richtigen Hände, damit die Nachbarschaft zur Ruhe kommt.« Otto hätte ihn am liebsten am Genick gepackt und nach draußen geschleudert. Aber neugierige Menschen machten oft die interessantesten Beobachtungen.

»Welche Russen?«

Der Kleine leckte sich die Lippen. »Da waren immer jede Menge Russen am Kiosk und haben rumgebabbelt – mit dem Kalinn.«

»Haben Sie gestern Abend hier oder am Kiosk irgendwelche verdächtigen Personen bemerkt?«

Der Kleine dachte nach. »Da war'n immer Verdächtige. Nur net, wenn man sie braucht.« Heiseres Lachen über seinen eigenen Witz.

Otto entschloss sich zu einer für alle Parteien heilsamen Strategie. »Brenneisen«, bellte er, »vernehmen Sie den Mann. Überprüfen Sie sein Alibi. Und ich will alles über den … Russenring wissen.«

Brenneisen nickte so heftig, dass ihm die Haare in die Stirn sprangen, packte den Zeugen bei der Schulter und führte ihn ins nächste Polizeiauto zum Verhör.

Otto schritt langsam durch die Wohnung. Wenn er schon mal da war, konnte er sich genauso gut etwas umsehen. Ganz ruhig stand er da und tat gar nichts. ›Den Raum atmen‹, nannte er das. Nicht, dass er über besondere olfaktorische Fähigkeiten verfügt hätte. ›Den Raum atmen‹ war mehr eine persönliche Bezeichnung dafür, die Schwingungen des Raums aufzunehmen und Unregelmäßigkeiten zu erspüren, die zur Aufklärung des Verbrechens führen konnten. Auch wenn hier erst mal ermittelt werden musste, ob es sich überhaupt um ein Verbrechen handelte.

Die Methode klang zu verrückt, als dass er jemals irgendjemandem davon erzählt hätte. Aber die stille Beobachtung von Tatorten war stets effektiv und gehörte inzwischen fest zu Ottos Repertoire. Jeder Tatort gab das Geheimnis um den Täter preis. Man musste nur richtig hinsehen oder eben hinatmen, dann entdeckte man wertvolle Hinweise zum Tathergang. Einmal hatte Otto den Wasserhahn in einer Küche aufgedreht und aufgrund des Klangs ein Versteck mit wertvollen Beweisen in der Spüle entdeckt. Ein anderes Mal hatte er beim Blick in einen Kleiderschrank allein aufgrund eines verrutschten Handtuches die Tatwaffe gefunden. Die stillen Zeugen nahm man allerdings nur wahr, wenn man sich allein und in vollkommener Stille im Raum aufhielt. Welches Geheimnis bargen jetzt diese Räume?

Er betrat die Küche, die genauso zweckmäßig und kahl eingerichtet war wie das Wohnzimmer. Ober- und Unterschränke, Kühlschrank, Herdplatten ohne Ofen. Auf der Spüle standen zwei umgedrehte Teetassen. »Hier müssen wir Spuren nehmen!«, rief Otto den Kollegen von der Spurensicherung zu. Auch das Schlafzimmer verriet nichts Persönliches. In der Mitte des Zimmers ein Doppelbett mit gemustertem Überwurf, Nachttische rechts und links. Otto tippte, dass der Tote auf der rechten Seite geschlafen hatte, nah am Eingang wie jeder Mann. Er öffnete die rechte Nachttischschublade und fand eine Lesebrille, Ohropax, ein gebügeltes Taschentuch und einen erotischen Taschenbuchroman mit vergilbten Seiten.

Otto überprüfte das Bad. Rasierzeug, Zahnpflege, fein säuberlich im Alibert aufbewahrt. Körperpflegeprodukte in der Dusche. Hier lebte keine Frau. Das wusste er schon aufgrund des fehlenden Backofens. Otto ging zurück ins Schlafzimmer und öffnete den Kleiderschrank. Eine Reihe von Anzügen und entfernt das Aroma der chemischen Reinigung. Rechts die Hemden. Otto überprüfte die Fabrikate. Joop, Lagerfeld, Hemden von Van Laak. Solide Qualität, aber nichts für Kenner. An der Wand gegenüber stand ein Board. Darauf ein Kästchen. Otto vermutete hier etwas Persönliches, fand aber nur ein paar Münzen. Sah hier alles verdammt nach einer Musterwohnung aus.

Er ging zurück ins Wohnzimmer. »Wurde etwas gestohlen oder die Wohnung durchsucht?«, fragte er einen der Polizisten.

Der schüttelte den Kopf. »Es sieht so aus, als hätte jemand das Zimmer oberflächlich durchsucht, um dabei möglicherweise Beweise zu beseitigen. Wirklich gestohlen wurde wohl nichts. Wir haben ein Handy gefunden. In der Schublade befinden sich mehrere 1000 Euro. Wenn ihn einer umgebracht hat, dann nicht wegen des Geldes. Außerdem gibt es keine Einbruchspuren an der Tür.«

»Das Opfer muss den Täter gekannt haben, denn er hat ihn hereingelassen«, erklärte Helm, der immer noch die Leiche untersuchte. »Oder sie«, entgegnete Otto. Helm machte ein fragendes Gesicht.

»Tee und Mottenpulver …«, erklärte Otto. Helm nickte anerkennend.

»Kann ich das Geld sehen?«, fragte Otto. Helms Assistent brachte eine Klarsichttüte, die ein ordentliches Bündel Geldscheine enthielt. Hauptsächlich 50er und 20er. Alle Scheine unterschiedlich zerknüllt, als wären sie auf verschiedene Weise aufbewahrt worden. Frisch von der Bank kam das Geld nicht. Sah eher nach eingetriebenem Geld aus. »Ich schau mir mal den Kiosk an«, rief Otto Helm zu. »Nehmen Sie mich später mit nach Darmstadt? Ich lasse Brenneisen und den Wagen hier.« Helm nickte und grinste. Als Otto aus dem Treppenhaus ins Freie trat, schlug ihm die Hitze wie aus einem Wäschetrockner entgegen. Wie hielten das die Leute aus, die immer noch unter dem Baum standen und glotzten? Der Baum spendete kaum Schatten. Neugier war scheinbar stärker als der Wille zu überleben.

»Bleiben Sie bitte alle hier«, rief er den Wartenden zu. »Sie werden gleich vernommen.« Dann überquerte Otto hastig die Straße. Brenneisen, der allem Anschein nach seine Vernehmung abgeschlossen hatte, erwartete ihn bereits an der Tür zum Kiosk. Triumphierend hielt er zwei gelbe längliche Schachteln in die Luft, die Otto als Zigarettenstangen identifizierte.

»Jin-Ling«, rief Brenneisen ihm entgegen. »Deutschlands meist verkaufte illegale Zigarette.« Zur Untermalung schlug er die beiden Stangen gegeneinander, als wolle er sich selbst applaudieren.

»Wie viele haben Sie gefunden?«, fragte Otto und nahm ein winziges Kügelchen Kautabak in den Mund.

»Bisher nur die beiden«, räumte Brenneisen ein, »aber das ist nicht ungewöhnlich. Als Versteck werden oft Gullis oder Erdlöcher genutzt. Wir müssen die Gegend großflächig absuchen. Ich vermute, wir haben hier ein Depot, von dem aus das gesamte Rhein-Main-Gebiet versorgt wird. Das würde auch die hohe Frequentierung osteuropäischer Landsleute erklären, die hier laut Aussage des Hausmeisters zu beobachten war.«

Otto nickte geduldig. »Was noch?«

»Der Hausmeister hat gestern Abend in der Hausnummer 80 einen Wasserhahn repariert. Das kann die Zeugin Klappacher bestätigen.« Brenneisen deutete auf eine Litfaßsäule im Blümchenkleid, die in der Herde stand.

»Er selbst hat nichts und niemanden beobachtet. Wir haben einige Wagen und Kennzeichen von den Kiosk-Besuchern, das ist alles. Und dass die Nachbarn sich bedroht gefühlt haben.«

»So sehr, dass es für einen Mord reicht, per Zuckerschock?«

»Ich denke, die Spur mit den Zigaretten ist vielversprechender.«

Um deinen Arsch zu retten und diesen Einsatz zu rechtfertigen, dachte Otto und trat ins Dunkel des Kiosks. Nachdem sich seine Augen an das schummrige Licht gewöhnt hatten, musterte er das Geschäft. Das übliche Angebot an Rauch- und Süßwaren, Zeitungen, Alkoholika, darunter einige nicht im europäischen Handel erhältliche Spirituosen, und Pornofilme unter dem Ladentisch. In der Kasse einige Hundert Euro. Die Dielen unter seinen Füßen knackten. Im rückwärtigen Teil des Kiosks eine Art Büro. Ein Schreibtisch, Aktenordner. Otto blätterte durch Rechnungen und Belege. Keine Chance, den Raum zu atmen, denn Brenneisen blieb ihm auf den Fersen wie ein Hund beim Agility-Training. Otto drehte sich zu Brenneisen und deutete auf den Baum, unter dem sich die Zeugen drängelten.

»Brenneisen, nehmen Sie doch die Personalien der anwesenden Zeugen auf und dann vernehmen Sie sie. Am besten hier drinnen.«

»Jetzt?«

»Ja, jetzt.«

»Alle?«

»Ja, alle.«

»Und Sie?«

Otto tippte sich an die Stirn. »Ich lass Ihnen den Wagen da.«

Draußen wartete Helm bereits, und als sie ins Auto stiegen, bildeten die Zeugen auf Brenneisens Geheiß hin eine Schlange. Otto ließ den Blick über die geblümten, gestreiften, karierten, verwaschenen, muffigen, gestärkten Textilien schweifen.

»Was hat der denn vor?«, fragte Helm, als er den Wagen anließ.

»Strafarbeit«, erklärte Otto.

ALLES ESSIG

Sechs Stunden hatte Lore im Burgmuseum durchgehalten. In dieser Zeit hatte sie eine Schülerstatistik aufgestellt und die Kataloge umsortiert. Danach war nichts mehr zu tun.

»Ich mache Schluss für heute!«, rief sie Krummsiegel zu, der nichts einzuwenden hatte. Vor dem Ende der Ferien war nicht mit weiteren Schüleranstürmen zu rechnen. Mit großen Schritten überquerte Lore den Burghof, wo die Sonne alles daransetzte, die Pflastersteine zum Schmelzen zu bringen. Trotz der Hitze lungerten vor der Burgschänke Schüler in Ferienlaune herum und beschallten den Burghof mit Musikgedudel und Handy-Gequassel. Jungs wie Mädchen trugen ärmellose Hemden, weite Shorts und an den jungen Füßen Flip-Flops, wohl im Bemühen, den Modestil eines englischsprachigen Sonnenstaates zu imitieren. In wenigen Wochen saßen hier wieder die kuttenbehängten Mittelalterfans und stießen mit Honigwein an. Verrückte Welt, dachte Lore und nahm Zuflucht in ihrem kleinen Haus.

Hier drinnen war es kühl, die Hitze blieb von den Burgmauern ausgesperrt. Das Häuschen bestand im Untergeschoss aus zwei Räumen: dem Schlafzimmer und der lang gezogenen Wohnküche. Daneben ein kleines Bad, das vom Flur abging. Hier war alles noch so wie zu Omas Zeiten. Lore hatte nichts verändert, auch wenn ihr hier immer noch der tote Vater auf dem roten Sisalteppich erschien, in derselben Stellung, wie sie ihn in ihrer Kindheit vorgefunden hatte.

Auch die Küchengeräte waren noch die alten. Lore kochte mit dem alten Herd, der den Geruch nach Gas im ganzen Haus verbreitete. Am Ende des Raumes stand das Kanapee unter einem bestickten Gobelin. Davor der Küchentisch mit den vier Stühlen; an Omas Sitzplatz war das graukarierte Resopal abgewetzt. Hier hatte sie gesessen, die Finger himbeerrot oder erbsengrün, je nach Jahreszeit. Die Fingernägel waren immer kurz und blitzsauber, obwohl kein Tag verging, an dem sie nicht die Hände in die Erde steckte. Nie schien sie still dazusitzen. Immer waren die Hände beschäftigt mit Schälen, Hacken, Mahlen. »Unruhige Hände«, so lautete ihre Erklärung. Genauso unruhig sausten ihre winzigen freundlichen Augen durch die Gegend, als seien sie auf der Suche. Nur nach was? Wenn Oma lachte, verschwanden die Augen völlig in den Taschen ihrer Lider und bildeten zwei verschmitzte Halbmonde.

Lore ging zum Spiegel. Inzwischen war sie selbst eine Oma. Nur ohne Familie. Und in diesem Moment fühlte sie eine heftige Sehnsucht nach der rührigen Frau in der Kittelschürze, die immer nach Gras roch. Und ein winziges bisschen nach dem Gas des Küchenherdes. Lore zapfte sich Wasser aus dem Hahn und trank in tiefen Zügen. Dann griff sie nach dem Lavendelsträußchen, um es in den Müll zu werfen. Sie hatte den Eimer schon geöffnet, da stieg ihr der Duft in die Nase, der die Heiterkeit von frisch gewaschenem Leinen verbreitete.

Lavendel, Universalreiniger des Lebens.

Während sie die Blüten von den Kelchen zupfte, konnte sie schon wieder summen. Sie nahm eine Flasche Groß-Umstädter Riesling aus dem Kühlschrank, erhitzte ihn in einem Topf und gab die blauen Blüten hinein, die sich blitzartig zu kleinen Kugeln zusammenzogen. Lore stellte das Gas auf kleinste Stufe. Als sie den Honigtopf aus dem Regal griff, fiel ihr ein Heft entgegen. Omas Rezeptbuch, ein in fleckiges Wachspapier eingeschlagenes Oktavheft, das diesen Namen kaum verdiente. Aber der Inhalt hatte es in sich. Lore blätterte durch die Seiten.

Der Weißdorn erhält dem alten Herzen die Schlagkraft.

Birkenblättertee ist ein Frühjahrsputz für den Organismus.

Der Spitzwegerich näht wie mit Goldfäden jeden klaffenden Riss zu.

Johanniskraut knipst das Seelenlicht an.

Die Kukuksgärtnerin, so nannte man Oma im Dorf, denn sie kannte die heilende wie auch die manipulierende Wirkung der Pflanzen. Viele davon zog sie im eigenen Garten. Beinwell und Blutwurz, Goldrute und Ringelblume, Weißdorn und Wacholder. Die Blätter, Blüten, Wurzeln oder Stängel verwandelte sie in Pulver oder Pasten. Lore half beim Sammeln und Zubereiten und lernte dabei die Namen der Pflanzen und deren Wirkung kennen. Ihre Spielkameraden waren der Spitzwegerich und der Breitwegerich. Mit der vorwitzigen Pimpinelle bekämpfte sie die Pestwurz und erhielt zur Belohnung den Ehrenpreis. Früh lernte Lore, die graufilzig behaarten Blätter der Katzenminze von der Pfefferminze zu unterscheiden und diese wiederum von der Brennnessel, die ihr mit den angriffslustig gezackten Blättern zum Verwechseln ähnlich sah. Auch Lore hatte die heilenden Kräfte als Kind zu spüren bekommen. Nach einem Wespenstich half ein Kräuterpflaster aus Spitzwegerich und Arnika, das Brennen sofort verschwinden zu lassen. Das Öl der Königskerze half bei Ohrenschmerzen und gegen Bauchweh ein Esslöffel Lavendelsaft. Es gab kaum jemanden im Dorf, der sich nicht von Oma behandeln ließ. »Zu der geht der Apotheker, wenn er krank ist«, sagten die Leute. Und tatsächlich kam der Dorfapotheker Weller regelmäßig zu ihr. Aber das war lange nach Opa Kukuks Tod und auch lange nach dem Verschwinden von Opa Gersprenz, Omas zweitem Mann. Lore schluckte den bitteren Gedanken hinunter und blätterte weiter in dem Rezeptbuch. Seitenweise Lavendelrezepte.

Den Lavendelwein der Hildegard von Bingen konnte sie auswendig. Aber hier, das Rezept für den Vier-Räuber-Essig. Den hatte sie ewig nicht zubereitet. Mit dem Finger fuhr Lore die Zeilen entlang und las:

Je einen Esslöffel Salbei/Rosmarin/Thymian und Lavendel mit ¾ Liter Apfelessig ansetzen.

In einem warmen Zimmer zwei Wochen ziehen lassen.

Absieben.

Bei Erkältungen morgens mit einem halben Glas Wasser und einem Esslöffel Essig gurgeln.

Der Legende nach zog zur Pestzeit eine Horde von vier Räubern durch die Dörfer, um Häuser und Besitz derer zu rauben, die wegen der Pest geflohen oder verstorben waren. Niemand sonst traute sich in die

Häuser der Toten aus Angst vor Ansteckung. Die vier Räuber jedoch konnten unbehelligt ihr Unwesen treiben, ohne je zu erkranken. Auf Plünderung aber stand die Todesstrafe. Als sie gefasst wurden, versprach man ihnen das Leben, wenn sie ihr Geheimnis verrieten. Also gaben sie ihr Rezept preis: Sie hatten sich eingerieben mit einem Essig aus Salbei, Thymian, Lavendel und Rosmarin. Diese Tinktur desinfizierte die Haut und die Atemluft und bewahrte so vor der Ansteckung. Lore stellte den Herd aus und schüttete den Lavendelwein in eine Glaskaraffe. Im selben Moment klingelte das Telefon. Lore wollte nicht rangehen, doch jedes Mal bohrte sich das Klingeln tiefer in ihren Kopf und sie nahm ab.

»Hallo?« Obwohl am anderen Ende niemand sprach, wusste Lore sofort, wer dran war.

Edels Stimme machte einen kleinen Hickser, bevor sie fragte:

»Wie war's?«

Lore stöhnte geräuschlos. »Nett.«

»Oh!«, kam es erwartungsvoll vom anderen Ende.

Lore verdrehte die Augen.

»Es war nett, aber wir werden uns nicht wiedersehen.«

»Schade!«, rief Edel so enttäuscht, als wäre sie selbst betroffen. Lore goss sich Wein in ein Glas, das wegen der Hitze sofort einen Sprung bekam. Sie nahm einen kräftigen Schluck und verbrannte sich die Kehle.

»Es ist nicht schade um ihn«, entgegnete sie in der Frostigkeit, die Edel üblicherweise zum Schweigen brachte.

»Och, Lore …« Edel formulierte es so anteilnehmend, dass Lore die Tränen in die Augen stiegen.

Sie nahm einen weiteren heißen Schluck.

»Wir reden später drüber«, fuhr Edel fort, als von Lore nichts weiter kam. »Bis nachher!« Bevor Lore erklären konnte, dass sie nicht mitkommen würde, hatte Edel aufgelegt. Lore ließ den Hörer auf die Gabel gleiten. Mit einem flauen Gefühl im Magen betrat sie die Küche. War das Hunger? Sie erhitzte Öl in einer Pfanne, nahm zwei Eier aus dem Kühlschrank und schlug sie in die Pfanne, als das Fett anfing zu spritzen. Nach kurzem Überlegen nahm sie ein weiteres aus dem Kühlschrank und schlug die Schale auf den Rand der Pfanne. Was aus der Schale herausquoll, ließ sie würgen vor Ekel. Sie presste das Küchenhandtuch auf ihren Mund und suchte Halt an einem Küchenstuhl. Ein Blutei. So wie damals, an dem Tag, an dem Opa Gersprenz verschwunden war. Lore griff nach der Pfanne und schüttete den Inhalt ins Klo. Sie spülte hinunter, ohne hinzusehen.

ROTLICHT

Lore hatte die Karaffe mit dem Lavendelwein zur Hälfte geleert. Sie stand auf der Terrasse und beobachtete den Sonnenball beim Untergang. Das Blutrot wurde durch das bläuliche Lavendelpuder abgetönt und ergab ein tiefdunkles Violett, in dem explodierende Sonnenfeuer aufblitzten. Genau hier, wo sie jetzt stand, waren vor gut 200 Millionen Jahren zwei Urkontinente aufeinandergeprallt. Dabei wurde nicht nur der Kleinkontinent Armoria eingekeilt, sondern auch kristalliner Untergrund, eigentlich dazu bestimmt, viele Kilometer unter dem Erdmantel zu ruhen, an die Oberfläche geschleudert. Das glutflüssige Gestein war zu Basaltsäulen und Klumpen erstarrt. Der höchste Basaltkegel, ein kaum mehr als 300 Meter hoher Gipfel, der aus der fruchtbaren Landschaft aufragte, bildete den heutigen Otzberg. Der Vulkan war lange erkaltet, dennoch vermeinte Lore, ein tiefes Brodeln im Innern zu spüren.

Sie hörte einen Wagenmotor, kurz darauf das Schlagen einer Autotür und das Klappern von Absätzen auf Steinplatten, das näher kam und dann verstummte. Sie spürte Edels Blick im Nacken, ohne sich umdrehen zu müssen.

»Wieso bist du nicht fertig?« Ihre Stimme klang schneidend.

Lore blieb unbeweglich stehen. »Ich komme nicht mit.«

Edel griff sie bei den Schultern und drehte sie langsam um. Ihr Blick hatte die Intensität eines Nacktscanners. Der Burgfräulein-Blick, der keine Ausflüchte duldete. Sie roch nach einem Dosenduft aus ihrem Aromastudio. Lores Blick wanderte zu Edels Lippen, die kaum merklich zitterten. Ihr Lippenstift wurde von den Mundfältchen gefressen. Die Lippen öffneten sich und gaben die weißen, nach innen gerichteten Zähne frei. »Was war los gestern?«, fragte Edel eindringlich. Lore befreite sich aus Edels Griff und wandte sich ab.

»Der Mann ist ein Mistkerl. Ich werde ihn nicht wiedersehen.«

Edel trat von hinten an Lore heran und kam nah an ihr Ohr. »Hast du etwas genommen?«

»Ich gehe mich umziehen«, murmelte Lore und betrat das Haus.

Im Schlafzimmer zog sie die verschwitzte Kleidung aus, besprenkelte sich mit Kölnisch Wasser und verrieb Deo unter den Achseln. Sie griff nach dem weißen Leinen und betrachtete es von allen Seiten. Sie trug es in die Küche, wo sie versuchte, mit der rauen Seite des Spülschwamms die Streifen abzuputzen. Hinterher sah es noch schlimmer aus. Sie zog das Kleid über, dann ging sie zurück ins Schlafzimmer, wo sie den Apothekerkasten öffnete. Edel hatte sie auf eine Idee gebracht. Ihre Finger flogen über die Fläschchen. Flugsalbenpulver, Belladonna, wo war nur die euphorisierende Alraune? Da hatte sie das Fläschchen schon in der Hand.

Drei Zwanzigstel, und der Patient wird fröhlich.
Zweimal die Dosis, und er wird böse.
Dreimal dieselbe, und er bleibt dauernd irre.

Lore nahm eine winzige Prise. Der bittere Geschmack verwandelte ihre Zunge in ein Stück Leder, ihr Mund schien auf die Größe eines Fingernagels zu schrumpfen. Als Lore in die Küche trat, stand Edel mit verschränkten Armen vor dem Spülstein. Lore griff ein Glas aus dem Schrank und wartete, dass Edel beiseite trat. Doch Edel blieb, wo sie war, ihr Blick versprühte Funken.

»Ich will wissen, was gestern los war.« Lore versuchte, sie zur Seite zu drücken, doch Edel war stark. Und entschlossen. Sie packte Lore an der Schulter, diesmal fester. »Sprich mit mir!« Lore gelang es, den Wasserhahn aufzudrehen. Gerade als sie das Glas darunter hielt, drang eine irritierend fremde Melodie an ihr Ohr.

»Was ist das?«, fragte Edel. Lores Glas zerschellte im Spülstein. Während ihr Blick an den Scherben haftete, lauschte sie der Melodie, als könne sie sie durch Konzentration zum Verstummen bringen.

»Was ist das?« Edel fasste ihr wieder an die Schulter.

»Mein Handy«, murmelte Lore und blickte Edel an. Deren Augen wurden schmal.

»Du besitzt kein Handy.«.

»Jetzt eben doch.«

Edel verschränkte die Arme. »Dann geh ran.« Lore ging zur Garderobe und griff in ihre Handtasche. Als sie das Gerät zu greifen bekam, verstummte der Ton.

»Zu spät!«, rief sie über die Schulter.

»Zeig mal.« Als Lore sich umdrehte, stand Edel hinter ihr und streckte die Hand aus. Lore sah in den Spiegel und zupfte an ihrer Frisur. Die Wirkung der Alraune setzte ein, und sie wurde ruhig und souverän. Und hatte einen grandiosen Geistesblitz.

»Weißt du, an wen ich vorhin denken musste?« Edels Blick begegnete ihr im Spiegel. »An Opa Gersprenz.«

Edel sah sie misstrauisch an und stieß dann ein irritiertes Lachen aus. »Den Hundeprediger? Wie kommst du denn auf den?« Lore gelang ein entspanntes Lachen. »Hundeprediger. Warum haben wir ihn eigentlich so genannt?«

Edel zuckte mit den Schultern. »Weil niemand sich für seine Kommunismus-Reden interessiert hat, außer dem alten Rex. Weißt du nicht mehr, wie der Hund an seinen Lippen hing? Als würde jeden Moment ein Brocken Fleisch aus seinem Mund fallen.«

Lore kicherte. Der treue Schäferhund war zugrunde gegangen, nachdem Opa Gersprenz verschwunden war. »Findest du es nicht seltsam, dass wir von Opa Gersprenz nie wieder gehört haben?«, fragte Lore nachdenklich.

Edel schnaubte. »Ich wette, er ist lange tot. Du kannst froh sein, dass er Oma vorher das Grundstück vermacht hat. Und statt es zu Geld zu machen, sitzt du drauf wie die Henne auf dem Goldei.« Bei dem Wort ›Ei‹ zuckte Lore zusammen. Dann hob sie abwehrend die Hände.

»Lass uns gehen«, sagte sie. »Sonst verreckt uns Gerlind noch im Auto.«

Kurz bevor sie ins Freie traten, packte Lore Edel bei der Schulter. »Und kein Wort zu Gerlind«, zischte sie der Freundin zu. »Schon gut«, antwortete Edel und musterte sie wieder eingehend. In dem kleinen Spiegel über dem Schlüsselbrett erwischte Lore einen Blick in ihre eigenen erschreckend geweiteten Pupillen.

In Gerlinds Toyota herrschten Saunabedingungen. Zu Lores Überraschung kroch Edel auf den Rücksitz. Lore durfte nach vorn. Sie begrüßte Gerlind, setzte sich auf den Beifahrersitz und verbrannte sich den Teil des Oberschenkels, der nicht vom weißen Leinen bedeckt war. Die schwarzen Kunststoffsitze befanden sich kurz vor der Kernschmelze. Lore nahm den Schmerz wie durch einen Mullverband wahr. Als sie losfuhren, öffnete Lore das Fenster und hielt die Nase in die würzige Abendbrise.

Jetzt also Straßenfest im Frankfurter Bahnhofsviertel, sie spürte sogar so etwas wie Freude. Von hinten tippte jemand auf ihre Schulter. »Es zieht.« Lore schloss das Fenster und befand sich augenblicklich in einer synthetischen Duftkapsel. Von links schlug ihr Gerlinds Mandarinenkörperbutter entgegen. Von hinten erreichte sie ein künstliches Aroma frisch gemähten Grases. Lore atmete durch den Mund. Warum mussten Füße neuerdings nach Orange riechen und Achseln nach Kokos? Auch Gerlind schnüffelte. »Was ist das?«, fragte sie in den Rückspiegel.

»Grüne Papaya«, kam vom Rücksitz.

Allein der Gedanke verursachte Lore Schwindel. Sie drehte an der Lüftung, im vergeblichen Bemühen, Frischluft einzulassen. »Mach doch mal Musik«, tönte es von hinten. Gerlind stellte das Radio an und zappte von einem Sender zum nächsten. Die Bundesstraße flog zu ›A hard day's night‹ vorüber und für einen Moment wurde nichts gesprochen. Lore reckte die Zehen in ihren New Balance Schuhen und fühlte tiefen Frieden. Die Verkehrsnachrichten sagten freie Bahn bis Frankfurt voraus. Dann kamen die Nachrichten. Lore wollte zu einem Musiksender weiterdrehen, doch Edel griff ihr von hinten in den Arm. »Lass das mal.« Gerlind drehte am Volumenknopf und mitten im Satz wurde der Sprecher brüllend laut.

»… heute Nachmittag in Dieburg ein Mann tot in seiner Wohnung aufgefunden wurde. Ob es sich um ein Verbrechen handelt, ist noch unklar.«

Gerlind fuhr vor Schreck auf die Gegenfahrbahn.

»Achtung!«, rief Edel ihr zu. Gerlind war eine Weile damit beschäftigt, den Wagen einzufangen.

»Habt ihr das gehört?«, fragte sie, als der Wagen wieder auf der richtigen Spur war.

»Natürlich«, gab Edel zurück und Lore begegnete für eine erschreckende Millisekunde ihrem Blick im Rückspiegel. Dann sah sie einfach nur hinaus auf die Fahrbahn und ließ ihre Augen an der Mittelspur entlanggleiten. In ihrem Inneren baute sich ein seltsamer Druck auf, der von einer unbegründeten Heiterkeit herrührte. Je mehr Lore dagegenhielt, desto stärker wurde der Drang herauszuplatzen. Lore wendete all ihre Kraft auf, bis sie nicht mehr konnte. Eine Fontäne an Heiterkeit brach aus ihr heraus, Lore presste die Hand auf den Mund und täuschte ein Niesen vor. Gerlind wünschte Gesundheit. Für den Rest der Fahrt hielt Lore die Augen geschlossen.

Als sie die Augen wieder öffnete, fuhr ihr ein Blitzlichtgewitter an Farben in die Netzhaut. Ein Durcheinander an Bildern tanzte vor ihren Augen. Ein rotes pulsierendes Herz. Die lachsfarbene Silhouette eines Mädchens in aufreizender Pose. Eine Spielkarte in Neonschrift. Es handelte sich um die Leuchtreklamen der Kinos und Bars im Bahnhofsviertel. Sie waren angekommen. Lore hielt die Hand vor die Augen, um sie gegen die bunte Bilderflut zu schützen. »Hilf doch mal, einen Parkplatz zu finden«, jammerte Gerlind, die so langsam durch die Straßen kroch, dass sie von den Fußgängern überholt wurden. »Da!«, rief Lore, als sie eine Lücke sah. Nach ungefähr sechs Anläufen und mehreren aggressiven Überholmanövern hatte Gerlind den Wagen in die Parklücke gesetzt. Sie stiegen aus und umrundeten das Auto.

»Bisschen weit weg vom Bordstein, oder?«, fragte Gerlind zweifelnd. Der Wagen stand gut einen halben Meter auf der Straße. »Klapp den Rückspiegel ein, dann geht es.« Lores Blick glitt die Straße auf und ab. Inzwischen genoss sie das schaukelnde Lichterspiel. Sie war angefüllt mit einem versöhnlichen Lächeln und einer geradezu fürsorglichen Wärme.

»Wo lang?«, fragte sie Edel und Gerlind, bereits erprobte Besucherinnen des Frankfurter Bahnhofstraßenfestes. Edel straffte das Band ihrer Handtasche und deutete in Richtung eines orangefarbenen Schildes.

»Da lang«, kommandierte sie. Sie mischten sich unter die anderen Striptease-Touristen. Obwohl acht Uhr abends, war das Thermometer kaum unter die 30-Grad-Marke gesunken. Die Hausmauern und der Asphalt hatten die Hitze eines ganzen langen Sommertages gespeichert und strahlten sie jetzt wieder ab. Die Menschen drängten sich Haut an Haut auf dem Bürgersteig und gaben zu der körpereigenen Hitze noch ihre ganz persönliche Note ab. Lore hatte das Gefühl, ein warmes Luftbad zu nehmen. Sie folgte den beiden, wobei sie darauf achtete, Edel nicht zu nahe zu kommen.

Doch die hatte bereits ein anderes Ziel vor Augen. Sie wurde vom Orange des Beate-Uhse-Geschäftes an der Ecke wie magisch angezogen und verschwand mit Gerlind im neonbeleuchteten Eingang. Lore wartete auf der Straße und beobachtete milde lächelnd die vorbeiflanierenden Passanten. Erlebnishungrige Touristen, die diese Gelegenheit nutzten, kichernd die unanständige Seite der Rhein-Main-Metropole zu erkunden. Ihre Gesichter wechselten die Farbe je nach dem Neonlicht, unter dem sie entlanggingen. Für Sekunden geriet Lore in ein Durcheinander von Weihnachten und Hochsommer-Straßenfest.

Ein verängstigter Junkie huschte über die Straße wie ein Fuchs, den man aus seinem Bau getrieben hatte. Aus dem Beate-Uhse-Shop drang das Kreischen der Freundinnen an ihr Ohr, vermutlich waren sie gefangen im Dildorausch. Als Edel und Gerlind aus dem Shop kamen, hatten sie gerötete Wangen und glitzernde Augen wie junge Mädchen.

»Das muss man gesehen haben!«, rief Gerlind begeistert. Lore nickte, ohne zu verstehen, und sie zogen weiter. »Kino?«, schlug Gerlind vor und blieb mit erwartungsvollem Blick vor einem Blue Movie stehen. Doch Edel hatte keine Lust.

»Lieber eine Liveshow«, so ihr Vorschlag, und schon standen sie eingereiht in die Warteschlange des ›Crazy Sexy‹, einem Stripclub.

Lore, der inzwischen der Schweiß in jeder Hautfalte stand, freute sich über die Aussicht auf ein kaltes Getränk. Ihr Seelengefühl wich allmählich einem leichten Unwohlsein. Sie fühlte sich eingeengt zwischen den wartenden Menschen. Jemand schob von hinten, und sie stieß mit der Nase an eine mit Leberflecken übersäte Schulter, die nach Toilettenreiniger roch. Als sie einen besonders festen Puff von hinten erhielt, drehte sie sich kurzerhand um und revanchierte sich mit einem Stoß, der den Mann zu Boden warf.

»Bist du wahnsinnig?«, zischte Edel, während Gerlind dem Mann wieder aufhalf. Ihm war nichts zugestoßen, außer etwas Schmutz auf der Hose. »Entschuldige dich sofort«, befahl Edel, doch Lore begriff nicht, wofür.

»Du bist nicht meine Mutter!«, zischte sie zurück.

Durch das Gerangel war der Türsteher aufmerksam geworden. Die männliche Schrankwand in einem schlecht sitzenden Anzug bewegte sich auf sie zu. Edel und Gerlind drehten ihm bewusst den Rücken zu. »Sieh, was du angerichtet hast. Bestimmt kriegen wir jetzt Hausverbot«, murmelte Edel mit starren Lippen. Lore suchte hinter der leberfleckgesprenkelten Schulter Zuflucht. Vergebens. Eine Zehn-Kilo-Pranke legte sich auf Lores Schulter.

»Tantchen«, sagte der Kerl mit einer Piepsstimme, die nicht zu dem massiven Klangkörper passen wollte. »Was machst du denn hier?« Als Lore den Blick hob, musste sie einen Schrei unterdrücken. Doch schon wurde sie von zwei muskelbepackten Armen an eine bodygebildete Brust gedrückt. Lore hörte ihre Rippenwirbel knacken. Dann schoben die

Arme sie von der Brust weg, und Lore blickte in das kindliche Gesicht auf den breiten Schultern, das nur so strahlte. War das Freude? Wie es schien, ja, denn im Handumdrehen hatte der Hüne die drei Damen gepackt, sie an der Warteschlange vorbeigeschleust, und sie standen im Innern der Bar.

»Ihr seid meine Gäste«, erklärte der Hüne und platzierte sie an einem der Tische. »Bestellt euch, was immer ihr wollt. Wenn ihr was braucht, sagt Bescheid.« Dann verschwand er wieder Richtung Tür. Im Nu hatten sie Getränke auf dem Tisch, Lore erkannte etwas Pfirsichfarbenes, garniert mit Früchten und Lametta. Alles andere als durstlöschend, wie sie nach einem enttäuschenden Schluck feststellte. Ihr Durst bekam etwas Rasendes. Edel und Gerlind dagegen nippten glücklich an ihren Drinks. Vip-Behandlung in einem Strip-Club: Wer konnte das schon von sich behaupten!

»Wer war denn das?«, Gerlind sah sie über ihren mit Schirmchen und Obstspieß garnierten Drink hinweg neugierig an. Lore erklärte, dass es sich um den Sohn eines Cousins handelte, und damit gar nicht um einen echten Neffen, dann verdunkelte sich der Raum.

Lore ließ den Blick zu den Nachbartischen schweifen. Jeder Tisch war in einen andersfarbigen Lichtkegel getaucht. Sechs verrentete Paare leuchteten in Blau, eine weibliche Kegeltruppe war in Gelb und eine Clique jüngerer Leute in Grün. Ihr eigener Tisch war in Rot getaucht, und auch die bunten Lichter wurden nun gedimmt, sodass man nur noch vereinzelt das Weiße eines Auges oder ein Lamettaschirmchen blitzen sah.

Am Kopf des Raumes befand sich die Bühne, die jetzt von einem weißen Lichtkegel beleuchtet wurde. Gleich darauf erschien eine zierliche Tänzerin auf der Bühne und trat in den Schweinwerferstrahl. Das Publikum spendete Applaus. Das Mädchen trug BH und Höschen, beides aus einer rosa Federboa angefertigt. Dazu bedeckte sie sich mit einem pinkfarbenen Fächer. Lore war geblendet von diesem Überangebot an Rosa. Wann hatte sie je eine so intensive Farbe erlebt? Das Mädchen führte einige Tanzschritte aus, die von Flamingos oder Pfauen abgeschaut sein mochten. Nach einigen Schritten entledigte sie sich des Fächers, um die Hände freizuhaben für die berühmt-berüchtigte Tanzstange, die sie jetzt umkreiste wie einen Fetisch. Lore fühlte sich behütet im Dunkel des Zuschauerraums. Abgeschirmt vom grellen Durcheinander der Straße, von Edels brennenden Blicken. Lore stülpte die Lippen um ihren Strohhalm und betrachtete das Publikum. Die Männer an den anderen Tischen spielten nervös mit ihren Schirmchen und bemühten sich, ihrem Getränk dieselbe Aufmerksamkeit zukommen zu lassen wie der Bühne.

Dort entledigte sich das Mädchen mit erstaunlich geschickten Bewegungen seiner Federboa-Bekleidung. Mit einem Hüftschwung befreite sie sich von ihrem Röckchen. Dann ließ sie durch eine geschickte Schulterbewegung ihre BH-Träger von der Schulter rutschen. Erst den einen, dann den anderen. Durch eine weitere Bewegung rutschte der BH nun auf die Hüften. Mit einem Handgriff entledigte sie sich dieses Kleidungsstücks und ließ es zu Boden fallen. Durch das Publikum ging ein Raunen. Kein Mensch achtete mehr auf sein Getränk.

Gerlind beugte sich so nah zu Lore, dass sie ihren Kaugummi-Atem riechen konnte. »Des musste dir merke für dein Lazlo«, raunte sie. Lore spürte einen Stich kalter Wut. Für eine Nanosekunde traf sie Edels Blick, dann sprang sie auf und ging in die Richtung, in der sie die Toiletten vermutete.

Kurz darauf stand sie im Waschraum. Sie drehte das Kaltwasser bis zum Anschlag auf und soff wie ein Pferd, dann ließ sie den kalten Strom über die Handgelenke laufen. An der Tür hörte sie ein Klopfen. »Besetzt!«, brüllte sie. Die Tür wurde zaghaft geöffnet und schon stand der Neffe neben ihr.

»Können wir kurz reden?« Wieder die Piepsstimme, sein Atem schien beschleunigt.

»Hier ist für Damen«, antwortete Lore frostig und drehte den Hahn zu.

Er zupfte an seinem schlecht sitzenden Anzug. Wie hatte der Junge sie nach all den Jahren nur erkannt? Zählen musste sie die Jahre nicht, seit sie ihn zuletzt gesehen hatte. Es war zur Beerdigung des kleinen Benjamin gewesen. Kurz nach Ronnis Ableben.

»Was willst du?«, zischte sie.

Der Neffe räusperte sich. »Du warst immer meine Lieblingsverwandte.«

Lore blieb unbewegt.

»Es geht um … die Pflanzensache.«

Obwohl Lore gerade getrunken hatte, wurde ihre Kehle trocken.

»Damit habe ich nichts mehr zu tun.«

Der Schrank blickte sie flehend an. »Es geht um Leben und Tod.«

Lore musterte sich intensiv im Spiegel. »Eben, deswegen.« Nur mit Mühe gelang es ihr, ein Grinsen zu vermeiden. Sein Blick traf ihren im Spiegel, und im selben Moment erkannte sie Benjamin, ihren toten Halbbruder, darin. Sie seufzte und drehte sich um. »Also gut.« Er strahlte dankbar und tippte ihre Telefonnummer in einen kleinen Apparat. Als er aus der Tür verschwinden wollte, prallte Edel direkt in seine Arme.

»Nanu«, fragte sie und musterte abwechselnd Lore und den Neffen, »Familientreffen auf dem Damenklo?« Der Neffe entschuldigte sich und verließ den Raum. Sobald die Tür hinter ihm zugefallen war, trat Lore mit zwei Schritten auf Edel zu und drückte sie mit aller Kraft an die geflieste Wand.

»Was weiß Gerlind?« Die Alraune schien Lore Bärenkräfte zu verleihen, denn Edel wehrte sich, wie sich eine Ameise gegen eine Schuhsohle wehren kann.

»Ich habe ihr nichts erzählt«, presste sie heraus.

Lore drückte fester. »Wer dann?«

»Agnes.«

Lore lockerte den Griff, nur um die Freundin umso heftiger gegen die Wand zu stoßen. »Was weiß sie?«

Edel wand sich aus Lores Griff, zupfte an ihrem Sakko und kontrollierte dessen Sitz im Spiegel. »Von ihr habe ich Lazlos Telefonnummer. Du erinnerst dich? Als das Wasser bei dir knietief im Keller stand, hast du mich angefleht, sie anzurufen und nach ihrem Klempner zu fragen. Wahrscheinlich hat er ihr von eurer Verabredung erzählt. Die beiden sind doch Kollegen.«

Lore war unbehaglich zumute. »Du meinst, Agnes weiß, dass wir uns getroffen haben?«

Edel zuckte die Schultern. »Keine Ahnung. Ich habe nicht mit ihr geredet.« Dann blitzte sie Lore an. »Und jetzt will ich wissen, was gestern passiert ist.« Für Sekunden führten ihre Blicke einen stummen Kampf. Lore senkte die Augen, zupfte zwei Papierhandtücher aus dem Spender, trocknete sich unter den Achseln und korrigierte den Sitz des Kleides im Spiegel. Dann setzte sie ein Satanslächeln auf und verließ den Waschraum.

DIE LIEBEN NACHBARN

Hauptkommissar Roland Otto saß am Küchentisch und frühstückte ein Schnitzel. Der Herd verströmte einen verbrannten, öligen Geruch. In der Annahme, es handle sich bei seiner Lebenssituation um ein Provisorium, hatte er mit der Wohnung das Mobiliar einiger Generationen an Vormietern übernommen. Das Provisorium dauerte inzwischen drei Jahre. Und gestern hatte er feststellen müssen, dass die Wohnung des Toten seiner eigenen auf beängstigende Weise ähnelte.

Otto genoss mit seinem Schnitzel die volle Aufmerksamkeit seiner beiden Mitbewohner, Jari und Kauka, die mit glänzenden Augen und feuchten Schnauzen jeden seiner Handgriffe verfolgten. Selbst die Augen des blinden Kauka glühten lebendig. Jari knirschte vor Aufregung mit seinen wackeligen Zähnen. Otto ließ gelegentlich einen Happen fallen.

»Los, Jungs, Training!«, rief er, als das Frühstück beendet war. Auslauf gehörte für die beiden Pinscher-Senioren zum festen Tagesprogramm. Dafür packte er die beiden auf je einen Arm und ging mit ihnen bis zum Waldrand. Jari wurde seit Monaten von einem arthritischen Hinterlauf gequält, und auch wenn der Doc bestätigte, dass er keine Schmerzen hatte, war er nur eingeschränkt beweglich. Und der blinde Kauka konnte ebenfalls kein Schritttempo mithalten. Am Waldrand setzte Otto die beiden ab und beobachtete, wie sie gewissenhaft jeden Quadratzentimeter Boden abschnüffelten. Hundezeitung lesen.

Otto steckte sich ein Kügelchen Kautabak in den Mund und dachte an Brenneisen. Er konnte den Eifer seines Assistenten verstehen. Der junge Kerl war ausgebildet für die Jagd, im Kommissariat Darmstadt wurden jedoch nur Schoßhunde benötigt. Für die Mordkommission gab es einfach nichts zu tun. Die Leute brachten sich nicht mehr gegenseitig um. Und die wenigen Fälle wurden ans LKA in Wiesbaden weitergeleitet, nachdem Otto einige Schwerverbrechen zu lange hatte liegen lassen. Hoffentlich erwies sich auch dieser Tod als ein natürlicher. Dann würde Brenneisen irgendwann in eine andere Abteilung verschwinden und Otto hatte seine Ruhe. Doch diesmal, so fürchtete er, kam er um Ermittlungen nicht herum. Wenn Helm einen bestimmten Verdacht hatte, war meistens etwas dran.

Kauka, der eine hervorragende Nase besaß, schien etwas entdeckt zu haben. Er presste die Nase in den Boden und scharrte mit brüchigen Krallen in der Erde. Otto half ihm mit der Fußspitze und tatsächlich förderten Kaukas Krallen etwas Weißes zutage. Otto ging in die Hocke und grub tiefer. Ein Hühnerknochen. Überbleibsel eines illegalen Picknicks, tippte Otto. Für Hunde, die so etwas fraßen, geradezu kriminell. Er behielt den Knochen in der Hand, um ihn in der nächsten Mülltonne zu entsorgen. Ohnehin war Kauka durch die ungewohnte Anstrengung ermüdet und nicht mehr interessiert. Otto nahm die beiden wieder auf den Arm und brachte sie nach Hause.

Als Otto ins Büro kam, saß Brenneisen bereits am Schreibtisch, in den Ohren steckten zwei weiße Stöpsel, dazu tippte er auf seinem Computer. Vermutlich schrieb er E-Mails und hörte nebenbei die Hitparade. Als Otto den Raum betrat, nahm Brenneisen die Stöpsel aus den Ohren.

»Lavendel«, sagte er statt einer Begrüßung.

»Wie bitte?«

Brenneisen räusperte sich. »Der Geruch des Toten. Ich habe gestern Abend mit meiner Frau gesprochen. Sie benutzt Lavendelsäckchen gegen die Motten. Es ist derselbe Geruch.« Er hielt ihm ein geblümtes Säckchen vor die Nase, das einen strengen Geruch nach Seife verbreitete.

Otto stieß die Hand beiseite. »Ich glaube Ihnen auch so. Vermutlich wird das Zeug in Tausenden Haushalten verwendet. Bringt uns also nicht wirklich weiter.«

Brenneisen nickte mit zusammengepressten Lippen.

Otto deutete auf seinen Bildschirm. »Was machen Sie da?«

»Oh, ich habe die Zeugenaussagen mit meinem Aufnahmegerät gespeichert und schreibe gerade das

Protokoll. Wollen Sie mal?« Er hielt Otto die Ohrenstöpsel hin.

Otto winkte ab. »Ich lese das Protokoll, wenn Sie es fertig haben. Sonst noch was?«

Brenneisen reichte Otto eine Liste mit Namen und Telefonnummern. »Das sind die Daten von Kalinns Handy.«

Otto überflog die Liste. Überwiegend russische Namen, kaum Anrufe und SMS. »Das Handy wurde vor fünf Tagen zum letzten Mal benutzt«, sagte er.

»Ein anderes Handy ist unter diesem Namen nicht gemeldet, das wurde schon überprüft«, erklärte Brenneisen. »Wir könnten die gespeicherten Personen überprüfen und auch die Halter der Fahrzeuge, deren Kennzeichen uns die Zeugen gemeldet haben.«

Otto unterdrückte einen Seufzer. »Sie wissen doch, dass wir nichts unternehmen können, solange wir keinen weiteren Hinweis aus der Rechtsmedizin bekommen.«

»Es gab einige Hinweise, die den Verdacht auf Organisierte Kriminalität verdichten.«

»Dann müssen wir das LKA einschalten.«

Otto verließ das Büro, um sich auf dem Gang einen Kaffee zu ziehen. Als er wieder an seinem Platz war, lag der fertige Bericht mit den Aussage-Protokollen auf seinem Schreibtisch. Otto blätterte darin.

»Geben Sie mir doch mal die Aufzeichnungen. Ich möchte mir das anhören.«

Brenneisen reichte ihm den USB-Stick. Otto steckte den Stick in seinen Computer, setzte sich sein neues Headset auf und startete die Aufnahme.

»Die Russen, die sind hier ein und aus gegangen. Im Sommer sind sie draußen rumgelungert. Die Passanten haben hier nur gekauft, wenn von denen keiner da war. Und da auch nur das Nötigste. Ich bin lieber zum Bahnhofskiosk gelaufen, als mich hier aufzuhalten. Von dem Mord habe ich nichts mitbekommen. Ich habe ferngesehen. Dabei schaue ich nicht auch aus dem Fenster. Aber den Pannager sollten Sie mal fragen. Der führt abends immer noch mal seinen Hund aus, bevor er Wachdienst schiebt.«

»Furchtbar, dass der Mann tot ist. Na ja, aber hat auch sein Gutes. Endlich keine Männer mehr, die da rumhängen. Einer von denen hat meine Tochter mal bis an die Bushaltestelle verfolgt. Er hat dann sogar den Bus genommen, nur um ihr auf den Fersen zu bleiben. Wir haben die Polizei benachrichtigt. Aber die unternimmt ja heutzutage nichts gegen Ausländer. Wo ich gestern Nacht war? Zu Hause natürlich. Wie alle anständigen Leute. Ob mir was aufgefallen ist? Glauben Sie, ich schnüffle im Leben meiner Nachbarn herum?«

»Also, bei mir war gestern Abend der Hausmeister. Um acht Uhr war er da und gegen zehn Uhr ist er wieder weg. Ja, das war eine größere Sache. Mit Ersatzteilen. Danach haben wir noch ein Bier getrunken. Zum Abschied habe ich ihm noch zugewinkt.

Auf der Straße war niemand. Nur der Pannager, der seinen Hund wieder dahinten hat hinscheißen lassen. Der versaut uns hier alles. Den sollten Sie verhaften.«

»Der Knittel war schon immer scharf auf den Kiosk. Aber dann hat's der Eigentümer an den Russen vermietet. Lette, sagen Sie? Gut, dann Litauer. Der Knittel jedenfalls war sich spinnefeind mit dem Russen … Letten … Litauer. Weil der ja das Geschäft hatte, was der gewollt hat. Ich vermute, da war Bestechung im Spiel. Ob ich was gesehen habe? Ich war gestern Abend im ›Gelben Stern‹. Können Sie meinen Stammtisch fragen.«

»Die Russe warn in Ordnung. Die hawwe sich hier bloß getroffe. Den Pannager sollten Sie sich mal vornehmen. Der schleicht immer draußen rum, und sein Hund scheißt alles voll, und unser Kinner trede dann nei. Wenn einer was gesehen hat, dann der. Ich? Nein. Ich war net da. Ich war bei meiner Schwäscherin. Ja, die könne Se frache.«

»Ich glaube, der ist umgebracht worden von einem dieser Russen. Die haben sich immer so hitzig unterhalten. Da sitzt das Messer doch locker oder die Faust. Äh, wie ist der Mann ums Leben gekommen?«

»Da stand immer so ein roter Lieferwagen. Bisschen angestoßen. Fabrikat? Herr Wachtmeister, von Autos versteh ich so viel wie vom Fußball. Da müssen Sie meinen Mann fragen. Der kommt aber erst heute Abend spät.«

»Dicke Autos haben da immer gestanden. Glaubt man gar nicht. Geld hatten die scheinbar alle. Heute war noch keiner von denen da. Kein Wunder, die riechen das. Ich? Bin heute ganz früh weg zum Außentermin. Komme gerade zurück, das sehen Sie doch. Kann ich jetzt gehen?«

»Ich hab alle Fahrzeuge mit Kennzeichen notiert. Ein silberner BMW, Kennzeichen F-TR-234; ein blauer Cadillac! Mit Kennzeichen OF-RL-539. Einer fuhr einen Lieferwagen, ein altes VW-Modell, Kennzeichen F-EN-345. Mir fiel nur auf, dass der Kiosk heute Vormittag geschlossen war. Ich kaufe dort oft meine Zeitung, allerdings heute dann nicht.«

»Tun Sie uns einen Gefallen und lochen Sie diesen Pannager ein. Wenigstens für eine Nacht. Damit der sich's merkt und den Hundescheiß mitnimmt. Da gibt's doch solche Tütchen heutzutage. Das ist doch verboten, dieses öffentliche Scheißen, oder?«

»Der Hausmeister war wild auf den Kiosk. Schon immer. Der würde morden für den Kiosk. Das habe ich meinem Mann immer gesagt.«

»Die Klappacher kriegt öfter Besuch von dem Hausmeister. Da müsste die ganze Wohnung Schrott sein, so oft, wie der da ist. Und das kann nicht sein. Der ist da dauernd. Da sollten Sie mal nachhaken. Zu dem Fall? Ich hab nix gesehen. Ich war bei meiner Schwester, aufs Kind aufpassen.«

Als Otto die Kopfhörer abnahm, dröhnte ihm das Trommelfell. Drei Erkenntnisse hatte er gewonnen.

Erstens, das Leben auf dem Land konnte verdammt scheiße sein. Die anderen beiden Erkenntnisse wollte er nutzen, um Brenneisen zu testen.

»Brenneisen!«, brüllte er so laut, als hätte er die Kopfhörer noch auf. Sein Assistent erhob sich und stand stramm, alle Sinne gespannt, als erwarte er ein Apportier-Stöckchen.

»Ihr Resümee der Zeugenvernehmungen in drei Sätzen«, sagte Otto.

Brenneisen trat einen Schritt auf ihn zu. »Erstens: Hinweise auf Organisiertes Verbrechen. Zweitens: Uns fehlt ein wichtiger Zeuge. Drittens: Einige der Zeugen mutmaßen ein Verbrechen.«

Otto nickte. Das mit dem fehlenden wichtigen Zeugen war ihm glatt entgangen. »Sie haben den Verdacht eines Mordes bei keinem der Zeugen erwähnt?«

Brenneisen schüttelte den Kopf. Otto starrte weiterhin auf das Papier.

»Ermitteln Sie schon mal die Fahrzeughalter«, sagte Otto. »Dann können wir die gleich morgen vernehmen, wenn Helm bis dahin mit den Tests weiter ist.« Brenneisen nickte mit funkelnden Augen. Er war im Begriff, sich wieder zu setzen, drehte sich dann aber noch mal um.

»Äh, Chef.«

»Was gibt's?«

»Ist Ihnen bei den Zeugenberichten noch etwas aufgefallen?«

Otto nickte und grinste. »Scheiß Nachbarschaft.«

HITZEHOCH

Lore hatte letzte Nacht nicht geschlafen, nur mit hellwachen Sinnen die Zeit beim Vergehen beobachtet. Zur kältesten Stunde war der Wind aufgefrischt, das war, als bekäme man Flügel. Gegen Morgen war die Sonne am Himmel erschienen. Zunächst als lavaroter Streifen, während die Dunkelheit noch im Gestrüpp des verwilderten Gartens hing. Später als mehr und mehr lichtspendende Kraft, die mit langen Strahlen einen neuen Hitzerekord ankündigte.

Lore griff das Einkaufsnetz und schlüpfte in ihre New Balance. Noch war die Luft kühl und die Häuser spendeten Schatten. Hering war die kleinste Gemeinde Deutschlands: eine Sparkasse, eine Post, zwei Tante-Emma-Läden, fünf Wirtschaften. Hier war kein Weg weit. Nur ging es entweder steil bergauf oder steil bergab. Mit ausholenden Schritten ging Lore die steile Dorfstraße hinab, jeder ihrer Schritte wurde von schaumgepolsterten Sohlen abgefedert. Seit vielen Jahren trug sie ausschließlich New Balance Turnschuhe, gerne eine Nummer größer. Die komfortable Marke hatte sie zu ihrem Ersatzfuß erklärt. Sie besaß ein Paar in Hellblau, eines in Hellbraun und eines in Weiß. Das weiße Paar trug sie allerdings nicht mehr, seit Edel gefragt hatte: »Sag mal, sind das Schuhe oder deren Kartons?«

Lore betrat das Postamt. Im Ladenraum stand eine Gruppe Nachbarn, deren Gespräch bei ihrem Eintritt verstummte. Lore trat an der Gruppe vorbei zum Schalter und ließ sich zehn Briefmarken aushändigen. Die Quittung erhielt sie von einem versteinerten Gegenüber. In der Sparkasse musste Lore mehrmals den Schalter wechseln. Immer war da, wo sie stand, gerade kein Servicemitarbeiter zur Stelle. Das Gemüse besorgte sie bei Hedi. Draußen bei den Stiegen war niemand, also füllte Lore Kohlrabi, Tomaten und Zucchini eigenhändig in die Papiertüten und ging nach drinnen, wo ebenfalls gähnende Leere herrschte. Lore rief und lauschte, doch statt einer Antwort hörte sie nur die Stille von totem Gemüse. Nach zweimal Rufen erschien Hedis Sohn im Laden, um abzukassieren.

Die Sonne stand bereits hoch, als Lore sich auf den Heimweg machte. Die starke Steigung, das Gewicht der Tüten und die Hitze machten den Aufstieg schwer, und erneut beschlich Lore das Gefühl, am schwierigsten Ort der Welt zu leben.

Lore war zehn, als die Mutter sie hier zurückgelassen hatte. Wie immer hatten sie die Ferien bei Oma Kukuk verbracht. Papa, Mama, Lore. Den ganzen Sommer lang war Lore durch die duftenden Wiesen gestreift und hatte die Halme zu Zöpfen geflochten. Im Stall der Nachbarin war ein Kälbchen geboren worden. Lore versorgte es und dachte mit Bangen an das Ende der Ferien, wenn sie wieder zurück in die Stadt musste. Drei Tage, bevor die Ferien zu

Ende gingen, passierte es. Lore war an diesem Morgen früh aufgestanden, um dem Kälbchen die Flasche zu bringen. Auf dem Weg zum Ausgang hatte sie die Gestalt im Augenwinkel bemerkt. Wie ein Berg lag der Körper mitten in Omas Küche. Aber Lore hatte keine Zeit. Das Kälbchen hatte Hunger. Als sie zurückkehrte, hatte die Familie den Berg in Omas Küche bereits entdeckt und weggebracht. Es war Vater gewesen. Tot auf dem Sisalteppich. Wegen der Beerdigung wurden die Ferien um zwei Tage verlängert. Nach wiederum zwei Tagen verließ die Mutter das Haus. Sie musste in der Stadt nach Arbeit suchen, Lore, so hatte man entschieden, war besser bei Oma Kukuk aufgehoben. Wobei Lore das mit dem ›aufgehoben‹ nicht verstand. Als Trost blieb Lore das Kälbchen. Und Edel, das Mädchen aus der Nachbarschaft, das bei Oma ein und aus ging. Edel aus dem Burgmannenhaus. ›Zores‹ nannte man im Dorf die Leute, die dort lebten, denn es handelte sich dabei um arme Leute, die sonst keine Bleibe besaßen. Edel lebte dort mit ihrer Mutter, die anders war als andere Mütter. Sie kochte Essen in der Plastikschüssel, sodass der Gestank von geschmolzenem Kunststoff durchs ganze Dorf zog. Für Edel kaufte sie Kleidung, die einer Dreijährigen zu klein gewesen wäre. Und sie redete wirres Zeug, immer wenn Lore Edel abholen kam. Oma Kukuk kümmerte sich um Edel, ließ sie mitessen und im Garten mit anfassen. Edel war kein Zores. Das Mädchen mit den glattblonden Zöpfen bewegte sich mit der Selbstverständlichkeit eines Burgfräuleins. In der Schule war sie geachtet, sogar von den Lehrern. Bei den Schülern war sie beliebt. Sie ging mit Lore zur Schule, aber in eine höhere Klasse, sodass Lore in der Schule auf sich allein gestellt war.

In den Ferien auf dem Lande zu Besuch zu sein, die Tiere aufwachsen zu sehen und die Natur als Spielwiese zu haben, war eine Sache. Als Stadtkind dort zu leben, eine andere. Jeder kannte jeden schon seit einer Ewigkeit, immer schien überall jeder Platz schon besetzt. In den Schulpausen sah Lore nur die Rücken der Kinder, die in Grüppchen zusammenstanden und lachten, als würden sie über sie lachen. Im Unterricht saß Lore allein auf einer Bank, die für zwei bestimmt war.

Nachmittags kam Edel zum Spielen. Als sich Lore einmal über die Missachtung ihrer Klassenkameraden beschwert hatte, hatte Edel nur erwidert: »Es sind halt Dorftrottel.« Ohnehin entschädigten die gemeinsamen Nachmittage Lore für alles, was vormittags geschah. Die Streifzüge mit Edel waren tausendmal aufregender, als sie es je mit den Klassenkameraden hätten sein können. Edel kannte jeden Quadratzentimeter in Omas Garten und zögerte nicht, Lore in diese geheime Welt einzuführen. Eines Nachmittags führte sie Lore in den Teil des Gartens, der tabu war. Vor einem Strauch, der dicht mit kurzstieligen Blättern besetzt war, machte Edel

Halt und bog die Zweige beiseite. Unter den Blättern kamen kleine, lackschwarz glänzende Kirschen zum Vorschein. »Tollkirsche«, flüsterte Edel bedeutungsvoll. Lore streckte die Hand aus, um eine zu pflücken, doch Edel schlug sie beiseite. »Eine davon und du bist …« Sie beschrieb eine Geste, bei der sie mit dem Daumen die Kehle entlangfuhr. Im Schatten der Tollkirsche wuchs die Alraune, eine bodennahe Rosette mit länglichen Blättern fast wie Stachel. Lore schnitt sich an einem der gezahnten Blattränder, wagte aber nicht, das Blut abzulecken, aus Angst, sich zu vergiften. Neben der Alraune wuchs das Bilsenkraut, dessen pelzige, fleischige Blätter Lore erst gar nicht berühren mochte. Edel ging zwei Schritte weiter, und sie waren an einer Blume, die bis oben hin dicht mit blauen Glocken besetzt war. »Lavendelblau«, bemerkte Edel mit einem Seitenblick auf Lore. »Lass uns hier verschwinden«, hatte Lore gedrängt, der bei der ganzen Sache unwohl wurde.

Andere Pflanzen waren zwar nicht giftig, aber gemein. So hatte Edel sie mit der ›Tigerglockenblume‹ bekannt gemacht. Ihre Stängel hingen voller bunter Glockenblüten. Edel hatte Lore aufgefordert, eine der Glocken abzupflücken. Der Blütenstaub rieselte auf Lores Handrücken und verbreitete einen Gestank nach Schweinestall und Kotze, der sich auch mit viel Seife nicht abwaschen ließ. Lore bewahrte die Blüte der Stinkblume auf, trocknete sie in ihrem Zimmer und verteilte das Pulver in den Schulranzen ihrer Klassenkameraden. Lore und Edel hatten sich immer das Zimmer im ersten Stock von Omas Haus geteilt. Nach Omas Tod erbte Lore das Haus und überließ Edel das ehemalige gemeinsame Zimmer. Sie selbst bezog Omas altes Schlafzimmer neben der Küche. Zeitweise wohnte Edel noch in ihrem alten Zimmer, doch auch nachdem sie ausgezogen war und geheiratet hatte, blieb es Edels Zimmer, in dem sie gelegentlich übernachtete.

Erschöpft und verschwitzt gelangte Lore zum Burgfried und griff nach dem Eisenring, um das Burgtor zu öffnen. Der Sage nach gehörte die Burg demjenigen, dem es gelang, den faustdicken Ring zu durchbeißen. Lore stellte sich vor, wie es sich anfühlte, ihre Zähne in das rostige Eisen zu schlagen, bis der Zahnschmelz knirschend zerbarst und sie nichts mehr zu spüren brauchte als den kältegetriebenen ziehenden Schmerz, im Mund der Geschmack von Blut und Zahnsplittern und Eisen.

Lore betrat den Burghof. Wie immer klemmte die Zeitung unter der Türklinke des Museums. Üblicherweise nahm sie die Zeitung heraus, wenn sie das Museum aufschloss, und las sie bei einer Tasse Kaffee, während das Schlossgespenst mit lautem Rumpeln zu verstehen gab, dass ihm die langen Pausen missfielen. Heute schienen die Buchstaben der Zeitung sie anzuleuchten, und obwohl sie keine der Überschriften entziffern konnte, mochte sie diesmal nicht warten. Sie riss die Zeitung von der Klinke und nahm sie mit ins Haus. Die Einkäufe stellte sie in den Flur und schlug die Zeitung auf dem Küchentisch auf. Der anhaltende Hitzerekord war Dauerthema. Getränkehersteller vermeldeten Rekordzahlen und drohten gleichzeitig mit Wasserknappheit. Sogar Menschenleben hatte die Hitzewelle bereits gefordert.

Lore überblätterte die Seiten des Politik- und des Sportteils. Erst bei der Regionalseite wurde sie langsamer. Schon wieder ein Artikel über die Wandertrasse des Geoparks. Lore überflog den Artikel, während ihr ein Heer winziger Spinnen den Rücken hinabkrabbelte. Zielgerichtet schweifte ihr Blick weiter kreuz und quer über die Seite. Und als er sich in einer kleinen Zeile unter ›Vermischtes‹ verfing, legte sich eine eiskalte Hand in ihren Nacken. Nachdem sie gelesen hatte, starrte sie sekundenlang ins Leere, während die Hilflosigkeit aus ihrer Kehle ein urtümliches Stöhnen trieb. Für kurze Zeit fühlte sie sich wie im freien Fall, doch dann bemerkte sie, wie die Gewissheit sie mit Ruhe erfüllte. Sie hatte gewusst, dass es so kommen würde. Jetzt war es so weit.

Schwerfällig erhob sie sich von ihrem Stuhl und ging in den Flur. An der Garderobe hing ihre Handtasche, sie steckte den Arm hinein und durchwühlte das Innere. Als sie das kühle Kunststoffbrikett zu fassen bekam, zog sie es aus der Tasche. Das Handy. Sie hätte es auf keinen Fall mitnehmen dürfen. Aber es hatte im Auto gelegen, direkt auf der Ablage vor ihr, wie eine Einladung. Jetzt, da sie den Apparat in der Hand hielt, wusste sie ihn kaum zu bedienen. Sie begann, wahllos Tasten zu drücken. Das Fenster auf dem Ding begann zu leuchten und dann eine Liste von Namen anzuzeigen. Nach mehreren Versuchen begriff Lore, wie sie die Liste nach oben und unten bewegen konnte. Sie las einen Frauennamen nach dem anderen: Agnes Raimund, Brigitta Hollstein, Herlind Groll, Ella Balkhausen, Gerlind Weber, ein alphabetisch sortierter Harem. Lores Herz pumpte. Mistkerl, dachte sie und wieder fiel ihr ein, wie er auf das Hinterteil der Bedienung geglotzt hatte. Plötzlich erfüllte sie ein Gefühl von tiefer Zufriedenheit und ohne in den Spiegel zu schauen, wusste sie, dass sie lächelte. Er hatte bekommen, was er verdiente. Sie ließ das Handy zurück in ihre Handtasche gleiten.

GLÜCKSKIND

Agnes Rosebrok war ein Glückskind. Nicht nur wegen der guten Gene, die ihr auch jetzt, jenseits der 40, ein jugendliches Aussehen verliehen. Sondern weil man ihr Schicksal durchaus als eine Aneinanderreihung glücklicher Umstände bezeichnen konnte. Wie jeden Morgen stand sie vor dem Spiegel und bewunderte ihr Antlitz, während sie mit einem Cocktail aus straffenden Seren und nährenden Cremes dazu beitrug, es für viele weitere Jahre zu konservieren.

Alles an Agnes Rosebrok war eine Mischung aus guten Anlagen und mit glücklicher Hand gesteuerten Zufällen. Seit sie im Alter von 17 ihre Heimat, ein ukrainisches Dorf, ein Dreckkrümel auf der Landkarte, verlassen hatte, war ein glücklicher Zufall auf den nächsten gefolgt. Noch im Zug lernte sie Horst kennen, einen Handlungsreisenden aus dem Schwäbischen. Die zwei Jahre währende Ehe sicherte Agnes zwar nicht ihre Zukunft, aber ihr Aufenthaltsrecht in allen Ländern der Europäischen Union. Es folgte die Ehe mit Richard, er leitete eine Firma zur Herstellung elektronischer Bauteile. Das Ende dieser Ehe lieferte Agnes genügend Startkapital, um ihr eigenes kleines Unternehmen zu beginnen.

Sie gründete eine Partnerschaftsvermittlung, spezialisiert auf Senioren. Menschen im sogenannten besten Lebensalter, so nannte sie ihre Zielgruppe gern. Tatsächlich handelte es sich um Männer und Frauen im Rentenalter, die Ehe, Familie und die gesunden Jahre schon hinter sich und dennoch den Traum von einer Partnerschaft nicht ausgeträumt hatten. Und die sich lieber in die Hände einer Frau mit Herz und Verstand begaben als in die von anonymen Partnerbörsen mit Endlosformularen zum Ausfüllen.

Agnes war ihr persönlicher Glücksengel. Beraterin, Freundin, die immer ein offenes Ohr für ihre Schützlinge hatte. Auch an Wochenenden und Feiertagen, wenn die Einsamkeit Blütezeit hatte. Agnes Rosebrok war für ihre Kunden da, für eine Gebühr von 2400 Euro im Jahr.

Agnes hatte ihr Ritual beendet und überprüfte ihren Teint im Spiegel. Glänzende Stellen waren behutsam abgepudert worden, dunkle Stellen kaschiert. Dann bürstete sie ihr halblanges Haar, das sie sich alle 25 Tage sonnenpuderblond nachfärben ließ. Als ihre Schwester Agustina sie vor zehn Jahren zum ersten Mal besucht hatte, hatte sie minutenlang vor ihr gestanden und nicht fassen können, dass es sich bei dieser Erscheinung um ihre Schwester handelte. Was voll und ganz der Realität entsprach. Agnes war beileibe nicht mehr die Alte. Ihre Nase war begradigt und die schmale Figur durch vergrößerte Brüste abgerundet. Ihren armseligen russischen Akzent hatte sie mithilfe eines Logopäden abtrainiert. Den Vornamen Agniezca hatte sie bei der letzten Änderung des Nachnamens unauffällig in Agnes verwandelt. Sie war durch und durch eine Neue.

Agnes setzte sich an den Frühstückstisch, den die Hilfe an diesem sonnigen Morgen auf der Terrasse gedeckt hatte. Obst, Saft und die löffelweise bemessene Menge an Müsli. Dazu ein Mix aus Vitalstoffen und Vitaminen. Agnes schluckte die Auswahl der verschiedenfarbigen Kapseln und Tabletten mit

Saft herunter und widmete sich dann ihrem Müsli. Jeden Bissen mindestens 30 Mal kauen. Nur maximal zerkleinerte Fasern wurden vom Körper verwertet, alles andere wurde unzureichend verdaut und verblieb als gärende Schlacke im Darm zurück, wo alsbald ein schleichender Prozess der Selbstvergiftung einsetzte, an dessen Ende vorzeitige Alterung und Hässlichkeit standen. Agnes wusste alles über die Zusammenhänge von Ernährung, Vitalstoffen und Anti-Aging, denn einmal im Jahr fastete sie unter den Fittichen des Anti-Aging-Papstes Brockhaus, dessen Klinik ein Jahr im Voraus ausgebucht war. Agnes genoss ihr Frühstück ohne die Ablenkung der Tageszeitung und nutzte die morgendlichen Minuten des Kauens zur Reflexion.

Trotz der vielversprechenden Geschäftsidee hatte Agnes mit ihrem Unternehmen unter enormen Startschwierigkeiten gelitten. Es wollte einfach nicht anlaufen. Dann war Lazlo in ihr Leben getreten. Zunächst als Hausmeister, der Reparaturen jeder Art im ganzen Haus durchführte. Er kümmerte sich um tropfende Wasserhähne, verstopfte Leitungen, Elektro-, Putz- und Malerarbeiten und mit der Zeit auch um Agnes' persönliche Bedürfnisse. Durch die Regulierung einiger Stellschrauben kam schließlich auch Agnes' Geschäft ins Rollen, ja der Laden brummte. Es entwickelte sich eine äußerst fruchtbare Geschäftsbeziehung, die, wenn es nach Agnes gegangen wäre, endlos hätte weitergehen können. Doch dann war Reinhard, der Bezirksrat, in ihr Leben getreten. Ein Mann, der nicht nur Wohlstand, sondern auch beste Verbindungen in ihr Leben brachte. Agnes, die sich nie für Politik interessiert hatte, genoss es plötzlich, hautnah an den Schalthebeln der Macht zu sitzen. So hatte sie eingewilligt, als Reinhard nach seiner Beförderung zum Landrat um ihre Hand angehalten hatte. Als Frau Landrat in spe konnte sie sich Geschäfte mit Lazlo nicht mehr leisten. Ja, Agnes konnte sich den ganzen Lazlo nicht mehr leisten. Und sie verbrachte Wochen damit zu grübeln, wie sie ihn aus ihrem Leben eliminieren konnte, ohne Kollateralschaden anzurichten. Ihr sorgfältig geplantes Glück war in Gefahr. Wiederholt war sie in der letzten Zeit der bangen Frage erlegen, ob nun die Zeit gekommen war, dass sie für alles, was sie bisher vom Leben so großzügig bekommen hatte, bezahlen musste.

Das Müsli-Ritual war beendet und Agnes gönnte sich einen Schluck Kaffee. Dazu blätterte sie in der Zeitung. Die Schlagzeile, die sie unter ›Vermischtes‹ vorfand, stach ihr sofort ins Auge. Sie saugte die wenigen Sätze auf wie Honig. Dann lehnte sie sich in ihrem Gartenstuhl zurück, ihr Blick schweifte über die Wiesen, bis zum Gipfel des Otzberges, der sich aus der Landschaft erhob wie ein Zipfel aus dem Tischtuch, und lächelte. Agnes Rosebrok war ein Glückskind.

DAS LECK

Als Otto ins Büro kam, stand Brenneisen an seinem Schreibtisch und telefonierte. »Es ist Mord!«, rief er euphorisch, als er Otto erblickte. Er deckte die Sprechmuschel ab und flüsterte: »Helm hat es gerade bestätigt.«

Otto knallte die Zeitung auf den Tisch. »Das habe ich bereits erfahren. Aus der Zeitung.«

Ohne Abschiedsgruß ließ Brenneisen den Hörer auf die Gabel gleiten und las die Schlagzeile mit flatternden Nasenflügeln. »Lavendelmord in Dieburg«, zitierte er tonlos. Dann hob er den Blick. »Keine Ahnung, wo die das herhaben, ich habe es selbst gerade erst erfahren.«

»Aber das mit dem Lavendel, das stammt doch von Ihnen!« Otto nahm den Ton eines Generalfeldwebels an.

Brenneisens Lippen bebten. »Aber ich habe niemandem davon erzählt. Das schwöre ich … bei meiner Karriere.«

Otto holte tief Luft und hackte eine Telefonnummer in seinen Apparat. »Hauptkommissar Otto. Den Chef!«, bellte er. Es brauchte eine ganze Weile und verschiedene knackende Verbindungen, bevor der Chefredakteur des Darmstädter Echo am Apparat war.

»Christian, hier Roland. Es geht um den Todesfall in Dieburg. Woher habt ihr die Information mit dem Lavendel?«

»Guude, Roland. Äh, sorry, aber meine Quelle kann ich dir nicht nennen.«

»Christian, ich warne dich. Hier geht es um die Behinderung von Ermittlungen.«

»Es war ein anonymer Hinweis. Wir haben die Info in der Gerichtsmedizin überprüft. Die hat das bestätigt.« Otto knallte den Hörer auf die Gabel.

»Holen Sie Helm an den Apparat!«, bellte er Brenneisen zu. »Ich bin gleich wieder da.« Otto lief auf den Gang, mehr um sich zu beruhigen, und zog sich an der Maschine einen Kaffee. Als er zurückkam, stand Helm in seinem Büro. Seine langen Gliedmaßen ragten aus einem kurzärmeligen karierten Hemd und einer khakifarbenen Dreiviertelhose. Zumindest in der Gerichtsmedizin kleidet man sich intelligenter, dachte Otto, der in einer Stoffhose und langem Hemd steckte, als sei Winter.

»Hätte ich gewusst, dass du persönlich kommst, hätte ich dir einen mitgebracht.« Otto deutete auf seinen Kaffee und warf zwei Würfel Zucker hinein.

»Koffein-Höchststrafe? Womit habe ich das verdient?«, entgegnete Helm und betrachtete belustigt den Becher in Ottos Hand.

»Dafür, dass ihr die Journaille informiert, bevor ihr uns die Ergebnisse mitteilt«, knurrte Otto und verbrannte sich die Zunge am ersten Schluck.

Helm runzelte die Stirn. »Was ist passiert?«

Otto deutete auf die Zeitung. »Ich lese Lavendel und ich lese Mord, obwohl gestern noch von einem natürlichen Tod die Rede war.«

Helms Kinnlade klappte herunter. »Woher wissen die das?«

Otto hob seinen Becher an die Lippen und trank länger, als ihm lieb war, nur um Helm noch etwas auf die Folter zu spannen.

»Von eurer Abteilung«, erklärte er knapp.

Helm schnalzte missbilligend mit der Zunge. »Vielleicht haben die den neuen Prakti erwischt. Ich kläre das.«

»Gehört das nicht zur Grundausbildung eurer Praktis, die Fresse zu halten?«

»Ich kümmere mich drum«, versprach Helm. »Willst du jetzt die Laborergebnisse?«

Otto rührte in seinem Kaffee. »Leg los.«

»In der Tat deuten die Ergebnisse auf ein Verbrechen hin. Der Tod ist am Sonntag zwischen ca. 21 und 23 Uhr eingetreten. Das Opfer erlitt zunächst einen hyperglykämischen Schock. Das ist Überzucker, sagte ich ja bereits. Das Auffällige ist, es handelt sich dabei um eine Blutzuckermenge, die ich so noch nicht erlebt habe.«

Helm nannte eine Zahl, mit der Otto nichts anfangen konnte. »Der Kerl war von innen förmlich kristallin«, fuhr Helm fort. »Du hättest deinen Kaffee mit seinem Blut süßen können.« Otto betrachtete die Brühe in seinem Becher.

»Ihm muss ein Mittel verabreicht worden sein, das seinen Blutzuckerspiegel geradezu explodieren ließ. Lazlo Kalinn war Diabetiker, wir haben Insulin in ausreichender Menge bei ihm vorgefunden. Doch der arme Kerl war wohl schneller ohnmächtig, als er zur Spritze greifen konnte. Und jetzt kommen wir zur Todesursache.« Helm holte Luft. »In Nase und Rachen des Toten befanden sich Stofffasern. Wir vermuten, von einem seiner Sofakissen. Die Kollegen im Labor klären das gerade ab. Wir gehen davon aus, dass Kalinn mit einem Kissen erstickt wurde.«

Otto stellte seinen Kaffee auf den Tisch. »Das heißt, jemand hat ihn betäubt und dann erstickt, um ganz sicher zu gehen.«

Helm nickte. »Normalerweise sind bei Tod durch Ersticken massenhaft petechiale Blutungen vorhanden. Bei unserer Leiche haben wir nur eine kleine Einblutung im Lidbereich vorgefunden. Das weist darauf hin, dass das Opfer kaum Gegenwehr geleistet hat, also zum Zeitpunkt der Erstickung bereits ohnmächtig war.«

»Wissen wir, welche Substanz seinen Blutzucker so rapide ansteigen ließ?«

Helm schüttelte den Kopf. »Bisher negativ. Da stehen noch weitere Untersuchungen an.«

»Und der Lavendel?«

Helm zuckte die Schultern. »Daraus stellt man Parfüm her. Toxische Wirkung ist bislang nicht bekannt.«

Otto nickte und wandte sich an Brenneisen. »Da haben Sie, was den Mord angeht, doch einen guten Riecher bewiesen.«

Brenneisen senkte sein Haupt über das Klemmbrett, das er in der Hand hielt. Otto erkannte dennoch die blutrote Farbe, die sein Gesicht angenommen hatte. Ich sollte den Jungen öfter loben, dachte Otto. Das kennt der gar nicht. »Ich schlage vor, wir nehmen uns als Erstes die Kioskfreunde des Toten vor. Personalien haben wir ja, oder?«, fragte er Brenneisen. Der nickte, den Kopf weiter gesenkt.

ALLE LEGAL

Die Ermittlungen führten Otto und Brenneisen ins Frankfurter Bahnhofsviertel, wo gleich mehrere der Fahrzeughalter, deren Wagen am Kiosk gesehen worden waren, gemeldet waren. Jetzt um die Mittagszeit herrschte hier ein Klima wie in einer Dunstabzugshaube. Ein Kellerschacht spuckte kalte Luft aus, der kalte Zug wäre als Erfrischung durchgegangen, wenn er nicht mit modrigen Kellerausdünstungen durchsetzt gewesen wäre. Otto ließ den Blick die Straße hinunter schweifen. Abfall auf dem Bürgersteig, von nächtlichen Spaziergängern geplünderte Mülltonnen. Er steckte sich ein winziges Kügelchen Kautabak in den Mund.

»Riecht nicht gerade nach Backstube hier«, murmelte Otto, während er den Kautabak zerbiss. Brenneisen stammte aus einer bekannten Darmstädter Bäckerdynastie. Dazu war er verheiratet mit der Erbin der konkurrierenden Konditorfamilie. Gemeinsam steuerten die beiden ein gigantisches Mehlmonopol und herrschten damit über die Versorgung der Stadt mit Backwaren. Kein Magen in der Gegend, der noch nicht mit Hörnchen, Wecken und Plunder aus dem Hause Brenneisen in Berührung gekommen war. Warum sich Brenneisen entschlossen hatte, den Düften der Backstube zu entsagen, und seine Hände lieber in Blut als in Mehl tauchte, blieb Otto ein Rätsel, und er ließ keine Gelegenheit aus, Brenneisen mit der Nase auf seine Herkunft zu stoßen.

Brenneisen, dessen Gesicht schweißig glänzte, sah von seiner Liste auf. »Brauchen Sie ein Lavendelsäckchen?«

Otto schob das Tabakkügelchen zwischen die Schneidezähne. Alle Achtung, dachte er. Der Kerl besitzt tatsächlich einen Tropfen Humor. »Wo fangen wir an?«, fragte er und spie den Tabakklumpen auf den Boden.

»Hier entlang.« Brenneisen wies Richtung Kaiserstraße. Die erste Adresse führte sie zu einer Sandsteinfassade mit geschnitzter Eingangstür. Hier war der Halter eines silbernen Mercedes S-Klasse gemeldet. Ein Klingelschild aus Messing wies ihn als ›Dr. Kalukovski, Facharzt für Gynäkologie‹ aus. Otto drückte den Knopf.

Das Treppenhaus führte spiralförmig in die Höhe. Im zweiten Stock erwartete sie eine Arzthelferin in der offenen Tür. Sie hatte blondes Haar und gezupfte schwarze Augenbrauen, und der weiße Kittel stand gerade so weit offen, um ein wohlproportioniertes Dekolleté zu enthüllen. Sie wurden begrüßt und betraten die Praxis. Der Flur war mit Fischgrätparkett ausgelegt, rechts und links führten Kassettentüren mit diskret sandgestrahltem Glas in die Behandlungsräume. Wer hier ankam, ließ Hitze, Gestank und Stress der Straße hinter sich. Die Praxis war angenehm temperiert. Dieser Sommer ist ein Millionengeschäft für die Kühl- und Ventilatorenindustrie, dachte Otto und wischte sich den Schweiß aus dem Nacken. Die Schöne klopfte an die Tür zum Sprechzimmer, öffnete und kündigte die Besucher an. Als die beiden eintraten, erhob sich der Doktor und kam hinter seinem Schreibtisch hervor, um sie zu begrüßen. Sollte man diese Geschichte einmal verfilmen, so müsste Sky du Mont diese Rolle besetzen, dachte Otto und gab dem Doktor die Hand. Bei näherem Betrachten zeigte sich, dass die Haut seiner Wangen – vermutlich durch Aknebefall oder Vitaminmangel – von unschönen Narben gezeichnet war.

»Schreckliche Sache, das mit Lazlo«, sagte der Doktor, als er sich wieder setzte. Otto und Brenneisen nahmen ihm gegenüber Platz. Der Raum war schlicht möbliert, aber edel. Der Arzt saß aufrecht und entspannt in seinem Sessel. Hände ruhig. Puls auch, soweit Otto das auf Schreibtischdistanz beurteilen konnte. Sein Deutsch war fehlerfrei, wobei er nach einem für Otto nicht verständlichen System zwischen bestimmte Vokal- und Konsonantenkombinationen ein ›J‹ quetschte. »Sie vermuten Mord?«

Otto lehnte sich zurück. »Erzählen Sie uns etwas über Herrn Kalinn. Woher kennen Sie sich?«

Der Arzt zögerte nur einen winzigen Moment. »Man kennt ihn in der russischen Szene. Er ist öfter im Illjuscin anzutreffen. Er bietet Hausmeisterdienste an für verschiedene Etablissements.«

»Welche Etablissements?«

Der Arzt zuckte die Schultern. »Hier in meiner Praxis zum Beispiel. In den Geschäften unserer Freunde. Es ist immer gut, einen Handwerker zu kennen.« Der Doktor lächelte sein gewinnendstes Schiwagolächeln.

»In Dieburg betrieb der Tote einen Kiosk. Nach Aussagen der Nachbarn haben Sie sich dort öfter getroffen. Zu welchem Zweck?«

»Freunde besuchen sich gegenseitig.«

»Wer sind die anderen … Freunde? Können Sie uns Namen nennen?«

Dr. Schiwago nannte Namen, die sich mit den

Fahrzeughaltern deckten. »Sie haben alle hier ein Geschäft und sind legal hier.«

Otto und Brenneisen tauschten einen Blick. »Was war Kalinn für ein Mensch?«

Der Doktor überlegte kurz. »Zuverlässig, ehrenhaft.«

»Was verstehen Sie unter ehrenhaft?« Zum ersten Mal meldete sich Brenneisen mit pfeilspitzer Stimme von links zu Wort.

Der Doktor fuhr unbeirrt fort. »Wort halten. Da sein, wenn Freunde in Not sind.«

»War jemand von Ihnen in Not?«

Der Doktor schüttelte den Kopf. »Aber es tut einfach gut zu wissen, im Falle eines Falles.«

»War Kalinn verheiratet, gab es Freundinnen?«

»Er war früher verheiratet, wurde aber geschieden.«

»Freundin?«

Bei dieser Frage huschte Dr. Schiwago ein Lächeln über das Gesicht.

»Er hatte, wie Sie das nennen, Eisen im Feuer.« Das ›R‹ rollte er in die Länge, als wolle er das Gewicht des Eisens auf der Zunge wiegen.

»Gab es in Ihrer Gruppe vom Kiosk Streit, Auseinandersetzungen, Feindseligkeiten?«

Dr. Schiwago schob die Unterlippe nach vorn. »Nicht unter uns Freunden. Da gab's nie Probleme. Aber die Nachbarn vom Kiosk, die haben ein bisschen Ärger gemacht wegen dem Lärm, manchmal.

Und der Hausmeister von dort, das war Lazlos Feind. Weil er den Kiosk übernehmen wollte. Außerdem hat Lazlo manchmal in der Nachbarschaft Reparaturen gemacht. Für kleineres Geld als der Hausmeister. Da gab's öfter Ärger.«

»Auch Handgreiflichkeiten?«

Der Doktor sah erstaunt auf. Seine grauen Augenbrauen schienen zu vibrieren. »Sie meinen, jemand aus der Nachbarschaft hat ihn … ermordet?«

Otto spürte, dass Brenneisen etwas sagen wollte, und bohrte ihm die Schuhspitze in die Wade. Für Sekunden schien das Schweigen den Raum um einige Grad zu erhitzen.

Schiwago schüttelte nur langsam den Kopf. »Das müssen Sie beurteilen, ob man Menschen in Deutschland umbringt wegen Feindlichkeit und … Gewinnsucht.«

Otto nickte. »Wie stand es um Kalinns Finanzen, wissen Sie etwas darüber?«

Schiwago zuckte mit den Schultern. »Der Kiosk hat wohl nicht so viel eingebracht. Aber er hatte viele Installateuraufträge, ich glaube, das lief gut.«

»Können Sie uns Auftraggeber nennen?«

Schiwago nannte ein paar Namen, die Brenneisen notierte.

»Wann haben Sie ihn zuletzt gesehen?« Brenneisen fragte, während Otto aufstand und durch den Raum streifte. Der Doktor folgte ihm mit den Augen, nicht mit dem Kopf.

»Letzten Sonntag.«

»Wo waren Sie vorgestern Abend?« Otto erwartete den typischen Blick, der diese Frage oft begleitete: Verwunderung, Kränkung, Wut.

Doch der Doktor verzog keine Miene. »Zu Hause.« Es klang wie ›Chause‹.

»Und das kann bezeugen …?«, fragte Otto.

»Meine Frau.« Der Arzt deutete in Richtung Empfang. Otto nickte.

»Rauchen Sie?«, fragte Otto weiter.

»Ich bin Arzt«, antwortete sein Gegenüber mit dünnem Lächeln. Otto wies auf das Streichholzbriefchen, mit dem der Arzt während des Gesprächs spielte.

»Ach das, das bringen manchmal meine Patientinnen mit, von ihrer Arbeitsstelle. Als Werbung.«

»Was sagen Sie dazu?« Brenneisen zog aus seiner Jackentasche ein Päckchen Jin-Ling und warf es auf den Tisch. Es schlitterte über die leere Tischplatte und fiel dem Doktor in den Schoß. Der Doktor fasste das Päckchen mit spitzen Fingern, betrachtete es von allen Seiten und legte es auf den Tisch.

»Wenn Rauchen tödlich ist, ist das die Abkürzung.«

»Wir haben diese Zigaretten bei Kalinn im Kiosk gefunden.«

»So einen Dreck hat er nicht verkauft.«

Otto und Brenneisen tauschten einen Blick, was dem Doktor nicht entging.

»Meine Herren, ich muss Sie jetzt bitten zu gehen. Meine Sprechstunde beginnt in fünf Minuten. Über Lazlos Tod bin ich untröstlich. Aber ich fürchte, ich kann Ihnen nicht helfen. Und – wie gesagt – wir sind alle legal hier.« Derselbe Blick wie Jari, wenn er einen Knochen verspeist hatte. Brenneisen und Otto verließen die Praxis, nicht ohne sich von der Schönen am Empfang zu verabschieden.

Nach dem Aufenthalt in der klimatisierten Zone traf sie die Hitze im Freien umso heftiger. Die Luft wirkte plötzlich nicht nur heißer, sondern auch um etliche Kilo schwerer. Jede Bewegung war mit einer Kraftanstrengung verbunden. Sie überquerten die Straße, um auf die Schattenseite zu gelangen.

»Was waren das für Streichhölzer?«, fragte Brenneisen.

»Puff. Ich schätze, dass der gute Doktor überwiegend russische Prostituierte behandelt.«

»Jedenfalls hat er an seiner Legalität keine Zweifel offen gelassen.«

Brenneisen äffte den russischen Akzent nach. »Wir sind alle legal.«

Otto musterte ihn mit einem anerkennenden Blick. Neben seiner Obsession für den Zigarettenschmuggel schien er den Blick für das Wesentliche nicht zu verlieren.

Auf der Schattenseite der Straße waren bereits die ersten Freier unterwegs. Männer, die die Mittagspause nutzten, um ihren Hunger nach Fleisch zu stillen.

Kommissar Otto hatte Mühe, nicht bei jedem Schritt gegen eine fremde Schulter zu stoßen. Nur zwei Straßen weiter befand sich die Adresse eines weiteren Zeugen, dessen Fahrzeug regelmäßig am Dieburger Kiosk zu sehen gewesen war. Sie standen vor einem fleckigen Schaufenster, in dem verblichene Fotos hingen, auf denen Tellergerichte und deren Namen in Deutsch und Kyrillisch abgebildet waren.

»Russischer Döner«, bemerkte Brenneisen. Als sie den Imbiss betraten, stellte der Bratendunst, der ihnen entgegenschlug, die Hitze der Straße noch in den Schatten. Als sich die beiden bei dem Inhaber zu erkennen gaben, trat er hinter der Theke hervor und führte sie ins Hinterzimmer. Er bot ihnen Platz an und sank dann ebenfalls auf einen der schmutzigen Plastikstühle. Sobald der Name des Toten fiel, begann er zu wimmern. Dabei redete er in unverständlichen, unvollständigen Sätzen, denen Otto entnahm, dass sie enge Freunde gewesen waren. Der Geruch von Schweiß und Hochprozentigem begleitete seine Ausführungen. Offensichtlich hatte er seinen Kummer bereits kräftig begossen. Jetzt, in Anwesenheit der Polizisten, trank er Tee.

»Möchten Sie?« Der Russe deutete auf Teegläser mit braunen Rändern. Otto und Brenneisen lehnten ab. Der Russe zählte eine Handvoll Würfelzucker in den Tee und schlürfte durch Zähne, die ebenso braun gerändert waren wie die Gläser. Nach einem kräftigen Schluck setzte er das Glas ab und blickte ins Leere. »Blaumann hat endlich gekriegt, was er wollte«, stellte er in breitem Russland-Deutsch fest.

Auf Ottos Fragen folgte eine ähnliche, wenn auch sprachlich weniger flüssige Darstellung von Lazlo Kalinn, seinem Verhältnis zu den Nachbarn im Allgemeinen und zu Hausmeister Gellner im Besonderen. »Immer wenn mehrere Ausländer zusammen, kriegen Deutsche Angst. Vor Kriminalität. Dabei sind wir alle legal.« Brenneisen und Otto tauschten einen Blick. Der Zeuge gab an, zur Tatzeit in einer Autowerkstatt gewesen zu sein, was ein Anruf bei dem entsprechenden Reparaturdienst bestätigte. Auch er hatte das Opfer am vorigen Sonntag zuletzt gesehen. Ein Blick in Keller und Hinterzimmer ergab nichts Verdächtiges, so traten Otto und Brenneisen bald wieder auf die Straße.

»Sonntag war Zahltag«, sagte Brenneisen und beobachtete über Ottos Schulter eine Prostituierte, die mit einem Freier verhandelte.

»Langsam«, mahnte Otto. »Vorschnelle Thesen beeinträchtigen das Urteilsvermögen.« Das grelle Mittagslicht stach ihm in die Augen. Er zerrte eine Schildkappe aus seiner Gesäßtasche und setzte sie auf. Sonnenbrillen waren nur etwas für Minister. »Wen haben wir als Nächsten?«, fragte er Brenneisen, der mit verdecktem Spott die Aufschrift seiner Schildkappe musterte: ›Heli 77‹.

Brenneisen warf einen Blick in seine Unterlagen. »Einen Schuster, einen Elektriker, einen Architekten ..., einen Hilfsarbeiter im gewerblichen Milieu«, las er vor.

»Bunt gemischter Haufen, diese Russenclique«, brummte Otto. »Standesunterschiede kennen die scheinbar nicht. Wer von den Verdächtigen ist in der Nähe?«

»Iban Gregoric. Arbeitet im gewerblichen Milieu. Eine Art Schauwerbegestalter, nehme ich an.«

Otto konnte sich das Lachen nicht verkneifen. »Sie wissen nicht, was ein Arbeiter im gewerblichen Milieu ist?« Er nahm Brenneisen den Notizblock aus der Hand, um nach der Adresse zu suchen. »Das dachte ich mir. Kommen Sie, Brenneisen. Jetzt lernen Sie was fürs Leben.«

Schon von Weitem leuchtete ihnen der in grellen Lettern gehaltene Schriftzug ›KOMM‹ entgegen. »Origineller Name«, brummte Otto. Der Weg ins Innere führte über einen in Neonorange ausgeleuchteten Lichtkorridor. An der Tür wurden sie von einem zweibeinigen Pitbull gemustert, der sofort begriff, dass es sich bei den beiden nicht um Freier handelte. »Zweiter Stock, dritter Gang«, gab er an, als Otto und Brenneisen ihm den Namen ihres Zeugen nannten. Otto führte, Brenneisen folgte, als sie durch die endlosen, schummrig beleuchteten Gänge liefen, rechts und links warteten Mädchen in den Türrahmen.

Otto dosierte das Gehtempo schnell genug, um von den wartenden Schönheiten nicht angesprochen zu werden, aber langsam genug, um nicht als zu ängstlich zu gelten. Im Gehen verabreichte er Brenneisen über die Schulter einen Grundkurs in Milieu. »Arbeiter im gewerblichen Milieu, das ist die offizielle Bezeichnung für Wirtschafter. Das sind die Typen, die in den Laufhäusern für die Zimmervermietung, den reibungslosen Geschäftsablauf und die Sicherheit der Mädchen sorgen. Sie sind Angestellte der Pächter, und die wiederum pachten die Häuser stockwerks- oder abschnittsweise, je nach finanziellen Möglichkeiten. Und alle verdienen mit am Geschäft mit dem …« Otto verkniff es sich, das letzte Wort auszusprechen. Immer, wenn er mit einem Bordell zu tun hatte, stellte er sich die Menge an Sperma vor, die hier Nacht für Nacht produziert wurde. Literweise, ein Abfallstoff, der entsorgt wurde wie Gülle in der Tierhaltung, allerdings nicht mit so strengen Auflagen. Doch Brenneisen mochte er mit seinen Fantasien nicht behelligen.

»Gregoric ist also Zuhälter«, kam von schräg hinten.

Otto wiegte den Kopf. »Wirtschafter. Das klingt legaler.«

Gregoric erwartete sie in seiner Arbeitszelle. Ein winziger Raum, der alles enthielt, was zur Sicherheit der Mädchen nötig war. Computer zur Überwachung der Zimmer, Kondome, und sicherlich steckte irgendwo auch eine Waffe. Oder ein Schlagring für jene, die einen Faustschlag nicht kapierten. Auf dem

Computerbildschirm waren die Fenster der Überwachungskameras zu sehen. Teppichgeflieste Böden im trüben Licht, in den Türrahmen die langen Beine der Sex-Arbeiterinnen, sofern sie nicht gerade ihrer Arbeit nachgingen. Gregoric selbst sah aus wie der Zwillingsbruder des Pitbull.

Wo werden diese Typen nur gezüchtet?, fragte sich Otto. Wahrscheinlich in Fitnessstudios. Die Aussagen des Pitbull deckten sich fast aufs Wort mit den Aussagen der anderen beiden. Man kannte sich aus dem Milieu, schätzte Kalinn als zuverlässigen Freund und betonte ebenso ungefragt seinen legalen Aufenthalts-Status.

»Als hätten sie alle denselben Sprachkurs belegt«, sagte Otto, als sie wieder auf der Straße standen.

»Deutsch für Lügner«, ergänzte Brenneisen, bevor er ins Auto stieg. Gar nicht so übel, der Kerl, dachte Otto, als sie zurück nach Darmstadt fuhren.

»Wir sollten die Jungs alle mal routinemäßig überprüfen«, ordnete Otto an. »Melderegister, Konten, Finanzamt.« Brenneisen nickte.

SCHNITTCHEN MIT EI

Lore betrachtete den gedeckten Tisch und musste schmunzeln. Was hatte sie da nur angerichtet: eine Biedermeieridylle aus Schnittchen mit Salami, Schinken und Ei, garniert mit Gürkchen. So wurden Gäste in ihrer Jugend bewirtet, als Cornichons aus dem Glas noch Gummern hießen. Heutzutage servierte man Dips, Weißbrot und Oliven, das wusste sie aus modernen Fernsehsendungen. Aber Lore wollte keine moderne Tante sein. Sie wollte die muffige Tante sein, die zu süß roch und zu der man Kontakt nach Möglichkeit mied.

Zunächst hatte sie dem monotonen Schrillen des Telefons widerstanden, wohl wissend, dass es sich bei dem Anrufer nur um den Neffen handeln konnte. Edel war die Einzige, die sonst anrief, und wenn Lore nicht ans Telefon ging, konnte sie sicher sein, dass diese zehn Minuten später vor der Tür stand. So oft, wie in den letzten Tagen hatte das Telefon in den letzten 30 Jahren nicht geklingelt. Irgendwann war Lore mürbe geworden. Am Telefon wollte der Neffe die Sache mit Leben und Tod nicht weiter ausführen. Eine Familienangelegenheit, so hatte er nur angedeutet. Familienangelegenheiten waren bei den Kukuks meist ungut. Lore fischte eine Gummer aus der Lake und kaute geräuschvoll, um die negativen Gedanken aus ihrem Kopf zu vertreiben.

Der Blick auf die Wanduhr zeigte, dass sie noch genügend Zeit hatte, sich frisch zu machen. Das Schellen der Türklingel jagte ihr einen Stich durchs Mark. Junge Leute kamen selten zu früh, das wusste sie ebenfalls aus den Fernsehsendungen. Lore blieb bewegungslos stehen und spitzte die Ohren. Ein Schlüssel wurde ins Schloss gesteckt und umgedreht. Kurz darauf stand Edel in der Küche, um den Kopf ein Tuch gewickelt, wie immer, wenn sie nicht dazu kam, ihre Haare zu machen. Lore empfing sie mit einem unwirschen Blick.

»Wie siehst du denn aus!«, rief Edel zur Begrüßung. Lore blickte an sich hinab. Der ausgeleierte Hausanzug hatte Flecken in Landkartengröße, vor allem unter den Armen.

»Ich erwarte Besuch«, erklärte sie und zupfte nervös an der Baumwolle.

Edel ließ den Blick über den gedeckten Tisch schweifen. »Das sehe ich.« Sie trat an den Tisch, nahm eine Gabel und angelte damit eine Gummer vom Tablett. »Wen denn?«, fragte sie und steckte die Gurke in den Mund. »Lazlo kanns ja nicht sein.«

»Du bist geschmacklos«, murmelte Lore, nahm das Tablett und stellte es in den Kühlschrank.

»Der Typ aus dem Stripclub? Dein Neffe?«

Lore fuhr herum. Die Antwort erübrigte sich. Schließlich wusste Edel genauso gut wie Lore, dass sich in dieses Haus so leicht keiner traute. Lore arrangierte die Position der Gläser neu. Edel setzte sich und schenkte sich ein Glas Limonade ein. Lore baute sich vor ihr auf und verschränkte die Arme. »Was willst du?«

Edel starrte sie mit großen Augen an. »Liest du keine Zeitung?«

Lore wischte sich die Hände an der Hose ab.

»Weißt du, was da draußen los ist?«, fuhr Edel fort, als Lore nicht reagierte. »Die Leute reden.«

Lore stützte die Hände in die Hüften. »Wenn du nicht geredet hättest, wüsste keiner, dass ich mit Lazlo aus war.«

Edel packte Lore am Handgelenk. »Von mir hat keiner was erfahren, das musst du mir glauben.«

Lore musterte sie argwöhnisch und versuchte, ihr das Glas wegzunehmen. »Du musst jetzt gehen, mein Neffe muss jeden Augenblick hier sein.«

»Lore!« Edel schüttelte bittend Lores Handgelenk. Lore starrte auf die Hand, die sie festhielt. Warm und klein waren Edels Hände. Geschickte Mädchenhände, die die Etiketten für Omas Tiegel perfekt beschriftet hatten. Lores Hände waren fast zweimal so groß und viel ungeschickter. Dennoch musste sie unter Omas Aufsicht so lange üben, bis sie dieselbe kleine, exakte Schönschrift mit den Schmuckbögen hinbekam. »Schau, wie Edel es macht. Edel kann's besser«, waren Omas Worte immer gewesen. Lore hätte am liebsten die Tiegel quer durch die Küche geschleudert. »Dann soll Edel es doch machen!«, hatte sie geschrien. Nun hielt sie ihr Handgelenk mit ihren kleinen, geschickten Händen.

»Ich bin hier, um dir zu helfen«, erklärte Edel beschwörend. »Wenn die Polizei dich fragt, wo du zur Zeit des Mordes warst, sagst du, bei mir im Studio. Du bist als Aromatermin schon bei mir eingetragen.«

Lore brauchte einen Moment. Dann wurde sie überspült von einer Mischung aus Schuld und Dankbarkeit. Wieder mal war es Edel, die hinter Lore stand. Mit einer Selbstverständlichkeit, die keinen Dank erwartete.

»Sie werden jeden befragen, der ihn kannte«, fügte Edel nun hinzu. »Und du mit deinem Ruf ...«, sie unterbrach sich, als habe sie sich in die Wange gebissen.

Lore sah Edel plötzlich verwischt durch einen Tränenschleier. Dankbar drückte sie ihre Hände, möglicherweise etwas zu fest, denn nun entwand die Freundin sich Lores Griff. Sie erhob sich von ihrem Stuhl und starrte aus dem Fenster. Inzwischen war die Dämmerung hereingebrochen und nahm den Gegenständen Kontur und Farbe.

»Warum verkaufst du das Grundstück nicht einfach und ziehst weg?« Es sah aus, als spräche Edel mit ihrem Spiegelbild.

Die Dankbarkeit wich aus Lore und machte Platz für eine sekundenschnell aufkochende Wut. »Du weißt, warum«, stieß sie aus, und Edels verständnislosen Blick im Rücken, verließ sie die Küche und schloss sich im Badezimmer ein. Sekundenlang starrte sie in den Spiegel, der links oben einen blinden Fleck hatte, sodass es aussah, als fehle dem Betrachter ein Stück seines Kopfes, als sei eine Ecke des Gehirns ausgespart, und immer überlegte Lore, welches Areal des Gehirns dies wohl sein könnte. Das Zentrum der Logik, der Sprache oder des Gewissens? Nach einer Weile zwang sie sich dazu, den Hausanzug auszuziehen, rieb sich mit Kölnisch Wasser ab und schlüpfte in das Kleid, das im Wäschekorb zuoberst lag. Sie bändigte die Haare mit Wasser, malte mit Wimperntusche und Lippenstift etwas Leben in ihr Gesicht und setzte sich dann auf den geschlossenen Toilettendeckel. Erst als es klingelte, erhob sie sich wieder. Bevor Lore zur Haustür ging, warf sie einen Blick in die Küche. Edel war verschwunden, hatte aber das halb ausgetrunkene Limonadenglas und ein angebissenes Brot an ihrem Platz liegen lassen. Lore räumte beides weg und ging dann zur Haustür.

Als sie öffnete, erschrak sie zunächst wieder über die schrankhafte Größe des Neffen. Er musste sich bücken, um durch die Tür zu passen, und als er im Flur stand, bemerkte Lore, dass er nicht allein gekommen war. Hinter ihm stand ein Mädchen, das so zierlich war, dass es vollständig hinter dem Neffen verschwunden war. Lore führte die beiden in die Küche, die durch die Präsenz des Neffen wirkte wie eine Puppenstube. Der Neffe sah sich einen Moment um, vermutlich war hier auch alles kleiner, als er in Erinnerung hatte.

»Das ist Mandy«, stellte Achim seine zierliche Begleiterin vor. Lore bot beiden Platz an und versorgte sie mit Essbarem und Getränken. Das Mädchen kam ihr bekannt vor, auch wenn sie nicht wusste, woher. Vorsichtig, fast verängstigt bedienten sie sich an den Schnitten und kauten, während sich ihre Blicke immer wieder kreuzten. Lore ließ den beiden Zeit, während sie ihre Serviette zerknüllte.

Irgendwann hielt sie es nicht mehr aus. »Raus mit der Sprache, was wollt ihr?«

Der Neffe schluckte unbeholfen. Seine Augen wanderten von Lore zu Mandy und wieder zurück. »Es geht um das Gift«, stammelte er schließlich. Das Wort durchfuhr Lore wie ein Stromstoß. Sie schnappte nach Luft und einige zitternde Sekunden lang glaubte sie, dies sei ein Scherz. Doch der Gesichtsausdruck der jungen Leute zeigte, dass es ihnen ernst war.

»Vergiss es!« Lores Stimme war mindestens ebenso schneidend wie das Gefühl in ihr.

Der Junge mit dem Bulldoggenkörper sah wieder zu seiner Freundin. Als würde er zu ihr sprechen anstatt zu Lore. »Du bist die Einzige, die uns helfen kann.«

Lore stand auf und durchquerte den Raum. Weit kam sie nicht, die Küche war klein. Wie ein Tiger wanderte sie zwischen Küchentisch und Kanapee hin und her. Blitzlichtartig wurde sie von Erinnerungen heimgesucht. Der kleine Benjamin. Ihr Vater. Ronni. Die beiden Toten aus dem Männerchor. Der flehende Blick des Jungen hielt sie im festen Klammergriff. Sie setzte sich wieder an ihren Platz. »Welches Gift?«, fragte sie tonlos.

Auf einen Blick des Neffen hin zog Mandy einen Zettel aus ihrer Tasche. Lore las das Papier. Dann hob sie die Augen und blickte direkt in die angstvoll geweiteten Pupillen des Mädchens. »Die Tollkirsche.« Lore wagte nur ein Flüstern.

Das Mädchen nickte wie in Zeitlupe.

HEIMATURLAUB

Zu Hause wurde Otto gewohnt überschwänglich begrüßt. Wie immer war der arthrosesteife Jari Sieger im Wettlauf um die ersten Liebkosungen. Kauka musste sich auf dem Weg durch den Flur erst an den Hindernissen vorbei tasten. Eigentlich kannte er den Flur wie auch die Maße der Wohnung auswendig, doch immer wieder lagen wie von Geisterhand im Flur verstreut Ottos Schuhe. Zu Ottos Erstaunen, denn gerade wegen der Behinderung seiner beiden senioren Mitbewohner achtete er stets auf peinliche Ordnung, wenn er die Wohnung verließ. Wenn er nach Hause kam, lag immer Kram im Weg. Otto fragte sich, woher die beiden Pinscher-Senioren die Kraft nahmen, Schuhe, Kleidungsstücke und Nippes durch die Wohnung zu schleppen.

Nach der genauso ausgiebigen wie vorsichtigen Begrüßung betrat Otto die Küche, um die Abendmahlzeiten zuzubereiten. Für Jari pürierte er eine Portion Fleisch, Kauka bekam sein Trockenfutter teils in den Napf, teils in kleinen Verstecken in der ganzen Wohnung verteilt, um seinen Geruchs- und Orientierungssinn jenseits des Sehens zu schulen. Nach der Fütterung trug Otto die beiden zum Abendspaziergang. Der Abend war mild, die Sorte, bei der man mit seinen Lieben auf der Terrasse saß. Vorausgesetzt, man besaß beides – Terrasse und die Lieben. Zurück vom Spaziergang, öffnete sich Otto ein Bier und setzte sich damit ans offene Fenster. Nachdem er die Dose in großen Zügen geleert hatte, schnappte er sich den Feldstecher, verließ die Wohnung und stieg in sein Auto.

Auf der Autobahn, an der er jeden Grashalm kannte, fuhr er der untergehenden Sonne entgegen, immer wieder musste er den Sichtschutz regulieren und die Körperposition so verändern, dass er gegen das blendende Gegenlicht noch die Straße erkennen konnte. Als er ankam, war die Sonne weg, es herrschte eine graue Dämmerung. Otto hielt an einer Tankstelle, besorgte zwei Dosen Bier und eine Dose Schoka Kola. Seinen Wagen stellte er auf einem Parkplatz ab, schlug sich 150 Meter durchs Gebüsch und bezog zwischen zwei Sträuchern Stellung. Unsichtbar für Spaziergänger, Nachbarn und die Zielperson. Durch den Feldstecher erblickte er sie sofort. Sie befand sich im Haus und hantierte mit irgendetwas. Mit etwas Fantasie wickelte sie ein Baby, doch vermutlich bereitete sie Essen zu, denn sie stand in der Küche.

An ihrer Haltung erkannte er, dass sie allein war. In Gegenwart anderer hielt sie sich gerader. Aber vielleicht wartete im Wohnzimmer jemand auf sie. Oder im Schlafzimmer. Er setzte den Feldstecher ab, um sich ein Bier zu öffnen, und leerte es in einem Zug. Dann richtete er den Feldstecher wieder auf das Fenster. Sie war weg. Doch so hartnäckig er das Sichtgerät auf die Hauswand richtete, sie wurde nicht durchsichtig. Ins Wohnzimmer konnte er nur sehen, wenn er sein Versteck verließ, den Garten umrundete und von dort hereinsah. Dabei war die Gefahr, entdeckt zu werden, allerdings sehr groß. Plötzlich tauchte sie wieder in der Küche auf, nur um gleich wieder zu verschwinden. Er kannte das von ihr. Erst beim Essen fiel ihr ein, worauf sie eigentlich Lust hatte. Ihre gemeinsamen Mahlzeiten waren ein einziges Hin und Her zwischen Küche und Wohnzimmer.

»Lass uns in der Küche essen«, hatte Otto immer wieder vorgeschlagen. Doch Gabi beharrte stets darauf, die gemeinsamen Mahlzeiten am schön gedeckten Wohnzimmertisch einzunehmen. In der Küche aß sie nur, wenn sie alleine war. Manchmal war Otto zu der Überzeugung gelangt, dass sie nur hin und her lief, weil sie es nicht aushielt, ihm gegenüberzusitzen. Aber auch nach der Trennung hatte sie diese Gewohnheit beibehalten. Und dadurch wusste er jetzt auch, dass sie nicht alleine war.

Gabi und er hatten dieselbe Schule besucht. Er hatte von Anfang an für sie geschwärmt, sie hatte ihn nie bemerkt. Ihr kurzes, aber welliges blondes Haar und ihr verschmitzter Blick raubten Otto den Schlaf. Er verwendete Jahre seines Lebens, diesen Blick auf sich zu ziehen. Der Sommer, in dem er das Abitur machte, war genauso heiß gewesen wie dieser. Otto war zur Bundeswehr gegangen und hatte sich als Zeitsoldat verpflichtet. Dieser Umstand ließ ihn den Mut fassen, sie anzusprechen und auf ein Eis einzuladen. Sie sagte zu. Sie bestellte Spaghetti-Eis, und ihre Haare glänzten, als würden sie von der Sonne gefüllt. Fast ohne zu sprechen, löffelte sie ihr Eis und richtete es so ein, dass sich auf jedem Löffel immer zu gleichen Teilen Spaghetti-Eis und Erdbeersoße befand. Nach ungefähr der Hälfte des Eisbergs richtete sie zum ersten Mal das Wort an ihn. »Du wirst Soldat?« In ihrem Tonfall bemerkte Otto ein Naserümpfen.

»Flieger«, war seine Antwort. Er hatte es in diesem Augenblick erst beschlossen. Doch scheinbar war es überzeugend vorgetragen, denn plötzlich leuchteten ihre Augen mit den Haaren um die Wette und unter ihrem verschmitzten Blick wurde ihm heiß und kalt. Von diesem Zeitpunkt an trafen sie sich regelmäßig. Mit erfolgreichem Abschluss der Fliegerschule in Bückeburg heirateten sie. Es waren seine besten Jahre. Otto fühlte sich aufgehoben in der Einheit, der Kameradschaft und seinen Aufgaben. Zu Hause wartete die wunderbarste Frau der Welt.

Seine Flieger-Ausbildung absolvierte er auf der Sea King, einem drei Tonnen schweren Versorgerhubschrauber mit zwei Rotorblättern. Ein Brummi der Lüfte, den er mit tänzerischer Präzision steuerte. Seine Kameraden behaupteten, er könne das Ding auf einem Bierdeckel landen. Dann kam die Operation Südflanke vor dem Persischen Golf, bei der Seeminen aus dem Mittelmeer geborgen wurden. Ottos Nervenflattern übertrug sich auf die Pitch. Beim Anflug auf die Minen geriet die Sea King immer wieder ins Taumeln. Ihm unterliefen einige fliegerische Fehleinschätzungen. Es gab eine Untersuchung und peinliche Berichte. Danach war es mit dem Fliegen vorbei. Bodendienst bei der Einheit tun, kam für ihn nicht infrage.

Er bewarb sich für den gehobenen Polizeidienst und wurde angenommen. Sein strukturierter Dienstwille und seine Beobachtungsgabe ließen ihn schnell vorankommen, er spürte, wie er wieder ins Gleichgewicht kam, auch wenn er registrierte, dass der Glanz aus Gabis Augen gewichen war. Als er zum Hauptkommissar befördert und nach Darmstadt versetzt wurde, teilte Gabi ihm mit, dass sie ihn nicht begleiten würde. Zunächst dachte er, dass ihre Ablehnung nur der fremden Stadt galt, doch nach einem Jahr wurde ihm klar, dass sie sich auch gegen ihn entschieden hatte. Er überließ ihr das Haus, sie ihm die beiden Hundesenioren Jari und Kauka.

Der Blick durch den Feldstecher zeigte, dass die Küche immer noch leer war. Otto fasste einen Entschluss. Wenn sie bis zehn nicht wieder auftauchte, würde er seinen Posten aufgeben und nicht wiederkehren. Otto schloss die Augen und zählte so langsam, wie es die einstelligen Zahlen rechtfertigen konnten. Als er die Augen öffnete, war die Küche immer noch leer. Otto bewegte seine Beine, um sich in eine bequemere Sitzposition zu bringen, und öffnete eine weitere Dose Bier.

DIE DOSIS MACHT DAS GIFT

Noch lange, nachdem der Neffe und seine Freundin gegangen waren, saß Lore am Küchentisch und trank Lavendelwein. Der wurde jetzt zehn Tage lang jeden Tag besser und kippte danach innerhalb von drei Tagen. Lore stand auf und begann, Omas Kupfergeschirr zu polieren. Die Kannen und Kessel im Wohnzimmer auf der Anrichte und die Teller, die in der Küche an der Wand hingen, stellte sie in der Küche auf und rieb sie mit der Polierpaste ab. Dann hing sie die Teller und Töpfe wieder auf. An den schwarzen Rändern, die jetzt an der Wand zu sehen waren, bemerkte sie, dass die ursprüngliche Reihenfolge vertauscht war. Nach einigen Versuchen war alles wie zuvor an seinem Platz. Jetzt, da die Teller wie neu an den Wänden blinkten, konnte sie den Blick von dem glänzenden Metall nicht abwenden. Die Teller waren verziert mit Reliefs, die Müller oder Fischer bei der Arbeit zeigten. Hessischer Nippes, den Lore nach Omas Tod ausrangieren und wegwerfen wollte. Dann hatte sie, hinter einem der Teller versteckt, Omas Rezeptbuch gefunden.

Als Lore älter wurde, begann Oma Kukuk, sie auch in die Pflanzen aus dem Giftbeet einzuweisen: Fingerhut und Stechapfel, Herbstzeitlose und Schierling. Osterluzei, Bilsenkraut und Tollkirsche. Manchmal flüsterte Lore die Namen vor dem Einschlafen wie Zaubersprüche.

Nur zum Besten, nie zum Bösen

Das war das Prinzip, nach dem Oma Kukuk die gefährlichen Pflanzen einsetzte. Die Dosis macht das Gift, so brachte sie Lore bei. Das Pulver der Tollkirsche in geringer Menge etwa konnte Krämpfe lösen.

Eine winzige Menge zu viel jedoch führte zu Tobsucht, Verwirrtheit oder Tod. Nur wenige Tropfen des bitteren Wermuts konnten Bauchschmerzen sofort verschwinden lassen. Doch der Absinth, den Lore Jahre später aus den Blättern von Omas Wermutstrauch braute, schickte ihre Kommilitonen auf fantastische Reisen. Oma Kukuk ging niemals ein Risiko ein. War sie mit der Dosierung unsicher, wandte sie sich an Apotheker Weller, der ihr mit seinem Wissen zur Seite stand. Wenn er kam, schloss sich die Tür hinter ihm und es konnte Stunden dauern, bis sie sich wieder öffnete. Lore und Edel rätselten oft, was hinter der Tür vor sich ging, doch so sehr sie auch ihre Augen gegen das winzige Schlüsselloch pressten, sie bekamen nie etwas zu sehen. »So viele Rezepte können die gar nicht aushecken«, hatte Lore einmal gesagt.

Wenig Gift ist große Lust,

hatte Edel entgegnet, wobei ihre Augen geheimnisvoll blitzten. Lore verstand nicht, lächelte nur wissend. Irgendwann später fragte sie Oma Kukuk, ob sie Opa Weller zu heiraten gedenke. Omas Blick war zu dem vergilbten Porträt über dem Kanapee geflitzt, das einen Soldaten mit wackerem Gesicht und Pickelhaube zeigte: Opa Kukuk. »Einer tot, einer verschwunden, ich heirate keinen mehr«, war ihre Antwort. Erst viele Jahre später erfuhr Lore, dass es nicht die Heiratslust war, die Apotheker Weller zu Oma Kukuk führte, sondern eine geheimnisvolle Krankheit.

Lore ging zum Küchenschrank und nahm das Rezeptbuch aus der Schublade. Vorne die guten, hinten die bösen. Lore blätterte mit zitternden Fingern. Nach wenigen Seiten hatte sie den Text über die Tollkirsche gefunden, Oma Kukuk hatte sie auch Schwindelkirsche oder Wutbeere genannt. Über die Wirkweise dieser Pflanze hatte Oma Kukuk auffallend viele Informationen gesammelt, und Lore hatte erst viel später begriffen, warum. Begierig las sie die Aufzeichnungen durch.

Innerhalb circa 15 Minuten kommt es zu einer sehr starken Erregung, einer Rauheit, Trockenheit und einem Kratzen in Mund- und Rachenbereich. Die Schleimhäute trocknen aus. Der zum Teil quälende Durst kann durch die Schluckbeschwerden nicht gestillt werden. Die Haut bekommt eine scharlachrote Farbe und ist trocken und sehr heiß. Die Körpertemperatur steigt. Die Erregung des Vergifteten steigert sich bald zu einer starken Euphorie, in der große Heiterkeit, Lachlust, aber ebenfalls Weinkrämpfe auftreten können. Oft kommt es zum Bewegungs- und Rededrang, Schreien und Irrereden. Der Vergiftete kann sich nicht mehr räumlich und zeitlich orientieren und erlebt Halluzinationen. Kopfschmerzen, Schwindel, Zittern, Schwanken und Übelkeit sind ebenfalls vorhanden. Die Erregung steigert sich zu Tobsuchtsanfällen, zum Teil mit Krämpfen. Die Pupillen sind maximal erweitert, dadurch kommt es zu einem Gefühl der Blendung und Lichtscheu bei glänzend wirkenden Augen. Der Patient wird zunehmend bewusstlos, erschöpft und fällt in einen Schlafzustand, der einer Narkose ähnlich ist. Die anhaltende rote Farbe des Gesichtes ändert sich in eine bläuliche Farbe. Nun sinkt auch die Körpertemperatur unter den Normwert. Aus diesem Stadium heraus kann sich der Vergiftete wieder erholen oder er verstirbt im Koma an der zunehmenden zentralen Atemlähmung.

Lore spürte ihr Herz klopfen. Allein beim Gedanken, sich wieder an diese Pflanze zu wagen, stockte ihr der Atem. Und gleichzeitig musste sie kichern bei der Erinnerung an Freddy und den Ballsaal voller Tänzerinnen mit Krinoline. Dann rief sie sich zur Ordnung. In ihrer Verblendung hatte sie geglaubt, die Naturkräfte beherrschen zu können. Dann musste sie sich eingestehen, dass sie zwar Omas Haus und Omas Garten, nicht aber deren Talent geerbt hatte.

ZAPFENSTREICH

Als Otto in der morgendlichen Dämmerung heimkehrte, fand er Jari in einem bejammernswerten Zustand vor. Ein akuter arthritischer Schub hatte seinen Hinterleib völlig gelähmt, sodass er sich nur mithilfe der Vorderbeinchen von der Stelle schleppen konnte. Als er in den Flur gekrochen kam, fühlte sich Otto an einen Vorfall aus seiner Kindheit erinnert. Eine vergiftete Ratte hatte sich in ihren Garten verirrt, der Hinterleib war bereits vollkommen gelähmt. Das Tier konnte sich nur mehr um die eigene Achse drehen. Der Terrier Benni hatte die Ratte kläffend eingekreist. Diese wehrte ihn mit weit geöffnetem Maul ab, aus dem ein Fauchen kam, das Otto bis ins Wohnzimmer hören konnte. Ottos großer Bruder Tobi hatte dem Leiden der Ratte mit dem Spaten ein Ende gemacht.

Otto musste das Bild erst verdrängen, bevor er Jari auf den Arm nehmen konnte. Er fuhr direkt in die Tierklinik. Sie waren die einzigen Patienten und warteten im Neonlicht auf den Arzt, Otto spürte Jaris Zittern. Nach wenigen Untersuchungsgriffen war das Urteil des Mediziners gefällt. »Machen wir der Sache ein Ende«, sagte er, »der alte Herr soll nicht unnötig leiden.«

Otto schluckte. »Dann tun Sie, was getan werden muss.« Als Jari die letzte Spritze empfing, ruhte Ottos Hand auf dem glatten Fell, aber das Gesicht wendete er ab.

Auf dem Heimweg musste Otto am Straßenrand anhalten. Entgegenkommende Autos blendeten mit der Lichthupe, obwohl es schon dämmerte. Von hinten näherte sich hupend ein Wagen, doch Otto mochte nicht in den Spiegel sehen. Er starrte einen endlosen Zeitraum auf die schwarze Straße vor sich. Irgendwann startete er den Wagen und fuhr nach Hause.

Dort wurde er von Kauka empfangen, dessen Blick noch nie so vorwurfsvoll war. Was sollte jetzt nur mit dem kleinen Kerl geschehen? Er konnte ihn unmöglich den ganzen Tag sich selbst überlassen. Aber ihn ins Präsidium mitzunehmen, war auch keine Möglichkeit. Die vielen Menschen und Gerüche würden ihn überfordern. Otto genehmigte sich einen Cognac nach dem anderen. Als es sieben Uhr war, rief er im Präsidium an, um sich krankzumelden. »Sehen Sie zu, dass Sie diesen Pannager erwischen«, wies er Brenneisen an. Ohne seine Antwort abzuwarten, beendete er das Gespräch und legte sich mit Kauka auf die Couch, die Cognacflasche in Reichweite.

ZEITREISEN

Im Grunde hatte das ganze Unglück im Sommer in dem Jahr seinen Lauf genommen, als Lore sich an der Uni Darmstadt einschrieb. Es war das Jahr 1979. Oma Kukuk war seit einem knappen Jahr tot, Lore hatte das Haus und das Grundstück geerbt und besaß genügend Geld, um sich das Studium am Lehrerseminar zu finanzieren. Die Hochschule in Darmstadt war eine fremde, aufregende Welt. Die Zeit der Studentenunruhen war vorbei, aber die Studenten zehrten noch vom Nachglanz der rebellischen, zügellosen Zeiten. Sie sprachen in komplizierten Formeln und engagierten sich in Projektgruppen zur Unterstützung von Nicaragua und Chile. Es war die Zeit der großen Open-Air-Festivals. Simon und Garfunkel spielten im Böllenfalltor-Stadion, Ina Deter und Klaus Lage sangen ›Lieder im Park‹. Die Studenten tanzten selbstvergessen unter Wolken von Marihuanarauch.

Der Star von Lores Jahrgangsklasse war Freddy, ein hoch aufgeschossener Junge, die Haare am Hinterkopf verfilzt, immer eine bauchige Selbstgedrehte zwischen den Fingern, die mit breiten Silberringen bestückt waren. Er wohnte in einer der angesagten WGs am Darmstädter Rhönring. In den Seminaren zur Dialektik zeitgenössischer Literatur war er Wortführer. Sein Freund Ronni trug die Locken bis zur

Schulter, eine Nickelbrille auf der Nase und kommentierte Freddys Reden, als sei er sein Dolmetscher. Die beiden waren immer umgeben von einer Runde Groupies, atemlose Erstsemesterinnen in ausgebeulten Cordhosen, Hemden bis zum Knie und einer Frisur, als wären sie gerade aus dem Bett gekommen. Lore trug Pferdeschwanz und karierte Stoffhosen.

Wenn sie in der Mittagspause ihr Mensatablett an den Tisch der Kommilitonen schieben wollte, war der freie Platz immer schon besetzt. Nach kurzer Zeit betrat sie die Mensa gar nicht mehr, sondern verzehrte ihre mitgebrachten Brote im Herrengarten auf einer Bank, die kurzen Pausen verbrachte sie auf der Toilette. Besser wurde es, als Edel sich an der Uni einschrieb. Sie hatte in Frankfurt ein Dolmetscherstudium begonnen, aber die Zwischenprüfungen nicht bestanden. Mit Edel wurde alles anders. Sie brauchte nur zwei Mittagspausen, um sich den Platz an Freddys Seite zu sichern, und bald war er es, der an ihren Lippen hing, obwohl sie gar nicht viel sagte. Wie es eben ihre Art war. Burgfräulein-Art.

Edel duldete keinen Tag lang, dass Lore sich in der Pause mit ihrem Brot verkrümelte. »Wo willst du hin?«, fragte sie, als Lore in der Mittagspause Anstalten machte, das Unigelände zu verlassen. »Herrengarten«, war Lores Antwort. In der Hand drückte sie das in Papier gewickelte Brot. Edel packte sie am Handgelenk. »Komm!«, rief sie und zerrte sie mit in die Mensa. Sie platzierte sie zwischen sich und

Freddy und stellte sie allen anderen am Tisch vor. Lore musste feststellen, dass die Kommilitonen gar nichts gegen sie einzuwenden hatten. Sie hatten sie vorher nur schlichtweg nicht bemerkt.

Bald verbrachten sie die Nachmittage zu viert – Lore, Edel, Ronni und Freddy – und wenn die Küchenkräfte der Cafeteria die letzte Tasse gespült und die Tabletts scheppernd für den neuen Tag gestapelt hatten, setzten sie ihre Gespräche im Schwarz Weiß Café am Schlossgarten fort. Lore freundete sich mit Ronni an, der sich bei genauerem Hinsehen als netter Kerl erwies, Edel und Freddy waren ohnehin schon ein Paar.

Immer öfter trafen sie sich bei Lore zu Hause. Edels Zimmer war mithilfe von Secondhand-Matratzen zu einem Lager umfunktioniert worden, auf dem sie herumlagen, schmusten und Musik hörten. Doors, Santana und Steppenwolf waren Freddys Favoriten, von vielen Musikgruppen hatte Lore noch nie gehört. An dem Tag, an dem Lore die 1. Lehrerprüfung bestanden hatte, feierten sie. Freddy spielte das Album ›Electric Ladyland‹ von Jimi Hendrix, und während ein stählernes Gitarrensolo aus dem Lautsprecher plärrte, drehte er einen Joint. Lore beobachtete, wie seine Finger geschickt die drei zusammengeklebten Papierblättchen zu einer spitz zulaufenden Tüte rollten. Zwischendurch legte er immer wieder den Kopf in den Nacken, um der Musik entrückt zu folgen.

»Solche Musik wird heute gar nicht mehr gemacht«, sagte er und hob den Joint an den Mund, um mit der Zungenspitze das Blättchen zu befeuchten.

»Bewusstseinserweiternd. Grenzöffnend. Heute ist alles überschaubar, behäbig, angepasst. Das Zeitalter der Eleganz.« Lore begriff wie immer nicht, was er genau meinte, verzichtete aber darauf, nachzufragen. Freddy formte die spitz zulaufende Rolle und schloss den Joint am breiten Ende wie ein Säckchen. Er zündete ihn an, und nachdem sich das oben geschlossene Papier wie ein Deckel gelöst hatte, nahm er einige Züge, wie immer benutzte er dafür die hohle Faust.

Er reichte den Joint an Ronni weiter, der zog und wollte ihn an Lore weiterreichen, doch sie lehnte ab, wie immer. Ronni nahm einen weiteren Zug und beugte sein Gesicht über Lores. In der Erwartung eines Kusses öffnete sie ihre Lippen einen Spaltbreit. In diesem Moment blies Ronni ihr den Rauch mit Wucht in den Mund und Lore saugte ihn erschrocken tief in die Lunge. Der Rauch biss ihr in die Atemwege, Lore hustete empört, während die anderen hustend lachten. Ronni reichte den Joint an Edel weiter, die wie immer ein paar Züge nahm und behauptete, nichts zu spüren. Der Rauch verursachte bei Lore einen üblen Geschmack und ein leichtes Gefühl.

»Ich glaube, ich bin high«, rief sie panisch und sprang auf.

»Da war doch kaum was drin«, knurrte Freddy und drehte sich grinsend eine Tabakzigarette. Lore horchte in sich hinein. Möglicherweise kam der erhöhte Puls allein durch den ungewohnten Tabak, denn auch Zigaretten rauchte sie damals nicht.

»Sowieso kann keiner behaupten, er habe richtig gelebt, wenn er nicht LSD probiert hat«, sagte Freddy, während er zu einem Trommelsolo leicht die Haare schüttelte.

Edel stützte sich auf den Ellenbogen, mit träger Miene sah sie auf den Boden, die Wimpern reichten ihr weit die Wangen hinunter. »In Lores Garten wachsen Sachen, die sind besser als LSD.« Lore sah Edel entgeistert an und versuchte, sie mit Blicken zum Schweigen zu bringen. Vergeblich.

»Sie hat ein Buch mit Rezepten von unserer Oma«, fuhr sie mit halbgeschlossenen Augen fort. Lore wurde heiß. War Edel irre, ihr Geheimnis auszuplaudern? Denn natürlich hatte Lore Edel damals von ihrem Fund berichtet.

In den darauffolgenden Wochen waren Rauschmittel, die in Lores Garten wuchsen, ein ständiges Thema. Freddy und Ronni ließen nicht davon ab. In den Semesterferien gab Lore ihren Widerstand auf. Ronni, der Chemie im Wahlfach studierte, verschaffte ihr Zutritt zur Bibliothek der Chemischen Fakultät, und Lore wälzte Werke der neuen und alten Alchimie, um sich bei der Zubereitung von Omas Rezepten abzusichern. Es stellte sich heraus, dass in Omas bösem Beet alles gedieh, was auch die Hexen im Mittelalter zur Herstellung von Flugsalbe verwendet hatten. Tollkirsche, Bilsenkraut, Stechapfel und andere Nachtschattengewächse. Lore fand heraus, dass es die Alkaloide waren, die auf das zentrale Nervensystem wirkten und, je nach Dosierung, einen leichten Rausch oder eine schwere Vergiftung mit Halluzinationen hervorriefen.

Lore startete mit Joints, die sie aus Tabak und Windenkraut drehte. Freddy und Ronni probierten den Stoff. Die Wirkung war, so berichteten sie später, als gleite man auf einem fliegenden Teppich dahin. Hierdurch ermutigt, wagte sich Lore an die Zubereitung von Bilsenbier. Das Rezept hierfür fand sie in Omas Büchlein.

40 g getrocknetes Bilsenkraut
5 g Gagel
1 Liter Braumalz
1 kg Honig
ca. 20 Liter Wasser
5 g Hefe

Bilsenkraut und Gagel mit einem Liter Wasser kochen, mit heißem Wasser und Honig mischen. Gut verrühren. Hefe beigeben. An einem warmen Ort ruhen lassen.

Lore verwendete die doppelte Menge an Bilsenkraut. Das Bier gelang erst beim dritten Anlauf. Die ersten Versuche scheiterten, weil die giftigen Alkaloide des Bilsenkrauts die Hefe zunächst lähmten. Erst mit der

Zeit bekam Lore heraus, dass die Gärung erst nach vier bis fünf Tagen einsetzte. Danach gelang das Bier ausgezeichnet. Versetzt mit braunem Zucker, ergab das Gebräu ein wohlschmeckendes Bier, das in seiner Wirkung durchaus mit der Flugsalbe der mittelalterlichen Hexen Schritt halten konnte, wie Ronni und Freddy begeistert berichteten. Auch Edel probierte, allerdings wie immer, ohne etwas zu merken.

Lore bekam allmählich Geschmack an der Sache. Bald versuchte sie sich an der Zubereitung der Grünen Fee, Absinth, der aus den weißfilzigen Blättern und den kugelig gelblichen Blüten des Wermutstrauches zubereitet wurde. Das Rezept hatte sie selbst entwickelt und in Omas Rezeptbuch auf einer freien Seite notiert.

Die Blätter 8 Tage in Weinbrand ausziehen
Den Sud mit der Ölmühle auspressen.
Die Pressflüssigkeit abschmecken mit Öl von Galgant und Zitrone, Bittermandelöl, Cumarin, Zucker, Weißwein und Salpetergeist zufügen.

Sie verabreichte es den Freunden löffelweise. Nach einer Stunde erhielten sie Besuch von der Grünen Fee, die ihnen mehr als drei Wünsche erfüllte. Krone der giftigen Schöpfung war Lores Tollkirschenschnaps. Nach intensivem Studium von chemischen und pharmakologischen Grundlagenwerken und einem Tierversuch mit Edels Katze Stromerle besaß sie ein einfaches, aber wirkungsvolles Rezept. Zwei bis drei reife Exemplare der Schwindelkirsche wurden mehrere Tage in einem Liter hochprozentigem zuckerhaltigem Likör eingeweicht. Lore verwendete den Likör der Maraschinokirsche, um den Geschmack des bitteren Alkaloids zu überdecken. Ein Schnapsglas dieses Likörs genügte, um Ronni und Freddy auf eine mehrstündige Reise zu schicken. Freddy berichtete von Menuetttänzen im Ballsaal von König Ludwig XIV., von Kammerzofen und Spitzenhöschen unter der Krinoline. Ronni dagegen landete in einer finsteren Welt, glasiert von unnatürlich glitzerndem Frost. Die Rückkehr seiner Reise war begleitet von Herzrasen, Erregung und einer irren Angst, sodass er nie wieder etwas von dem Tollkirschen-Schnaps zu sich nahm.

Freddy hingegen erklärte den Likör zu seiner Leib- und Magendroge. Kaum ein Tag verging, an dem er nicht zwischendurch ›nippte‹, um sich in einen mittelschweren Rausch oder einfach eine kicherige Stimmung zu versetzen. Für andere war er immer schwerer zu ertragen. Edel wendete sich von ihm ab, und Lore wurde ihn nur los, indem sie ihm eine komplette Flasche des Gesöffs übergab.

Die Dosis macht das Gift.

Omas Merksatz fühlte sich im Nachhall an wie eine Drohung. Doch Lore beruhigte ihr Gewissen mit der Tatsache, dass Freddy schließlich inzwischen an den Stoff gewöhnt und erwachsen genug war, nicht zu übertreiben.

Zwei Wochen später berichteten Kommilitonen, dass in einer WG im Darmstädter Rhönring eine Gruppe Studenten festgenommen worden war, die unter dem Einfluss einer unbekannten Droge tobsüchtig geworden waren. Einer von ihnen, er faselte unverständliches Zeug von einem Spitzenhöschen, musste in die geschlossene Psychiatrie eingeliefert werden. Noch am selben Tag vernichtete Lore mithilfe von Ronni, der inzwischen bei ihr eingezogen war, ausnahmslos alle Pflanzen in Omas Garten. Mit Opas alten Sensen fuhren sie durch das Blattwerk, verschonten auch Blumen und Gemüsesorten nicht und hinterließen ein Feld der Verwüstung. Nur die Brombeerbüsche blieben stehen, weil die Sensen stumpf geworden waren und ihnen dicke Handschuhe und große Scheren fehlten. Mit ihren Rodungen waren sie am unteren Teil des Gartens angelangt, Ronni stand bereits mitten im Lavendelbeet und hielt schon zwei dicke Bündel in der Hand. Da stürzte sich Lore mit vollem Körpergewicht auf ihn und warf ihn zu Boden. Minutenlang wälzten sie sich auf der Erde, bis es Ronni gelang sich freizumachen.

»Was soll das?«, fragte er keuchend, nachdem er aufgestanden war.

»Der Lavendel bleibt.«

»Und warum?«

Lore war einfach nur wortlos davon gestapft und hatte die ausgerissenen Pflanzen zusammengerecht, die sie später im Brunnenschacht verbrennen wollten. Zwei Tage danach lag Ronni tot im Beet. Die Ärzte diagnostizierten Herzversagen, die Polizei untersuchte die Leiche auf Gift. Ohne Ergebnis, worauf die Akte geschlossen wurde. Lore sperrte sich tagelang ein. Selbst Edel, die vor ihrer Tür campierte, konnte sie nicht dazu bewegen, herauszukommen. Als Lore das Gefühl hatte, wieder ins Leben treten zu können, verließ sie ihr Zimmer. Edel, die draußen gewartet hatte, umarmte sie erleichtert. »Was hast du entschieden?«, fragte sie und musterte sie angstzerfressen.

»Ich muss was trinken«, hatte Lore erwidert und war in die Küche gegangen. Omas Haus zu verlassen, kam ja nicht infrage.

PATENTSAUFEN

Das Schrillen des Telefons riss Otto aus einem zähen Nebel. Brenneisen war am Apparat.

»Sorry für die Störung Chef, aber es handelt sich um einen Notfall.« Otto brauchte einige schwerfällige Atemzüge, um in der Realität anzukommen.

»Was?«, murmelte er mit zusammengebissenen Zähnen, als könne man seine Fahne durchs Telefon riechen.

»Bedingt durch den Zeitungsartikel, haben wir an die 100 anonyme Hinweise zum Lavendelmord bekommen. Es gibt eine dringend Tatverdächtige.«

Otto räusperte seine Stimme frei.

»Personalien?«

»Lore Kukuk, wohnhaft in Otzberg Hering.«

Otto fragte sich, ob das ein Scherz war. Wollte Brenneisen ihn irgendwie auf die Probe stellen? Methodisch vorgehen, mahnte Otto sich. »Worauf gründet der Tatverdacht?«

»Die Betreffende betreibt eine Lavendelzucht.«

Otto versuchte, nach der Cognacflasche zu angeln.

»Und das macht sie verdächtig?«

»Sie wird einer Reihe weiterer Morde bezichtigt.«

»Von wem?«

»Von Zeugen.«

»Nein, ich meine, wen hat sie noch umgebracht?«

»Irgendwelche Verwandten, wir recherchieren gerade.«

»Haben Sie die Personalien?«

»Nein, ich sagte doch, wir recherchieren noch.«

Otto wurde ungeduldig. »Die Personalien der Zeugen, Herrgott, Brenneisen, sind Sie besoffen?«

»Nein, Chef. Und ich sagte bereits: Die Zeugen sind anonym.«

»Aha.« Otto fuhr sich übers Gesicht.

»Unsere Verdächtige gilt weiterhin als kundig in Giftpflanzen«, fuhr Brenneisen fort.

Otto stöhnte lautlos. Er war nicht wirklich fit für ein solches Gespräch.

»Aber Lavendel ist doch keine Giftpflanze. Das hat Helm uns doch erklärt.«

»Helm wird den Toten nun auf verschiedene Gifte testen«, erwiderte Brenneisen, »die verdächtige Dame sollten wir sofort festsetzen, schlage ich vor.«

»Und ich schlage vor, Sie vernehmen erst mal den Zeugen in Dieburg, wie ich angeordnet habe!«

»Aber …«

»Tun Sie Ihre Arbeit!« Otto gab sich alle Mühe, nicht zu sehr nach Kasernenhof zu klingen. Was angesichts seines Alkoholpegels ohnehin nicht überzeugend war.

»Sie vernehmen zuerst den Zeugen. Wenn Sie mit dem fertig sind, überprüfen Sie von mir aus diese Amsel.«

»Kukuk.«

»Was?«

»Die Dame heißt Kukuk.«

Otto verharrte einige Sekunden mit dem Hörer in der Hand und legte dann auf. Kauka starrte ihn blicklos an. Otto musste nüchtern werden. Er nahm die Cognacflasche mit in die Küche, schüttete die Menge von vier Gläsern in einen Topf, stellte die Herdplatte an und rührte, bis es kochte. ›Patentsaufen‹, so nannten die Kameraden damals beim Militär diese Methode, schnell betrunken und wieder nüchtern zu werden. Die kurzen Intervalle von Dienst und Schlaf erlaubten keine ausgedehnten Besäufnisse. Um trotzdem auf ihre Kosten zu kommen, hatte ein findiger Kamerad eine Strategie entwickelt. Hierfür teilte man den Trinkvorrat in zwei Hälften. Die eine Hälfte wurde getrunken, die andere wurde nachher in einem Kocher erhitzt, bis der Alkohol sich verflüchtigt hatte. Der erhitzte alkoholfreie Schnaps oder das Bier, so hieß es, zog den Alkohol aus dem Blut und machte sofort nüchtern. Otto hatte es ausprobiert, und es wirkte, wenn er sich auch nicht auf diese Methode verlassen mochte, wenn er Flugdienst hatte.

Der Cognac stieg ihm als Dampfwolke ins Gesicht. Otto setzte den Topf an die Lippen und trank ihn in großen Zügen leer. Darauf wurde er so müde, dass er sich hinlegen musste und endlich Schlaf fand.

AUSLAUF

Mit ausholenden Schritten trabte Brenneisen durch den Messeler Forst. Bereits jetzt, am späten Vormittag, bewegte sich die Temperatur auf einen neuen Hitzerekord zu, doch die Blätterkronen bildeten einen grünen Schutzschild. Brenneisen nahm die Energie des federnden Waldbodens auf und sog mit jedem Atemzug die sauerstoffreiche Luft in die Lungen, ein Gefühl puren Glücks. Zählte man alle Kilometer zusammen, die er in seinem Leben auf diese Weise zurückgelegt hatte, reichte die Strecke sicher ein ganzes Mal um die Welt. Mindestens.

Wovor läufst du weg?, pflegte seine Frau zu fragen, wenn er in seine Funktionsklamotten schlüpfte. Sie begriff nicht, dass es hier nicht ums Weglaufen ging, sondern ums Ankommen: Im körpereigenen Rhythmus, indem man sich in eine gigantische Herz-Lungen-Maschine verwandelte, die sich mit jedem Schritt gesund pumpte. Wenn er allerdings ganz ehrlich zu sich war, was in der Regel ab Kilometer 22, dem Euphoriekilometer, geschah, war er durchaus auf der Flucht: vor dem Mief der Backstube, dem Weißmehl, dem Fett, dem Zucker. Wenn er zurückschaute, erschienen ihm seine Kindheit und Jugend eine einzige Weißmehlsünde, die er bis heute mit einer makrobiotischen Ernährungsweise abbüßte. Statt Kohlehydraten stand gegrilltes Grüngemüse auf seinem Speiseplan, wenig Fleisch, kein Fett.

Seine Frau beschimpfte ihn nicht selten als essgestörten Radikalveganer. Sie selbst war in all den Ehejahren den Weißmehlerzeugnissen der Backstube treu geblieben, was sich inzwischen in unübersehbaren Rundungen bemerkbar machte. Ergebnis eines resignierten Stoffwechsels. Brenneisens Stoffwechsel dagegen, befeuert durch frische Kost und Bewegung, hatte dauerhaft auf Fettverbrennung umgestellt und verlieh ihm eine Drahtigkeit, mit der er gut und gerne 100 Jahre alt werden konnte. Heute lief er jedoch nicht, um seinen hohen Bedarf an Frischluft zu stillen, sondern um seinem Ärger Luft zu machen.

Man hatte ihn gewarnt vor Otto: Er sei ein Zögerer, der Fälle gern verschleppte, statt sie zu lösen. Oder sie gleich zu anderen Dienststellen schob. Der am liebsten die Zeit am Schreibtisch vertrödelte und in Helikopterzeitschriften blätterte. Trotz aller Vorurteile hatte Brenneisen seinem Vorgesetzten bisher loyal und vorbehaltlos gegenübergestanden. Auch die Strafarbeit, die er ihm aufgebrummt hatte, indem er ihn diese ganze Liste belangloser Zeugen abarbeiten ließ, hatte er ohne Protest akzeptiert.

Doch jetzt war es zu viel. Die Öffentlichkeit präsentierte ihnen eine Tatverdächtige auf dem Tablett – die peinlichen Umstände, dass dies nur hatte geschehen können, weil eine undichte Stelle im Kommissariat die Sache mit dem Lavendel ausgeplaudert hatte, ließ er jetzt lieber außen vor – und er musste einen Zeugen vernehmen, dessen Bedeutung auf einer Skala von eins bis zehn sich im Bereich minus 100 befand.

Brenneisen, Ritter positiven Denkens, hatte beschlossen, das Unsinnige mit dem Nützlichen zu verbinden. Er war nach Hause gefahren, hatte seine Sportklamotten angezogen und sich kurzerhand zu Fuß auf den Weg nach Dieburg gemacht. Die Strecke führte ausnahmslos durch Waldgebiet und war damit wie gemacht für einen kleinen Lauf. So schmeckte ihm sein Beruf und mit jedem Schritt beruhigte er sich. Als der Waldrand in Sichtweite kam, fiel er in einen schnellen Schritt, um den überhitzten Körper langsam herunterzukühlen. Aus seinem leichten Rucksack zog er eine Trinkflasche, die er in wenigen Zügen leerte. Seinen Schweiß wischte er mit einem schwerelosen Mikrofasertuch ab. Seine Sportkleidung war dank Hochleistungsfaser bereits trocken. Brenneisen holte aus seinem Rucksack eine leichte Sporthose und ein Hemd und zog die Sachen über. Schon wirkte er wie ein ganz normaler Spaziergänger.

Die Wohnsiedlung sah noch trostloser aus als vorgestern. Der Rasen war eine Nuance brauner, selbst die Blätterkrone des Baumes, der neben dem Wohnhaus stand, schien noch ein Stückchen mehr verdorrt. In der lichten Baumkrone entdeckte er ein Baumhaus, Kinder mochten es gebaut haben, der Anblick stimmte ihn traurig. Kinder gehörten in den Wald, zum Spielen in die Natur, nicht auf einen heruntergekommenen Baum zwischen Wohnsilos. Das Gebüsch unter dem Baum bewegte sich. Brenneisen trat auf das Haus zu und suchte nach dem Klingelschild mit dem Namen Pannager. Er drückte den Knopf. Nichts. Er hielt den Knopf dauergedrückt. Brenneisen fühlte erneut die Wut in seinem Körper aufsteigen. Der Termin war vereinbart und der Kerl war nicht greifbar. War heutzutage das Wort des Staates gar nichts mehr wert?

Schließlich öffnete sich oben ein Fenster und ein Kopf streckte sich heraus. »Der Pannager ist mit dem Hund draußen!«, schrie die Alte. Du lieber Himmel, dachte Brenneisen. Dieser Mann tut wirklich eine Menge für den Auslauf seines Hundes. Brenneisen bog ums Haus und sah eine Gestalt in fleckiger Hose, an der Leine einen fetten Spitz, der den nahezu kahlen Rücken verdächtig krümmte. Als der Mann Brenneisen erblickte, zerrte er den Hund weiter, wobei diesem eine Wurst aus dem Hintern fiel.

»Ich mach das weg!«, rief der Mann Brenneisen entgegen und wedelte mit einer dünnen Plastiktüte.

»Ich komme wegen des Toten in Ihrem Haus«, erklärte Brenneisen und zeigte seinen Ausweis. »Lazlo Kalinn.«

Der Alte nickte und knetete die Tüte in seiner Hand.

Eigentlich musste Brenneisen die Befragung des Alten in seiner Wohnung durchführen, wenn er sich aber Herr und Hund so ansah, mochte er die lieber nicht betreten.

»Haben Sie Sonntagabend hier in der Nachbarschaft irgendetwas Verdächtiges bemerkt?«

Der Alte kniff die Augen zusammen. Brenneisen fragte sich, wie man sich so oft an der frischen Luft aufhalten konnte und trotzdem so eine ungesunde Gesichtsfarbe haben. Außerdem verströmte der Kerl einen filzigen Gestank. Oder war das der Hund? Der Alte deutete schließlich auf den verrammelten Kiosk. »Da vorn haben sich immer so Russen getroffen. Ist das verdächtig genug?«

Brenneisen holte seinen Notizblock hervor. »Sonntag zwischen 21 und 23 Uhr?«

Der alte Mann schien mit der Zunge nach irgendetwas in seinem Mund zu suchen. »Nein, da nicht.« Schließlich hellte sich sein Gesicht auf.

»Drüben an der Bushaltestelle stand eine Frau. Ich hab gedacht, die wartet auf den Bus …« Der Alte machte eine Kunstpause.

Brenneisen wartete mit gezücktem Bleistift. Das brachte Zeugen meistens zum Reden. Doch dieser hier war nicht wie andere Zeugen.

»Können Sie die Frau beschreiben?«, fragte er drängend.

»Jung, blond, … hübsch. Vielleicht 25. So was sieht man hier sonst nicht.« Der Alte grinste.

»Wie viel Uhr war das?«

»Gegen halb elf.«

»Um diese Zeit fährt am Sonntagabend ein Bus?«

Der Alte zuckte mit den Schultern. »Vielleicht hat sie auch auf was anderes gewartet.« Er grinste anzüglich. »Ich jedenfalls musste weitergehen. Ich musste ja zur Arbeit.«

»Mitten in der Nacht?«

Der Alte nickte. »Ich bewache einen Parkplatz, hinten im Industriegebiet.« Mit dem Kinn wies er in die Richtung, in der ›hinten‹ sich ungefähr befand.

Brenneisen notierte mit gerunzelter Stirn Adresse und Telefonnummer der Überwachungsfirma. »Kann jemand bezeugen, dass Sie am Sonntag pünktlich zur Arbeit gekommen sind?«

Der Alte kratzte sich am Nacken. »Die Video-Überwachungskamera.«

Brenneisen nickte. »Und wo waren Sie am Abend, bevor Sie zur Arbeit gingen?«

»Mit dem Otto draußen.« Er deutete auf seinen Hund.

»Sie waren zur Tatzeit mit dem Hund hier spazieren und haben niemanden bemerkt außer der jungen Dame?« Der Alte kniff die Augen zusammen. Vermutlich war er kurzsichtig und hatte die Brille irgendwo verlegt. Eitelkeit war es wohl kaum, die ihn davon abhielt, eine zu tragen. Brenneisen verzichtete auf weitere Fragen und fasste einen Entschluss. Er zog einen weiteren Block aus seinem Rucksack, füllte das Formular aus, riss das Blatt ab und drückte dem Kerl den Strafzettel in die Hand.

Die Miene des Alten verfinsterte sich, als er den Strafbetrag sah.

»Ich hab doch gesagt, ich mache das weg!«, rief er. Brenneisen entfernte sich bereits in leichtem Trab Richtung Bushaltestelle. An Spuren fand er nichts bis auf ein paar ausgetretene Zigarettenkippen, Brenneisen kickte eine davon mit der Fußspitze zur Seite, um den Namen der Marke lesen zu können. Marlboro light. Die Zigarette, die unter jungen Frauen am meisten verbreitet war. Brenneisen riss ein Blatt Papier von seinem Notizblock und sammelte damit eine der Kippen auf. Dann trabte er zurück Richtung Wald.

HITZEHOCH

Nachmittags wachte Otto auf und fühlte sich erfrischt und ausgeschlafen. Er kochte sich einen Kaffee mit doppelt Pulver und aß zwei Frikadellen aus dem Kühlschrank. Er trug Kauka spazieren, packte ihn dann mitsamt Körbchen ein und fuhr ins Präsidium.

Das Thermometer war an diesem Nachmittag wieder weit über 30 Grad geklettert, doch als Otto sein Büro betrat, empfand er die Temperatur innen als noch heißer. Er starrte auf die weit geöffneten Fenster, die den Sommersmog förmlich in den Raum sogen und schloss sie mit »Mensch, Brenneisen, machen Sie hier Sommersauna?«

»Sie können sich nicht vorstellen, was hier für ein Mief war, als ich hereinkam.« Brenneisen saß an seinem Computer und griff ein Bündel Gemüsestängel von einem Teller, auf dem ein ganzer Haufen von dem bunten Zeugs aufgetürmt war. Er tauchte die Stängel in eine Schale mit etwas Weißem, steckte sie in den Mund und kaute krachend.

Otto verstaute Kauka in seinem Körbchen, stellte es neben seinen Schreibtisch und ging sich einen Kaffee ziehen. Als er zurückkam, hockte Brenneisen vor dem Körbchen und hielt Kauka einen von seinen Stängeln vor die Nase. Kauka sah uninteressiert ins Leere.

»Das ist ein echter Hund. Den können Sie mit so einem Zeug nicht beeindrucken«, erklärte Otto stolz und verbrannte sich beim ersten Schluck die Zunge. In diesem Moment schnappte Kauka nach dem Stück Karotte oder was immer das war und zerbiss es. Brenneisen reichte Otto mit unbewegter Miene den fertigen Bericht. Otto nahm ihn entgegen.

»Irgendein neuer Hinweis?«

Brenneisen zuckte die Schultern. »Dieser Pannager hat gegen 22.30 Uhr eine junge Frau an der Bushaltestelle warten sehen. Das ist alles.«

»Haben wir ein Phantombild?«

»Pannager scheint mir nicht tatverdächtig. Kein Motiv.«

Otto schlürfte wütend seinen Kaffee. »Ich meine, von der Frau.«

Brenneisen zögerte.

Otto stöhnte. »Laden Sie den Kerl vor, Mensch, er

soll eine Personenbeschreibung abgeben. Das kann die Täterin sein.«

Während Brenneisen mit der Speditionsfirma telefonierte, bei der Pannager arbeitete, überflog Otto die Unterlagen in seinem Posteingang. Die Kollegen der Finanz- und Meldebehörde hatten Kalinn überprüft und eine Liste seiner Auftraggeber zusammengestellt. Eine der angegebenen Adressen sprang ihm ins Auge. Vielleicht war hier eine weitere Spur. Otto legte die Papiere zur Seite und lehnte sich zurück.

»Haben Sie über die neue Tatverdächtige, diese Kukuk, schon etwas in Erfahrung gebracht?«

Brenneisen warf eine Ladung Gemüsestängel ein – diesmal ohne weiße Soße –, sprang von seinem Stuhl auf und stellte sich an das Flipchart. Eines der Blätter hatte er bereits in runden Lettern beschrieben. Lore Kukuk, stand da, geboren 1958. Unter dem Namen befand sich ein Zeitstrahl, der die Jahre 1958 bis heute in Zehner-Schritten abtrug, an einigen Jahreszahlen waren Ereignisse vermerkt, überwiegend Männernamen in Kombination mit einem Todeskreuz. Offensichtlich handelte es sich hierbei um die Vita der Verdächtigen.

»Ich fürchte, wir haben es mit einer der gewieftesten Serienmörderinnen dieses Jahrhunderts zu tun.« Otto registrierte das Vibrato in Brenneisens Stimme. Er beugte sich unter den Schreibtisch, um Kauka aus seinem Körbchen zu nehmen. Er setzte sich den Hund auf den Schoß und deutete auf Brenneisens Gemüseteller. »Ob ich noch so ein Dings nehmen kann?« Als Brenneisen nickte, griff er nach einem grünen Stängel und beobachtete fasziniert, wie Kauka ihn zunächst vorsichtig beschnupperte, dann zuschnappte und kaute. Währenddessen referierte Brenneisen die Informationen, die er aus den Karteien der Melderegister und aus Presseartikeln zusammengetragen hatte, wobei er mit einem Filzmarker auf die entsprechende Jahreszahl tippte.

»Lore Kukuk ist die Enkelin von Margarethe Kukuk, wohnhaft auf der Veste Otzberg, das ist eine Burganlage auf dem besagten Otzberg.«

»Unsere Serienmörderin stammt aus dem Hochadel?«, fragte Otto und fischte einen weiteren Gemüsestängel von Brenneisens Teller.

Brenneisen verneinte. »Allem Anschein nach stammt sie aus der Burgverwalter-Familie, jedenfalls gehört ihr das Verwalterhaus, das sie von ihrer Großmutter geerbt hat. Laut Melderegister lebt sie dort seit 1968.«

Otto nahm einen Schluck aus seinem Plastikbecher, obwohl er sich inzwischen reichlich verkoffeiniert fühlte. »Mit zehn Jahren bei der Oma abgegeben. Feine Sache.«

Brenneisen nickte. »Vermutlich hängt dies mit dem Tod von Lore Kukuks Vater zusammen. Der verstarb im selben Jahr, daher musste die Mutter, die daraufhin alleine dastand …«

»… ihr eigenes Kind abgeben?«, unterbrach Otto.

Brenneisen zögerte kurz, nickte dann und wies auf das Datum 1968, an dem der Name Paul Kukuk mit einem Todeskreuz vermerkt war.

»Paul war Margarethe Kukuks Sohn. Margarethe Kukuk verstarb 1978 und hinterließ ihrer Enkelin ihren gesamten Besitz. Etwas Geld und vor allem das Haus und das Grundstück, ein nicht unerhebliches Stück des Otzberghanges. Lore Kukuk lebt bis heute in diesem Haus und ist unverheiratet. 1982 ereigneten sich auf ihrem Grundstück zwei weitere Todesfälle. Erst stirbt Lores Verlobter, ein gewisser Ronald Meier, an Herzversagen und kurz darauf ihr kleiner Halbbruder Benjamin Blatter im Alter von zwölf Jahren, Todesursache Herzversagen nach einem Zuckerkoma.«

»Zuckerkoma. Hatten wir das nicht auch bei Lazlo Kalinn?«

Brenneisen nickte.

»Gibt es eine Verbindung zwischen dieser Kukuk und Kalinn?«

Brenneisen deutete wie ein Lehrer mit seinem Stift auf Otto und nickte wieder. »Zwei der Telefon-Zeugen behaupteten, die beiden seien miteinander bekannt gewesen. Auf Kalinns Handy ließ sich allerdings keine Verbindung nachweisen.«

»Anonyme Zeugen?«, fragte Otto. Brenneisen nickte, tippte dann aber erneut auf das Flipchart. »Wir müssen die Frau auf jeden Fall vernehmen. Fünf männliche Todesfälle in ihrem direkten Umfeld.«

»Wieso fünf? Bisher hatten wir drei.«

»Ach so, ja. 1981 Jahre starben im Dorf zwei Männer aus Otzberg Hering. Als Todesursache wurde Kreislaufversagen diagnostiziert, doch der Männergesangsverein, in dem die beiden aktiv waren, hatte andere Vermutungen, die schließlich auch an die Presse gelangten.« Brenneisen reichte Otto Kopien von Zeitungsberichten. Otto überflog die Schlagzeilen.

»Kukuksmorde …«, zitierte er. Dann sah er Brenneisen an. »Aber Sie sagen, die medizinischen Berichte belegen eine natürliche Todesursache?«

Brenneisen nickte. »Allerdings schien auch Kalinns Tod zunächst eine natürliche Ursache zu haben. Nur durch die moderne Rechtsmedizin konnten wir hier einen Mord feststellen. Ich bin sicher …«

Otto wurde ungeduldig. »Glauben Sie, die Kukuk hat im Alter von zehn Jahren ihren Vater umgebracht?«

Brenneisen zuckte mit den Schultern. »An der Polizeihochschule hatten wir den Fall eines Elfjährigen, der seine Mutter umbrachte, weil sie ihm eine Mathematikarbeit mit Note sechs nicht unterschreiben wollte.« Brenneisen zögerte kurz und fuhr dann fort.

»Die Großmutter, Margarete Kukuk, könnte ihn auf dem Gewissen haben. Die späteren Toten gehen dann auf das Konto ihrer Enkelin. Möglicherweise handelt es sich hier um einen Mehrgenerationenmord.«

Otto musste ein Lachen zurückhalten. »Und das Motiv unserer Multi-Generationen-Serienmörderinnen?«

Brenneisen antwortete mit unbewegter Miene. »Erhalt von Haus und Grundstück. Dieses ist übrigens eine nicht unerhebliche Summe wert, da die Gemeinde auf einem Teil des Grundstücks ein Projekt plant. Es hat mit dem Geo-Naturpark Bergstraße-Odenwald zu tun, Genaueres muss ich noch in Erfahrung bringen.«

Otto versuchte, die Sitzposition zu ändern, ohne Kauka zu wecken, der in einen leichten Schlaf gefallen war. »Geben Sie mir noch mal die Untersuchungsberichte aller Todesfälle, ich kann jetzt nicht aufstehen.«

Brenneisen reichte ihm die ärztlichen Befunde. »Bei den beiden frühen Todesfällen gab es keine polizeiliche Untersuchung, weil stets eine natürliche Todesursache festgestellt wurde. Bei Ronald Meier und Benjamin Blatter wurde auf Giftspuren untersucht.«

Otto überflog die Unterlagen. »Ohne Ergebnis. Auch keine Hinweise auf Ersticken.«

Brenneisen holte Luft. »Wie gesagt, ich bin sicher, dass man mit den Mitteln der heutigen Medizin Hinweise finden würde. Vielleicht wurden diese Blutungen, die Helm erwähnt hat, damals einfach übersehen.«

Otto blickte von seinen Unterlagen auf. »Von Helm haben wir noch keine Laborergebnisse vorliegen?«

Brenneisen schüttelte den Kopf. Otto legte die Hände hinter dem Kopf zusammen.

»Ich fasse zusammen. Wir haben eine Ansammlung von Todesfällen, die dieser Lore Kukuk angedichtet werden. Die Dame möchte ihr Grundstück nicht verkaufen, das macht sie verdächtig. Und es gibt noch keinen Hinweis auf eine Verbindung mit dem Opfer?«

Brenneisen klickte den Deckel seines Markers auf und zu. Otto nahm Kauka, der wie ein behaarter Blasebalg auf seinem Schoß atmete, behutsam hoch und legte ihn in sein Körbchen. Das Tier erwachte, gähnte überrascht und sah für eine Weile blicklos um sich. Da sich Ottos vertrauter Geruch nicht entfernte, legte er bald seinen Kopf entspannt auf das Polster und schloss die Augen.

Otto griff nach den Akten aus seinem Eingangskorb, die er bereits überflogen hatte. »Möglicherweise finden wir hier eine Spur«, begann er. »Lazlo Kalinn war als Handwerker tätig und hat für verschiedene Firmen und Privatpersonen Installationsarbeiten durchgeführt. Ich habe hier Zahlungseingänge und Adressen von einigen Auftraggebern. So wurden von einer Partneragentur Rosebrok regelmäßig größere Beträge überwiesen. Können wir herausfinden, was die genau machen?«

Brenneisen gab den Suchbegriff in seinen Computer ein. »Partnervermittlung für Menschen im besten Lebensalter. Inhaberin Agnes Rosebrok«, las er vor.

Er drehte den Bildschirm zu Otto, der die Seite neugierig musterte. »Eine Kupplerin für Senioren. Vielleicht hat Kalinn über diese Agentur Frau Kukuk kennengelernt. Wir sollten diese Rosebrok ebenfalls überprüfen. Wo befindet sich die Agentur?«

»Dieburg«, antwortete Brenneisen und notierte Namen und Adresse.

»Ich möchte, dass Sie noch mehr herausfinden über diese Grundstückssache bei der Kukuk. Sprechen Sie morgen mit der zuständigen Behörde, ich nehme an, es ist das Landratsamt. Ich schaue mir die Agentur Rosebrok an. Dann haben wir eventuell schon Fakten in der Hand, wenn wir uns die Kukuk vornehmen.« Brenneisen nickte und notierte.

»Was ist mit dem Russenring?«, fuhr Otto fort. »Sind wir da schon weiter?«

Brenneisen sah Otto überrascht an. »Tut mir leid, Chef. Mehr war jetzt an einem Vormittag nicht zu erledigen …«

Otto nickte. »Aber vernachlässigen Sie das nicht wegen der paar anonymen Hinweise. Bei den Russen ist was im Busch. Das rieche ich.«

Otto packte Kauka mitsamt Körbchen auf den Arm und verließ das Büro. Im Auto fiel ihm auf, dass er am Nachmittag gar keine Zeit mehr gehabt hatte, um Jari zu trauern. »Kameradenschwein«, murmelte er, als er den Wagen anließ und losfuhr.

GIFT HÄLT EWIG

Der Klingelton war noch der alte, umso fremdartiger wirkte die neumodische Aufmachung der Apotheke. Früher waren die hölzernen Regale bis obenhin mit braunen Flaschen bestückt. Hinter dem speckigen Apothekertresen stand meist die verwitterte Gehilfin von Opa Weller, die – wenn Lore zu ihm wollte – missbilligend die Stirn runzelte, ihn dann aber doch aus seinem Hinterzimmer hervorholte. Wie alle modernen Apotheken war der Raum inzwischen in steriles Weiß getaucht und von den Werbeaufstellern der Kosmetikfirmen strahlte das klinische Lächeln der Fotomodelle. Lore fühlte sich wie im Wartezimmer eines Krankenhauses.

Als Kind war Lore hier ein und aus gegangen, für Oma schnell noch ein paar Milligramm Paraffin besorgen oder Leinöl oder Alkoholtinktur. Und immer bekam Lore von Opa Weller auch ein kleines Geschenk. Ein Brausebonbon, Vitamine in Form eines Gels, Hustensirup in Cellophan, alles Werbegeschenke großer Firmen, allein die bunten, knisternden Verpackungen waren eine Verheißung. Manchmal brachte Lore auch Pulver oder Blüten zur Destillation. Dann durfte sie dabei zusehen, wie in der Maschine mit den vielen Behältern und Rohren der Dampf aufstieg, in einem Gefäß abgefangen wurde, das sich Tropfen für Tropfen mit der wirkstoffreichen Essenz füllte.

Ein junges Mädchen betrat den Verkaufsraum. »Wie kann ich Ihnen helfen?«

»Ich möchte zu Apotheker Weller.« Lore sah in ihrem Ausdruck erst Ablehnung, dann Unsicherheit. »Einen Augenblick.« Das Mädchen hängte sich ans Telefon. Während sie wartete, studierte Lore das vielfältige Angebot an ausgestellten Waren. Kosmetik für jede Art von Haut, Blasenpflaster, Tees und ein ganzes Sortiment an nichtsnutzigen Hilfsmitteln, die man bei ersten Anzeichen einer Erkältung einwarf, in der Hoffnung, eine Grippe zu verhindern. Ein Mann um die 50 betrat den Verkaufsraum. Er sah sie an, als sei sie eine Bankräuberin.

»Sie wünschen?«

»Oh, ich glaube, das ist ein Missverständnis. Ich möchte zu … dem alten … Opa Weller.« Lore schluckte und fügte dann hinzu: »Kukuk mein Name.«

Der Kerl nickte knapp. »Ich weiß, wer Sie sind. Was wollen Sie von meinem Vater?«

Lore nahm ihre Handtasche in beide Hände. »Das würde ich ihm gerne selbst sagen.«

Der Mann betrachtete ihre Tasche mit größtem Misstrauen, dann drehte er sich zur Hintertür. »Kommen Sie.« Lore folgte ihm das Treppenhaus hinauf bis in den ersten Stock. Er öffnete die Wohnungstür mit einem Schlüssel, Lore trat hinter ihm in den

Flur. Die Wohnung roch wie die Apotheke früher. Eine Mischung aus altem Holz und ätherischen Ölen.

»Vater!«, rief der Kerl und als Antwort hörte man drinnen ein dünnes Räuspern. Der Apotheker brachte Lore in das Wohnzimmer, wo mit dichten Vorhängen Licht und Hitze ausgesperrt waren. Durch einen Spalt sah man den Staub in der Sonne tanzen. Im Zimmer wuchsen die Bücher bis an die Decke, so wie früher die Flaschen in der Apotheke. Lore erkannte im Sessel am Fenster die Umrisse einer Gestalt. Der Mann hatte grauen Flaum auf dem Kopf, sein breiter Schädel schien schmaler und länger geworden zu sein. Über die Knie hatte er eine Decke gebreitet. Er sah Lore orientierungslos, fast verwirrt an. Lore verließ der Mut. Doch dann klärte sich sein Blick. »Lorchen!«, rief er mit seiner klaren, geduldigen Stimme, die Lore die Tränen in die Augen trieb.

Aus purer Scham hatte sie ihn all die Jahre nicht besucht. An den alten Mann, der sich über Gesellschaft gefreut hätte, hatte sie dabei gar nicht gedacht.

»Vater ...« Die Stimme meldete sich hinter Lores Rücken. Das eine Wort drückte alles Unbehagen des Sohnes über Lores Besuch aus.

»Schon gut, lass uns allein«, nickte der Opa. Immer noch zögerte der Sohn, den Blick unruhig auf Lore geheftet. »Ich werde ihn schon nicht vergiften«, sagte sie und abrupt drehte sich der Kerl weg und verließ das Zimmer. Opa Weller nahm Lores Hände in seine kühlen Finger, Lore spürte die hervorgetretenen Adern unter der brüchigen Haut. »Lass dich anschauen«, sagte er und ließ seinen Blick auf ihr ruhen. Niemand hat mich so angeschaut seit Oma Kukuk, dachte Lore und bekam erneut feuchte Augen. Jetzt war sie froh, dass das Licht im Raum so spärlich war.

»Was führt dich zu mir?«, fragte er schließlich. Lore holte sich einen Stuhl und setzte sich ihm so nah gegenüber, dass sich fast ihre Knie berührten.

Lore zögerte. »Es geht um deine Krankheit.«

Im Laufe der Jahre hatte Lore erfahren, dass Oma Kukuk den Apotheker Weller wegen eines Muskelzitterns behandelt hatte. Mit einer Salbe, die das Pulver der Tollkirsche enthielt. Lore fand ein Fläschchen davon nach Omas Tod im Apothekerkasten. Wochenlang hatte sie der Gedanke gequält, ob sie es Opa Weller bringen sollte, ob er es nicht dringend brauchte. Dann war es in Vergessenheit geraten, erst nach der Bitte des Neffen war das Pulver wieder in Lores Bewusstsein geraten.

»Die Schüttellähmung«, Opa Weller nickte und hielt die blaugeäderten Hände in die Luft. »Aber siehst du? Ich bin beschwerdefrei. Nicht geheilt, aber beschwerdefrei.«

Lore war gleichzeitig froh und verwundert.

»Aber, wie hast du das geschafft, ich dachte, nur Oma konnte dir helfen.«

Die Lippen des Alten umspielte ein Grinsen. »Jaja, die Schwindelkirschenpaste deiner Oma. Aber weißt du, die Medizin hat auch Fortschritte gemacht. Es gibt ein Medikament, das enthält das Hyoscyamin der Tollkirsche und befreit von den Muskelkrämpfen. Hier in Europa ist es nicht zugelassen, aber mein Sohn besorgt es mir aus Amerika. Es ist der beste Wirkstoff gegen das Zittern. Ohne Nebenwirkungen.«

Lore atmete durch. »Deshalb bin ich da.«

Das Gesicht von Opa Weller verfinsterte sich und er lehnte den steifen Oberkörper nach vorn. »Du hast doch nicht etwa diese Krankheit?« Lore blickte in die wässrigen, zitternden Augen unter den kahlen, struppigen Wimpern.

»Nein, nein, es geht nicht um mich«, beeilte sie sich zu sagen und streichelte beruhigend seine Hand. »Mein Neffe hat mich um Hilfe gebeten. Die Mutter seiner Verlobten leidet an dieser Krankheit und verträgt das Medikament, das der Arzt ihr verschreibt, nicht. Er meint, ich sei für sie die einzige Hoffnung.«

Opa Weller nickte. »Die Paste deiner Oma wirkt Wunder.« Dann weiteten sich seine Augen wieder. »Hast du denn noch von dem Pulver?«

Lore zog das Fläschchen aus ihrer Tasche. »Das hier habe ich in Omas Apothekerkasten gefunden. Sie hat dort alle ihre Pulver und Cremes aufbewahrt. Manche sind noch wirksam. Ich meine, diejenigen, die ich probiert habe. Also hoffe ich, auch das Pulver hier hat noch seine Wirkung.«

Der Apotheker nickte und lächelte fast verschwörerisch. Er nahm das Döschen und hielt es gegen das Licht.

»Manche Stoffe verflüchtigen sich mit der Zeit. Andere werden intensiver, je länger man sie aufbewahrt. Gift behält seine Wirkung ewig.« Dann deutete er mit knorrigem Finger auf einen breiten braunen Buchrücken im gegenüberliegenden Regal. »Gib mir mal das Buch.« Lore musste es mit beiden Händen hochheben, so schwer war es. Weller nannte ihr die Seitenzahl und Lore schlug die Seiten auf. Sie sah ein Gewirr von Formeln und Gewichteinheiten, mit denen sie nichts anfangen konnte. Weller machte ihr ein Zeichen, ihm das Buch auf den Schoß zu legen. Er setzte seine Brille auf und studierte den Text, wobei sich seine eingefallenen Lippen lautlos bewegten.

Dann lehnte er sich zurück und atmete durch. »Lorchen, nimm es mir wieder ab und hol mir dann ein Blatt Papier und einen Stift.« Lore stellte das Buch zurück ins Regal und reichte ihm das leere Blatt, das er in seiner ausladenden Apothekerschrift beschrieb. »Mach ihr eine Salbe. 30 Gramm Paraffin auf zwei Milligramm des Pulvers. Das ist ein kleines Apothekerlöffelchen voll.« Er markierte die Menge mit dem Daumennagel. Dann erklärte er die Zubereitung und zeichnete eine menschliche Silhouette auf das Blatt. »Auf diese Punkte auftragen.« Er markierte die Schläfen, die Handgelenke, Ellenbogen und Knie. »Einmal morgens, einmal abends.« Lore nickte und nahm den Zettel entgegen.

»Und es kann keinen Schaden anrichten?«

Weller schüttelte den Kopf. »Nicht in dieser Dosis. Und äußerlich angewendet, können die Alkaloide nicht die halluzinogene Wirkung entfalten. Das Mittel wirkt über die Haut ein und löst so die Anspannung und damit die Krämpfe. Sie wird ein wenig müde werden. Und schlapp. Und das ist genau, was sie braucht. Und wenn das Pulver zur Neige geht, sag mir Bescheid. Ich kenne einen Lieferanten. Nicht wie deine Oma. Aber es wird reichen.« Er sagte es mit einem zärtlichen Lächeln.

»Wie kann ich dir danken?«, fragte sie beim Abschied.

»Komm mal wieder vorbei, Lorchen. Dann sprechen wir von früher. Ist ja schrecklich, was diese Tage so geredet wird.«

Lore nickte. »Edel ist die Einzige, die zu mir hält. Wie immer.«

Bei Edels Namen hob Opa Weller den Blick. »Ach, Edel«, nickte er dann und lächelte. »Wie geht es ihr? Als Kind war sie immer so viel erkältet, erinnerst du dich? Aber bei deiner Oma war sie in guten Händen.«

Lore drückte Opa Wellers Hand. »Edel geht's gut«, sagte sie und verabschiedete sich. Sie ging das Treppenhaus hinunter, kaufte bei Wellers Sohn einen Tiegel Paraffin und einen Apothekerlöffel und verließ den Laden, noch lange spürte sie seinen Blick im Rücken.

Als Lore ihre Haustür öffnete, wurde sie von einem elenden Gestank empfangen. Sie betrat die Küche, unter dem gekippten Fenster lag ein verwelktes Sträußchen Schnittlauch. Irgendjemand aus dem Dorf hatte es hineingeworfen. Jetzt im Sommer blühte der Schnittlauch lila wie der Lavendel. ›Hessisch-Lavendel‹ nannten die Leute das Zeug. Lore versenkte das stinkende Bündel in ihrer Mülltonne. Es hatte wieder angefangen.

KAMERADSCHAFT

»So, mal sehen, was wir hier haben.« Otto parkte den Wagen am Waldrand und sah auf den Rücksitz, wo Kauka verängstigt kauerte. In ungewohnter Umgebung überkam ihn stets eine tiefe Angst. Otto verschonte ihn daher so weit wie möglich mit fremden Eindrücken, aber heute musste es sein. Otto stieg aus und öffnete die hintere Tür seines Wagens. Als er den kleinen Hund auf den Arm nahm, spürte er, dass dieser zitterte wie eine elektrische Zahnbürste. Schon von Weitem hörte man das hoffnungsvolle Heulen und Bellen der Hunde hinter Gittern.

Das Gelände der Tierherberge Egelsbach lag direkt am Waldrand. Das Verwaltungsgebäude war von einem umzäunten Gelände umgeben, auf dem sich die gemischte Hundemeute frei bewegen durfte. Otto trat an die mannshohe Zauntür, um zu klingeln. Sofort ballte sich ein Heer schwänzelnder Erwartung vor dem Tor. Ein Mädchen in ausgebeulten Jeans und Sweatshirt mit dem Emblem einer amerikanischen Universität trat aus der Tür und öffnete das Tor mit einem Summer. Otto musste erst die äußere Tür öffnen und schließen, bevor er die innere Tür zum Gehege öffnen konnte. Das Sicherheitskonzept hätte einer internationalen Staatsgrenze alle Ehre gemacht, hier im Tierheim sollte damit die Flucht der Hunde verhindert werden.

Als Otto eintrat, spürte er den misstrauischen Blick der Tierheimangestellten. Engagierte Tierschützer betrachteten den Menschen als den natürlichen Feind des Tieres und erwarteten von ihm stets das Schlechteste. Ganz im Gegensatz zu den Bewohnern, die jeden Besucher anbeteten. Die Tierschützerin trug einen schlampig gebundenen Zopf und ihre Kleidung war fleckig. Ottos Einschätzung nach gehörte sie zu den Menschen, die sich selbst vernachlässigten, um sich für Tiere bedingungslos aufzuopfern. Skeptisch musterte das Mädchen das Bündel in Ottos Arm.

»Wir sind voll besetzt.«

Otto wusste nicht sofort, was sie meinte. »Oh, nein«, versicherte er dann und tätschelte den Rücken des zitternden Hundes. »Ich möchte Kauka nicht abgeben. Wir suchen vielmehr einen Kameraden für ihn. Er ist blind.« Sofort hellte sich das Gesicht der Tierschützerin auf. Eine Vermittlung stand bevor, die den Betrieb entlastete, damit hatte Otto sich für einen freundlichen Umgang qualifiziert. Außerdem verdiente ein behindertes Tier volles Mitgefühl und dessen Besitzer uneingeschränkte Anerkennung. Das Mädchen konnte sogar lächeln und näherte sich jetzt, um das zitternde Bündel auf Ottos Arm zu streicheln. Otto spürte die Berührung, die nicht ihm galt, und fragte sich, wann ihn selbst zuletzt jemand so zärtlich berührt hatte. Nach dieser zweiten, wesentlich herzlicheren Begrüßung führte das Mädchen Otto zu den Hundezwingern.

»An was für einen Hund haben Sie denn gedacht?«, fragte sie, während sie an den Gehegen voller schwanzwedelnder Hoffnungsträger vorbeigingen.

Otto seufzte. »Am liebsten würde ich alle mitnehmen.« Das Mädchen schenkte Otto einen tiefen Blick. »Ich bin übrigens Beate.«

Otto lächelte und erwiderte: »Ich bin Roland.« Wieder ließ er den Blick an den Käfigen entlangwandern. »Tja, welcher Hund. Für Kauka sollte es ein kleiner Hund sein, ruhig und gerne etwas älter.«

Die Tierschützerin nickte enthusiastisch und blieb vor einem Gehege stehen. Darin befand sich ein kleiner Pudelmischling mit schwarz-krausem Fell. Anders als die anderen Hunde kam er nicht sofort ans Gehege gelaufen, sondern blieb im hinteren Teil sitzen und beobachtete das Geschehen.

»Das ist Peppy«, stellte Beate vor. »Wird von unseren Besuchern immer übersehen. Dabei ist er ein ganz Lieber. Anfangs vielleicht etwas schüchtern, aber mit etwas Geduld«, wieder schenkte sie ihm diesen tiefen Blick, »und die haben Sie sicher, gewinnt er Vertrauen und lebt auf.«

Sie öffnete die Tür und lockte den Hund heran. Er erhob sich und kam steifbeinig auf sie zu. »Er hat eine leichte Gehbehinderung. Wenn er seine Medikamente regelmäßig bekommt, hat er keine Schmerzen. Er braucht regelmäßig Bewegung, aber nicht zu viel.«

Otto nickte. »Damit kennen wir uns aus. Nicht, Kauka? Aber du hast das letzte Wort.«

Vorsichtig setzte er den blinden Hund auf dem Boden ab. Der Pinscher wackelte mit dem Kopf und schwankte wie ein kleiner Betrunkener. Dann nahm er Witterung auf und drehte sich in Richtung des Pudels.

Peppy näherte sich und gab ihm einen vorsichtigen Stups. Kauka zuckte, doch dann begann sich sein Stummel vorsichtig zu bewegen. Peppys Körperspannung stieg und sein Schwänzchen ringelte sich in die Höhe. Vorsichtig beschnüffelten sich die beiden Tiere und bekräftigten ihre Sympathie mit dem Schwenken ihrer Hinterteile. Beates Gesicht strahlte. Otto schluckte vor Rührung. »Es scheint …«, er unterbrach, da er spürte, dass er seine Stimme nicht unter Kontrolle hatte.

»Sie lieben sich«, jubelte Beate begeistert, und es hätte nicht viel gefehlt und sie wären sich in die Arme gefallen.

»Vielleicht möchten Sie noch einen? Wir haben zum Beispiel einen wundervollen tauben Dackel.« Beate sah ihn mit Hundeblick an. Otto wehrte ab. »Mehr als einer geht nicht.«

So weit kam es noch, Auffanglager für verkrachte Hundeschicksale zu spielen. Otto nahm Kauka wieder auf den Arm und steuerte das Verwaltungsgebäude an. Den Blick hielt er streng geradeaus, um auf seinem Weg keinesfalls noch einem anderen bittenden Hundeblick zu begegnen. Beate hatte sich Peppy gegriffen und folgte ihm. Im Verwaltungsbüro zahlte Otto die Schutzgebühr, den Betrag für die Impfung und die Kastration, erstand Peppys Medikamentendosis für die nächsten drei Monate, außerdem eine Schachtel von Peppys Lieblingscrackern. Alles in allem ein Betrag, mit dem er einen reinrassigen Königspudel mit Stammbaum hätte erwerben können. Doch Kaukas Zufriedenheit und Ottos gutes Gewissen waren jeden Cent wert.

Beate begleitete ihn zum Auto, um ihm dabei zu helfen, den Hund und die Utensilien zu verstauen. »Bei uns ist es üblich, dass wir die Tiere nach einer Weile in ihrem neuen Zuhause besuchen, um zu sehen, wie es ihnen geht. Ich ruf dich an, okay?«

Otto nickte. Durchs offene Fenster hörte Otto das verzweifelte Bellen der zurückgelassenen Tiere, dennoch fuhr er mit einem warmen Gefühl in den Abend. Dies war in jeder Hinsicht ein Glückstag.

BEZIEHUNGSARBEIT

Er würde Sandra heute von der Bäckerei abholen. Kein Feierabend-Waldlauf, kein Hanteltraining im Club. Er würde sie abholen für einen kleinen Spaziergang. Das war es doch, was eine Beziehung am Laufen hielt. Nicht die großen Dinge wie Kreuzfahrt oder Candlelight-Dinner. Sondern die kleinen Alltäglichkeiten: Blumen mitbringen, zusammen ein Eis essen, den anderen von der Arbeit abholen. Eis war Brenneisen zu süß, giftfreie Blumen waren schwer zu bekommen, also blieb das Abholen. Er freute sich über den kleinen Geniestreich. Und auf ihr Gesicht. Denn sie rechnete sicherlich mit allem. Nur nicht mit einem überraschenden Besuch in der Backstube.

Brenneisen überquerte den Marktplatz, auf dem sich die inzwischen sonnenfreie Abendhitze staute. Straßencafés boten ihre Stühle an, doch noch mochte niemand dort sitzen. Viel beliebter war der Ratskeller wegen der kühlen und feuchten Gewölbe. Brenneisen konnte das Stimmengemurmel bis hierher hören. Vielleicht nahm er hier später mit Sandra das Abendessen ein, aber nein, sie boten hier keine Salate an, außerdem war ein Spaziergang von nur 100 Metern eine etwas klägliche Angelegenheit. Der Bayerische Biergarten in Kranichstein war ein geeigneteres Ziel. Ja, die hatten leckere Schorlen und es war ein angenehmer Marsch durch den kühlen Wald. Rund acht Kilometer.

Er nahm sich vor, in Zukunft mehr solcher beziehungsfördernden Dinge zu unternehmen. Sandra und er hatten sich spürbar auseinandergelebt. Sie ging auf in der Welt von Hefeteig und Plunder, während er in der Welt von Sport- und Ernährungsgesundheit zu Hause war.

Obwohl er dieselbe Herkunft hatte wie Sandra, musste er sich eingestehen, sich für diese Welt schon lange nicht mehr begeistern zu können. Alles, was mit Mehl und Butter zu tun hatte, brachte ihn zum Schwitzen. Glutenhaltige Nahrungsmittel waren ohnehin auf dem absteigenden Ast. Vorsintflutlich. In ein paar Jahrzehnten würde man zurückschauen und sich fragen, wieso die Menschheit sich generationenlang mit raffiniertem Zucker und schädlichem Weizenkleber vergiftet hatte. Plötzlich kam ihm eine Idee. Warum das Backunternehmen nicht umstrukturieren? Umstellen auf glutenfreie Backwaren. Wenig Kohlehydrate, keine Laktose, man könnte mit neuen Mehlsorten experimentieren: Sojamehl, Quinoa, Kichererbse. Kuchen aus Karottenmehl? Das wäre wahrhaft reformatorische Ernährung. Er entwickelte bereits Rezepte im Kopf, da erblickte er den Werbereiter, der dreist und breitbeinig vor der Bäckerei stand.

Für Sekunden verharrte Brenneisen wie angekettet, dann stürmte er in den Verkaufsraum. »Sandra!«, brüllte er mit einem Stimmvolumen, das die Sahne auf den Torten erzittern ließ. Die dicke Gehilfin, die gerade die leeren Vitrinen reinigte, floh erschrocken in die Backstube. Brenneisen riss den Vorhang zum Café beiseite und rief erneut nach seiner Frau. Nur ein paar letzte Gäste, die von der dünnen Hilfskraft abkassiert wurden, drehten sich nach ihm um. Der mit Plüsch und Stofftapete ausgestattete Raum passte so gar nicht zur sommerlichen Hitze, dennoch war hier tagsüber jeder Platz besetzt, denn die Räume waren mit Klimaanlage ausgestattet. Als er sich zurück in den Verkaufsraum wandte, trat gerade seine Frau aus der Backstube und wischte sich die Hände an der Schürze ab. »Was machst du hier? Und was soll der Radau?«

Brenneisen deutete zitternd auf die Überreste der Torte, die er in der Vitrine erblickt hatte. Sein Finger zitterte. »Das ist der Gipfel!«

Sandra zeigte sich unbeeindruckt. »2,60 € für ein Stück Torte sind ganz normal, mein Lieber. Anders als zu deinen Zeiten.«

»Lavendeltorte!«, brüllte er.

Auf ihrem Gesicht machte sich ein geschäftsmäßiges Grinsen breit. »Buttercreme mit einem Hauch

Lavendelaroma. Verkauft sich wie geschmiert. Ein Wunder, dass noch was übrig ist, wir mussten heute dreimal nachbacken.«

Brenneisen keuchte wie nach einem Tausendmetersprint. »Wir ermitteln in einem Mord, und du backst Torte draus?«

Sandra zuckte mit den Schultern. »Die Idee kam mir, als du mich nach meinen Lavendelsäckchen gefragt hast. Der Geschmack passt perfekt zum Sommer, schön wäre auch ein Eis …«

»Sandra, es geht um einen Mordfall!« Brenneisens Stimme zitterte.

»Ich konnte ja nicht wissen, dass die das gleich so groß in die Zeitung bringen. Das war purer Zufall, aber ein glücklicher. Die Leute sind ganz wild drauf. Du musst sie probieren. Packen Sie uns die Reste der Torte ein!«, rief sie in die Küche, während sie sich die Schürze auszog. Als sie auf der Straße standen, versuchte Brenneisen, sich wieder zu beruhigen. Nicht jetzt den schön geplanten Abend verderben. Auch wenn ihm klar war, dass dies nicht der richtige Zeitpunkt war, mit seiner Frau über seine Reformbackwaren-Pläne zu reden.

Sandra wollte wie üblich nach links einbiegen, denn nur wenige Straßen weiter befand sich die gemeinsame Wohnung. »Warte«, sagte er und nahm sie beim Arm. Sie drehte sich erstaunt um und stand jetzt direkt vor ihm. Auf der Schule war sie die Jahrgangsschönheit gewesen. Schlank und biegsam wie eine Gazelle, wenn auch das Mollige schon in ihren Anlagen festgeschrieben war, wie er jetzt erkennen konnte. Jetzt war sie rund. Und wirkte stets satt. Auch wenn sie immer essen konnte.

»Ich dachte, wir verbringen den Abend auswärts. Lass uns einen Spaziergang machen und irgendwo draußen essen. Ich dachte an den Bayerischen Biergarten.« Sie sah ihn an, als sei sein Vorschlag an Wahnsinn nicht zu überbieten. »Und die Torte?«, rief sie vorwurfsvoll. Brenneisen seufzte.

»Du lässt einen schönen Abend platzen wegen einem Stück Sahnetorte?« Dabei musterte er, wie er glaubte unauffällig, Sandras Figur. Ihre Augen verengten sich zu Schlitzen. »Die Sahne wird sauer. Und ich bin es schon«, zischte sie und klatschte ihm das Päckchen vor die Brust. Dann drehte sie sich um und ließ ihn mitten auf der Straße stehen.

ALTES HUHN GIBT GUTE SUPPE

Otto öffnete das Wagenfenster und fuhr mit der Hand seinen verschwitzten Hemdkragen entlang. Bei starker Belastung machte sich seine Hyperhidrose besonders bemerkbar. Sein Hemd wies üppige Flecken auf. Der Fahrtwind brachte die Erleichterung eines heißen Föhns. In Dieburg folgte er den Schildern Richtung Marktplatz. Nachdem er auf der Suche nach einem Parkplatz drei Runden durch die Altstadt gedreht hatte, begriff er, dass er sich in einer autofreien Zone befand. Also musste er dem Gassengewirr Richtung Stadtrand folgen, den Wagen abstellen und den Weg auf den Marktplatz erneut zurücklegen. Diesmal zu Fuß. Der Marktplatz war eine Miniaturausgabe des Frankfurter Römerbergs. Der Platz war gesäumt von Cafés, die ihre Markisen ausgefahren hatten, um Sitzplätze zu beschatten, auf denen niemand saß. Die umliegenden Geschäfte, Boutiquen und Wohnungen hatten alles heruntergelassen, was es an Rollläden gab. Die ganze Stadt döste mit geschlossenen Lidern unter der Hitze.

Die Agentur Rosebrok befand sich neben dem Modehaus Ilga. Otto drückte die Klingel unter dem entsprechenden Firmenschild. Er sah auf die Uhr. Elf. Es war die verabredete Zeit. Otto hatte vorgezogen, sich anzukündigen, um nicht zufällig anwesende ältere Herrschaften zu brüskieren. Der Türöffner summte und er trat ins Treppenhaus. Die Büroräume der Agentur Rosebrok befanden sich im zweiten Stock. Die Eingangstür ließ sich öffnen und führte in einen großzügigen, eisgekühlten Raum. Die Kälte wurde noch unterstützt vom spiegelnden Granitboden und den gekachelten Wänden. Hinter einem Stahlrohrschreibtisch, der mitten im Raum stand, saß eine gepflegte Dame mit übereinandergeschlagenen Beinen. Jeder von Ottos Schritten verursachte eine Explosion.

Wie kommt es, dachte er, als er langsam auf sie zuging, dass Frauen, die von Natur aus schön sind, sich immer noch mehr um ihr Äußeres kümmern als die anderen?

Es schien, als wären gerade die hübschesten Frauen mit dem, was ihnen die Natur geschenkt hatte, nicht zufrieden und wollten immer noch mehr für sich herausholen. Diese hier war definitiv von der Natur verwöhnt und nutzte trotzdem jedes Hilfsmittel der Mode- und Kosmetikindustrie. Zu viel Schminke und zu viel Schmuck. Ihre Armreifen klimperten, als sie aufstand, um ihm die bis zu den Fingernägeln geschmückte Hand zu reichen. Zwischen ihren langen blonden Haaren stachen Ohrringe in irritierender Größe heraus. Ein extrabreiter Gürtel betonte die schmale Taille. Die Rockkürze gab ihre wohlgeformten Beine unmissverständlich frei und die Absätze verlängerten diese noch um rund zehn Zentimeter.

Das Einzige, was nicht zu der perfekten Aufmachung passte, war ihr Gesichtsausdruck. Dort herrschte eine massive Gewitterfront mit Regen, Sturm und Hagel.

»Wissen Sie eigentlich, was das für mein Geschäft bedeutet?«, fauchte sie ihn an. Ihr scharfer Ton wurde allerdings gemildert durch ein bezauberndes Italo-

Deutsch, das bei Otto sofort Sehnsucht nach einer Tüte Eis weckte. Während sie sprach, klopfte ihr manikürter Fingernagel auf den Schreibtisch, genauer gesagt, den Zeitungsartikel, der aufgeschlagen vor ihr lag.

Otto ließ sich ihr gegenüber auf ein Stahlrohrmonster von Stuhl fallen. »Ihr Geschäft wird mit keiner Silbe erwähnt.«

»Eine Frage der Zeit, bis man weiß, dass Kalinn für mich gearbeitet hat. Dann zählen die Leute eins und eins zusammen. Und wissen Sie, was dann passiert? Jede meiner Kundinnen gerät unter Verdacht. Und wer will sie dann noch heiraten?« Ihr Gesicht drückte eine Enttäuschung aus, als ginge es um ihre eigenen verpassten Liebeschancen.

Otto lehnte sich im Stuhl zurück, der darauf laut knackte. Herrgott, war denn in diesem Raum alles laut? »Ich denke nicht, dass wir mit unserer Arbeit die Heiratschancen Ihrer Klientinnen beeinträchtigen. Sie sagen, Kalinn habe für Sie gearbeitet. Was hat er denn genau getan?«

Im Gesicht der Rosebrok herrschte nun wieder eine kontrollierte Glätte.

»Er war mein Installateur.«

Otto fummelte umständlich ein Päckchen gefalteter Blätter aus der Hosentasche und schlug sie auseinander. »Meinen Informationen zufolge haben Sie ihm regelmäßig Summen von mehreren Tausend Euro überwiesen. Übersteigt das nicht das Gehalt eines Installateurs?«

Otto war überrascht, wie schnell sich im Gesicht der schönen Agnes Rosebrok die Wetterlage änderte. Jetzt war das makellose Antlitz wieder von Wolken überschattet.

»Mir gehört das ganze Haus hier. Die Reparaturen sind nicht nur in der Agentur, sondern im ganzen Haus durchgeführt worden. Außerdem hat Lazlo für mich Buchhaltungsarbeiten erledigt.«

»Aha.« Otto verlagerte sein Gewicht, wieder mit lauten Begleitgeräuschen.

»Erzählen Sie mir von Ihrer Agentur, was machen Sie genau?«

Das Gesicht von Agnes Rosebrok wurde jetzt zu einer lächelnden Verkaufsstrategie. Klimpernd strich sie sich das Haar zurück, wobei sie ihr zierliches Ohr freilegte. Der Klunker, der daran hing, besaß die doppelte Größe. Otto fragte sich, wie ein Ohrläppchen so viel Gewicht tragen und trotzdem so zierlich bleiben konnte.

»Wir vermitteln Kontakte für ältere Herrschaften ab 50 Jahren. Gerade hier auf dem Lande bleiben viele, die verwitwet oder getrennt sind, lange allein. Sie unternehmen nicht mehr so viel, haben nicht immer Zugang zum oder Erfahrung mit Internet. Wir bringen Gleichgesinnte zusammen. Mit einem psychologischen Test, der unter wissenschaftlichen Richtlinien ausgearbeitet wurde, werten wir Vorlieben und Eigenschaften aus und bringen dann zusammen, was zusammenpasst.«

Otto nickte. Wissenschaftlich also. »Und Sie haben ein ausgeglichenes Verhältnis zwischen Männern und Frauen?«

»Nun, ein leichter Frauenüberschuss ist in dieser Altersklasse natürlich nicht zu vermeiden. Allein schon wegen der realen demografischen Verhältnisse. Aber wir haben eine gute Vermittlungsrate. Und Kandidatinnen, die fünf Jahre nicht vermittelt werden, erhalten eine Gratismitgliedschaft. Wir sind in allem, was wir tun, qualitätsorientiert.«

»Gehörte Kalinn zu Ihren Klienten?«

Die Dame schüttelte ihren Kopf, wobei eine Welle von Haarspray- oder Parfümduft zu Otto herüberwehte. »Er hat sein Liebesleben allein geregelt.«

»Wie meinen Sie das?«

»Dass ich nichts darüber weiß.«

»Hatte er eine Partnerin?«

Wieder ein Kopfschütteln mit Duftbegleitung. »Ich glaube nicht, aber ich kann es auch nicht beschwören. Wie gesagt, ich weiß nichts über sein Privatleben.«

»Kann ich mir mal Ihre Kartei ansehen?«

»Ich bedaure, aber Diskretion ist unsere wichtigste Maxime.« Sie gurrte ihr gewinnendstes Italo-Deutsch. Otto setzte sein Dienstgesicht auf.

»Es geht hier um einen Mordfall, nicht um einen Tanztee. Wir werden Ihre Kartei ohnehin beschlagnahmen. Wenn Sie kooperieren, können wir um ein Vielfaches diskreter vorgehen.«

Die Dame zögerte kurz, dann schluckte sie diese älteste aller Polizeilügen. Sie erhob sich und trat vor ein Monstrum mit vielen kleinen Schubladen, das an der Wand platziert war. Sie zog eine beliebige Schublade aus dem Schrank und stellte sie auf den Tisch.

»Sie arbeiten noch mit Papierkartei?«, fragte Otto erstaunt. Die Blondine lächelte. »Wir sind da etwas altmodisch. So haben wir alles auf Papier, auch Fotos, das ist leichter für unsere Kunden.«

»Sie führen keine elektronische Kartei?«

Die Dame lächelte bedauernd. »Unseren Herrschaften ist Diskretion wichtig. Sie zahlen bei Eintritt, und wenn sie vermittelt sind, verschwinden sie aus unserer Kartei. Ein für alle Mal.«

Otto griff in den bereitgestellten Schubkasten und blätterte wahllos durch einige der Karteikarten. Fotos älterer Damen mit Spitzenkragen und ondulierten Haaren. Informationen über Alter, Verdienst, Hobbys, Erwartungen an den potenziellen Lebenspartner. Er überprüfte alle Karteikarten mit dem Buchstaben ›K‹. Lore Kukuk konnte er nicht finden.

Die Blondine beobachtete ihn misstrauisch.

»Wenn Sie die Kartei mitnehmen, ruinieren sie die Zukunft dieser Herrschaften«, wagte sie schließlich einen weiteren Vorstoß. »Ohne Karteikarten können wir nicht vermitteln.«

»Ich lasse die Karten im Präsidium kopieren und schicke sie Ihnen dann zurück«, versuchte er, sie zu beruhigen.

»Sollte inzwischen ein Traumprinz auf der Bildfläche erscheinen, bitten Sie ihn eben, kurz zu warten.« Dann setzte er sich wieder ihr gegenüber. »Wenn Sie einem Kandidaten oder einer Kandidatin einen Partner vorschlagen, wie funktioniert das?«

»Per Post.« Die Blondine setzte sich an den Schreibtisch und tippte ein paar Tasten ihres Computers. Gleich darauf spie der Drucker zwei Blätter aus. Die Blondine legte sie ihm hin.

»Jetzt können Sie sehr schön sehen, wie wir unsere Kandidaten einander vorstellen. Name, Adresse, Telefonnummer des vorgeschlagenen Partners, das alles bekommen sie per Post. Dann verabredet man sich. Damit haben wir aber nichts zu tun. Innerhalb von zehn Tagen müssen beide Parteien Feedback geben, ob sie weitere Kontakte wünschen oder den vorhandenen ausbauen möchten. Erst dann machen wir den nächsten Vorschlag. Wir sind ja keine Polygamisten.« Otto erhob sich, umrundete den Tisch und stellte sich hinter sie. Er war ihr nun so nahe, dass er wieder den Geruch ihrer Kleidung und Haare wahrnehmen konnte. Irgendwie nach Ozon. Gab es so eine Duftrichtung?

»Wenn ich das richtig sehe, haben Sie so doch zumindest eine elektronische Datei der Kunden, die Sie einander vorgestellt haben?«

Die Dame wurde steif in den Schultern. Otto fummelte einen USB-Stick aus seiner Hosentasche, den er seit Kurzem immer bei sich trug. Auf der letzten Computerschulung hatte man ihnen dies beigebracht, mit dem Hinweis, dass man auf diese Weise Informationen sichern konnte, noch bevor Computer und Festplatten von Verdächtigem gereinigt waren. »Überspielen Sie mir Ihre Daten, dann verzichten wir vorerst auf die Beschlagnahme Ihrer Kundenkartei.«

Die Kombination aus Zuckerbrot und Peitsche schien zu funktionieren. Die Dame kopierte ihm die Daten, die er brauchte, zumindest soweit er dies beurteilen konnte.

Zum Abschied gab sie ihm einen warmen Händedruck und heftete ihre blauen Augen auf ihn. »Und wenn Sie an unserer Dienstleistung interessiert sind …, ich mache Ihnen gerne ein Kennenlern-Angebot. Herren wie Sie sind immer gesucht.«

Otto war fast geschmeichelt.

Er war schon bei der Tür, da drehte er sich noch einmal herum. »Eine Frage noch.« Sie sah ihn mit neutraler Miene an. »Sind Sie Italienerin?«

Sie lächelte fein. »Deutsche mit legalen Papieren. Möchten Sie meine Steuernummer sehen?« Otto fühlte sich zu einem entschuldigenden Lächeln verpflichtet und verabschiedete sich.

Als er ins Freie trat, war der Himmel weiß und die Temperaturen fühlten sich an, als habe sich die Wolkenschicht in ein Brennglas verwandelt. Die Hitze kroch ihm in jede Pore. Jetzt ein Eis, war sein einziger Gedanke. Direkt gegenüber befand sich ein Café, das mit geschwungenen Lettern italienisches Flair versprach. Otto überquerte den Marktplatz und setzte sich unter die Markise. Der Kellner war kein Italiener, sondern stammte aus dem arabischen Raum, und auch der Maraschinobecher hielt nicht, was die italienischen Lettern versprachen. Dennoch war dies ein guter Platz, um den Tag zu beenden und ins Wochenende zu gehen.

FORSCHUNG UND TECHNIK

Montagmorgen legte Otto Brenneisen den USB-Stick auf den Tisch. »Was ist das?«, fragte Brenneisen. Auf Otto machte er einen müden, übernächtigten Eindruck, so gar nicht der kerngesunde Kerl, den er sonst darstellte.

»Ich habe mir diese Partnervermittlung Rosebrok angeschaut. Stellen Sie sich vor, die arbeiten noch mit Papierkartei. Ich konnte dennoch einige Daten sichern: die Korrespondenz an jene Herrschaften, die einander vorgestellt wurden.« Brenneisen betrachtete den Stick von allen Seiten, bevor er ihn in den seitlichen Schlitz seines Rechners steckte. »Vielleicht haben wir Glück und der Name Kukuk taucht hier in Verbindung mit diesem Kalinn auf.«

In schneller Folge öffnete Brenneisen Dokumente. »Den Namen Kukuk kann ich hier nicht entdecken. Kalinn auch nicht«.

»Wie haben Sie das so schnell herausgefunden?«

»Suchfunktion.«

»Vielleicht unter einem Decknamen. Eine Kartei voller älterer, heiratswilliger Damen, das sind unter Umständen dankbare Opfer.«

»Sie vermuten Heiratsschwindel?«

»Vielleicht hat sich Kalinn an den Damen bereichert.«

Die Lebensgeister von Brenneisen schienen wieder zu erwachen. »Und die Kukuk hat ihn deswegen umgebracht?«

Otto hob die Hände, wie zur Abwehr eines Geschosses. »Vielleicht die Rosebrok, weil sie es spitzgekriegt hat. Vielleicht eine der geschädigten älteren Damen. Schauen Sie sich mal die Damen in dieser Datei an. Welche Männer wurden ihnen wann vorgestellt, wie sind die Vermögensverhältnisse. Vielleicht bringt uns das auf eine Spur.«

Brenneisen runzelte die Stirn. »Entschuldigung, Chef, aber Heiratsschwindel – das weiß ich zufällig aus einem Fachseminar – tritt selten in einer Organisation auf. In der Regel handeln die Täter als Einzelpersonen.«

Otto seufzte tief. »Vielleicht hat er ja auf eigene

Faust gehandelt. Und dabei die Kartei der Rosebrok geplündert.« Er beschloss, das Thema zu wechseln. »Was haben Sie inzwischen über unsere russischen Zeugen herausgekriegt?«, fragte er.

Brenneisen räusperte sich. »Nichts Verdächtiges. Die Männer stammen aus Russland und Litauen, besitzen tadellose Papiere, Aufenthaltserlaubnis, Arbeitserlaubnis, sind liiert mit Landsmänninnen, verdienen gut bis sehr gut, zahlen Steuern.«

»Wissen wir etwas über ihre Konten?«

Brenneisen schüttelte den Kopf. »Keine Auffälligkeiten. Und alle haben für die Tatzeit ein Alibi«, fügte er hinzu.

»Stichfeste Alibis?«, fragte Otto zweifelnd. Brenneisen wiegte den Kopf hin und her. »Ich verlange, dass Sie die Kerle in die Mangel nehmen. Von jedem den genauen Werdegang überprüfen. Ich bin sicher, da ist was im Busch.«

Brenneisen nickte und notierte. Dann wartete er kurz und holte Luft. »Möchten Sie wissen, wie mein Gespräch mit dem Landrat war?«

Otto zögerte eine Sekunde. Dann fiel es ihm wieder ein: Es ging um das Grundstück der Kukuk. Otto schob sich ein winziges Kügelchen Tabak unter die Oberlippe. »Klar.«

Brenneisen griff nach seinem Notizbrett. »Das Gebiet um den Otzberg gehört seit den 60er-Jahren zum Naturpark Bergstraße-Odenwald. 2003 wurde das Gebiet zum Nationalen Geopark erklärt und

2004 wurde der Naturpark von der UNESCO als einer der besten Globalen Geoparks ausgezeichnet und ist dem Weltnetz der Geoparks angeschlossen. In diesem Zuge sind bereits eine Menge an Aktivitäten durchgeführt worden, Wanderpfade, Info-Stationen, um den Tourismus zu fördern. Die Gemeinde Otzberg plant die Erweiterung eines bestehenden Wanderpfades mit Raststation und Informationspunkt am Fuß des Otzberges und möchte das Grundstück der Kukuk hierfür erwerben. Doch diese weigert sich zu verkaufen.«

Otto lehnte sich auf seinem Stuhl zurück. »Vielleicht bieten die nicht genug Geld.«

Brenneisen sah in seine Unterlagen. »Das Angebot wurde bereits mehrmals erhöht. Man erhofft sich positive Effekte für die ganze Region, aber diese Kukuk bleibt stur.«

Otto beugte sich vor. »Gibt es Vermutungen, warum sich diese Dame den Plänen der Gemeinde widersetzt?«

Brenneisen zuckte die Schultern. »Es ist den Behörden ein Rätsel. Zumal sie den Teil des Grundstücks, um den es geht, gar nicht nutzt, sondern seit Jahren verwildern lässt. Es gibt sogar Beschwerden von Anwohnern, dass Pollen von dem verwahrlosten Grundstück die benachbarten Rasenflächen mit Unkraut kontaminieren.«

»Soso, kontaminieren«, knurrte Otto.

»Was sagten Sie?«

Doch Otto schüttelte nur den Kopf.

»Man arbeitet inzwischen an einer Enteignungsstrategie«, las Brenneisen von seinen Notizen ab.

Otto erhob sich von seinem Stuhl. »Vielleicht ist das der Grund, warum die Nachbarschaft die Kukuk geschlossen denunziert. Die sehen jetzt die Gelegenheit, an das Grundstück zu kommen.« Er lächelte. »Allmählich bin ich neugierig. Sehen wir uns die Dame mal an.«

POWER PLAY

Der Weg zur Zeugenbefragung Kukuk führte über die Autobahn, dann die Bundesstraße, schließlich über eine Landstraße durch eine sanftkuppige Landschaft. Otto war froh, dass Brenneisen fuhr, und genoss den Anblick der grünen Felder mit quadratischen Farbtupfen in Rapsgelb und Weizengold. Balsam für die Augen. Die hochsommerliche Hitze wurde durch den Fahrtwind in eine würzig duftende Brise verwandelt. »Dahinten der Zipfel«, bemerkte Otto, »ich nehme an, das ist der Otzberg.«

Brenneisen stellte das Navigationssystem leise. »Die Ausläufer des Otzbergs markieren die Linie zum vorderen Odenwald und gleichzeitig das Gebiet des Geoparks.« Otto nickte nur. Das Navigationsgerät meldete sich zu Wort, Brenneisen drehte den Ton lauter. Sie wurden direkt auf den steilen Berg gelotst. Der Weg führte durch einen Ortsteil namens Lengfeld, mitten auf der Straße befand sich ein Torbogen, sodass die Straße einen Schlenker bildete. Beim nächsten Ortsschild bekam Otto Appetit auf eingelegten Fisch. »Hering«, las er laut. Das Navigationsgerät wies sie geradewegs in eine Sackgasse. Brenneisen stoppte. »Noch 500 Meter bis zum Ziel«, beharrte die Navigationsstimme. »Wir fahren weiter«, ordnete Otto an. Brenneisen steuerte den Wagen weiter, die Straße erwies sich als Zufahrtsweg zur Burg, der sich in einer großen Schleife um den Berg wand. Rundum war alles dicht bewachsen mit Grün.

»Hoffentlich kommt uns keiner entgegen«, murmelte Brenneisen, den Blick stur geradeaus.

Seine Fingerknöchel waren weiß, so fest umklammerte er das Steuer. Die Steigung zum Burgtor war gewaltig. Brenneisen fuhr durch das breite Tor und parkte auf dem gepflasterten Burghof. Rechts befand sich eine Burgschänke, davor Bänke im Hof, geradeaus ging es zum Burgmuseum. »Sie haben Ihr Ziel erreicht«, lobte die elektronische Stimme.

Otto und Brenneisen stiegen aus dem Wagen. Zwischen den Burgzinnen konnte man die hügelige Landschaft weit überblicken. Der Himmel war klar und knallig blau. Hier oben ging ein kühles Lüftchen, wie mit einer unsichtbaren Hand strich der Wind über die hohen Grashalme der angrenzenden Wiese und ließ sie im Sonnenlicht glänzen. Otto hatte das Gefühl, als könne er seit Wochen zum ersten Mal wieder durchatmen. Still stand er da und genoss die Brise. »Das ist der interessanteste Wohnort, den ich je besucht habe«, sagte Brenneisen.

Otto stimmte ihm zu. Sie überquerten den Hof, in dessen Mitte sich ein großer weißer Turm befand. Brenneisen warf einen Blick in seine Notizen und deutete nach links. »Hier muss es sein.«

Als Wohnhaus kam ohnehin nur das wie an die Burgmauer geklebte zweigeschossige Häuschen mit gardinenverhangenen Fenstern, hölzerner Tür und geschnitzten Fensterrahmen infrage. Allem Anschein nach war es in die Burgmauer hinein gebaut. Die andere Seite des Hauses musste sich demnach auf der anderen Seite der Mauer befinden. Brenneisen klingelte, doch im Haus blieb alles still. Otto betrachtete den von steinernen Mauern umgebenen Burghof. Er fragte sich, ob man sich hier oben beschützt fühlte oder eingesperrt. Wahrscheinlich je nach Stimmungslage. Nebenan befand sich der Eingang zum Burgmuseum. »Vielleicht finden wir sie hier«, sagte Otto.

Durch die Tür gelangten sie in einen kleinen mit Bauernmöbeln eingerichteten Raum, der als Touristencafé diente. Rechts führte eine Treppe nach oben, Plakaten zufolge befand sich dort oben eine Fledermausausstellung. Otto erschrak, als er hinter dem

Tresen eine Gestalt erblickte, die aussah, als wäre sie aus einem Spinnennetz geboren. Weißes Haar, das den Kopf umschwebte, graue Kleidung und eine transparente Hautfarbe.

Ein Impuls riet Otto, den Ort auf schnellstem Wege zu verlassen. Doch er mochte sich vor Brenneisen keine Blöße geben. Dieser schien die Nerven zu behalten. »Wir möchten zu Frau Kukuk«, hörte Otto ihn fragen, die Stimme jugendlich und kraftvoll lebendig. Ausnahmsweise war Otto froh, ihn bei sich zu haben. Das Spinnenwesen wies mit dünnem Finger in den Nachbarraum. Hier stand eine Dame und stapelte Prospekte. Sie war nicht besonders groß, auch nicht dick, wirkte aber dennoch massiv. Eine wahrhaft wehrhafte Person, ging es Otto durch den Kopf. Ihr Haar sah aus, wie sich Peppys Fell anfühlte. Borstig und schmiegsam zugleich. Mit flinken Augen musterte sie die Besucher.

»Sie müssen Frau Kukuk sein«, sagte Otto und stellte sich und seinen Begleiter vor.

Die Augen der Dame wurden ruhig, als sie nickte. »Ich schlage vor, wir gehen zu mir«, sagte sie und wies zum Ausgang. »Tschüss, Krummsiegel, ich muss weg!«, rief sie dem Spinnenwesen zu, das sie mit eisblauem Blick verfolgte.

Schweigend überquerten sie den Hof, die Haustür ließ sich ohne Schlüssel öffnen. »Schließen Sie nicht ab?«, fragte Otto.

»Hier traut sich so schnell keiner rein«, erklärte

die Kukuk und trat vor ihnen in den schummrigen Flur. Brenneisen warf Otto einen Blick zu. Die Frau führte die beiden in die Küche. Als Ottos Augen sich an das dämmrige Licht gewöhnt hatten, sah er sich gründlich um. Die Möbel waren alt, ohne antik zu sein, die Tapeten geblümt, das Licht wurde von den Weinranken auf der Terrasse gefiltert, als wäre die Härte des Lebens ausgesperrt. Otto beobachtete die Eigentümerin, die sich mit sicheren Bewegungen in ihrer Küche zu schaffen machte. Die ganze Person hatte etwas Frisches, vom Leben Unverbrauchtes.

»Interessanter Wohnort«, sagte Brenneisen, der am Küchentisch Platz genommen hatte. »Man kann quasi durch Ihr Haus die Burg verlassen?«

Lore nahm eine Karaffe mit einer goldenen Flüssigkeit aus dem Kühlschrank und stellte sie auf den Tisch. »Das Haus war ursprünglich ein geheimer Notausgang aus der Burg. Im letzten Jahrhundert wurde der Zugang vermauert. Der erste Mann meiner Großmutter war Verwalter in der Burg. Er hat die Mauer beseitigt und das Häuschen wieder bewohnbar gemacht. Ein Weg durch den Garten führt hinunter ins Dorf.« Lore zeigte auf ein verwildertes Grundstück, das den Berghang überwucherte. Otto schaute aus dem Fenster. »Das alles gehört Ihnen?«

»Das ganze Grundstück, bis an den Fuß des Otzbergs.« Sie holte Gläser aus dem Wandschrank und stellte sie auf den Tisch, der mit einer veilchenbestickten Leinendecke bedeckt war. Die mit lila und gelbem Garn gestickten Blüten erhoben sich aus der Tischdecke. Otto hätte gern mit den Fingerspitzen darübergestrichen.

»Setzen Sie sich«, sagte sie und füllte Wasser aus der Leitung in eine andere Glaskaraffe.

Otto sah sich in der Küche um. »Sie besitzen dieses Haus …?«

Lore nickte. »Geerbt. Von meiner Großmutter.«

»Und Sie wohnen hier ganz allein?« Otto nahm dankbar sein Glas Wasser entgegen.

»Ist das strafbar?« Lore musterte ihn mit starrem Blick aus grauen Augen. Als Otto den Kopf schüttelte, setzte sie sich an den Tisch und schenkte sich von der goldgelben Flüssigkeit ein. »Möchten Sie? Es ist Lavendelwein.« Brenneisen bedeckte hastig mit der Handfläche sein Glas. Otto, der eine wohlwollende Experimentierfreude spürte, schob ihr seines lächelnd entgegen. »Ohne Alkohol«, erklärte sie beim Einschenken. Offenbar wusste sie aus Filmen, dass Polizeibeamte im Dienst nicht tranken. Otto setzte das Glas an den Mund. Noch bevor das Getränk seine Lippen benetzte, stach ihm ein feinseifiger Geruch in die Nase. Wie viele Gerüche hatten diesen Sommer schon seinen Geruchssinn beleidigt? Sein Leben lang würde er sich an diesen Sommer erinnern, als jenen, der so entsetzlich stank. Dieser Geruch war weder gut noch schlecht. Er war einfach stark. Otto nahm einen tiefen Schluck. Der Wein schmeckte weniger seifig, als er roch. Er schmeckte gut. Wie flüssige Sonne.

Brenneisen, der ihn die ganze Zeit angestarrt hatte, begann mit der Befragung. »Wir möchten mit Ihnen über den Mordfall Lazlo Kalinn sprechen.«

Die Kukuk saß unbewegt an ihrem Tisch. »Kannten Sie den Toten?« Brenneisen legte der Dame ein Foto von Kalinn vor. Sie betrachtete es in der Art von Zeugen, die den Abgebildeten sofort erkannten, dies aber verneinten.

»Ja«, sagte sie.

»Woher kannten Sie ihn?«

»Er hat meinen Rohrbruch behoben, im Keller. Wollen Sie die Stelle sehen?«

Brenneisen sah zu Otto, der schüttelte den Kopf.

»Blieb es bei dem einen Mal oder kannten Sie sich näher?«

»Einmal waren wir tanzen. Wenn das als näher kennen gilt …« Lores Augen huschten durch den Raum und landeten schließlich auf Otto. Er spürte einen Stich in der Brust. Aus Angst, erkannt zu werden, drehte er sein Gesicht zur Seite. Zu Brenneisen. »Wann war das?«, fragte dieser.

Lore fasste an ihre Halskette, es war ein Sammelsurium aus bunten Perlen. Otto tippte auf Glas. Oder waren es Diamanten?

»Letzten Samstag«, entgegnete Lore und spielte mit den Perlen.

Brenneisen lehnte sich provokant zurück. »Einen Tag vor seinem Tod.«

»Bei mir hat er noch gelebt.«

»Wie haben Sie von seinem Tod erfahren?«

»Aus dem Radio.« Wieder spiegelte ihr Gesicht die Verwunderung auf seine Frage. Dann huschten ihre Augen zu Otto, flinker, als dieser ausweichen konnte.

»Wann haben Sie ihn zuletzt gesehen?«

Sie schien zu überlegen. »Am letzten Samstag, wie bereits gesagt. Wir waren tanzen. In der ›Renate‹ in Mummenroth.« Brenneisen notierte und musterte Lore scharf.

»Sind Sie vermögend?«

Otto warf Brenneisen einen empörten Blick zu. Doch der bemerkte es gar nicht.

Auch Lore schwieg, offensichtlich war sie verblüfft, und starrte auf die beschlagene Weinkaraffe, an der das Wasser in trägen Tropfen hinabrann. Otto räusperte sich. »Wir vermuten, dass Kalinn sich als Heiratsschwindler betätigt hat.« Er bemerkte Brenneisens überraschten Blick, der ihn von der Seite traf.

»Möglicherweise war Lazlo an Ihrem Vermögen interessiert und es kam darüber zum Streit?«

»Sie meinen, ich bringe jemanden um, weil er mich ausnehmen will?« Lores Hand ruhte bewegungslos auf den Perlen. Bravo, Mädchen, dachte Otto. Die Flüssigkeit schwang in seinem Glas, ein Wellenreiter hätte seine Freude daran gehabt.

Nach einer Weile flüsterte sie rau und kaum hörbar: »Bei mir gibt es nichts zu holen.«

»Das sehen wir anders«, entgegnete Brenneisen mit einstudierter CSI-Schärfe.

»Wir wissen, dass die Gemeinde bereit ist, Ihnen einen nicht unerheblichen Betrag für Ihr Grundstück zu zahlen. Hat Kalinn davon gewusst und Sie eventuell darauf angesprochen?«

Nun wurde die Dame rot. Tiefrot. »Nein.«

»Warum verkaufen Sie das Grundstück nicht?« Otto fragte mehr aus persönlicher Neugier als aus sachdienlichen Gründen und leerte sein Glas. Der Wein schmeckte von Schluck zu Schluck besser.

»Familienbesitz«, war ihre Antwort. »Ich bin hier aufgewachsen. Da verkauft man nicht so einfach.«

»Ihre Familiengeschichte war nicht gerade unkompliziert.« Brenneisen war wieder am Ball. Blöder Hund, dachte Otto und wollte ihn unter dem Tisch treten, traf aber nur das Tischbein, worauf der Tisch für die anderen beiden überraschend ruckte.

Lores Augen begannen zu hüpfen. »Wovon sprechen Sie?«

Brenneisen richtete sich auf. »Von den Kukuksmorden, Frau Kukuk.« Wieder die einstudierte Schärfe in seiner Stimme. Lore stürzte den Rest ihrer goldgelben Flüssigkeit hinunter und stellte das Glas auf den Tisch. Es folgte ein sekundenlanges Schweigen, wobei sie wie abwesend schien. Otto räusperte sich, um sich dann mit ruhiger, klarer Stimme zu Wort zu melden.

»Wollen Sie uns sagen, was es mit den sogenannten Kukuksmorden auf sich hat?«

Jetzt war sie wieder ganz da. Der Blick klar.

»Meine Großmutter war Heilkundige. Hier draußen«, ihr Blick wies auf das Gartengestrüpp, »hat sie die Pflanzen gezogen, mit denen sie das ganze Dorf kuriert hat. Keiner aus dem Dorf, der nicht schon mal auf diesem Stuhl gesessen hätte«, sie blickte Otto an, »und von ihr verarztet worden wäre. Dann gab es einige Todesfälle in der Familie und im Dorf. Und schon hatten die Leute ihren Tratsch.« Sie sah nun aus, als würde sie gerne eine rauchen. Wenn sie rauchen würde.

Brenneisen, der einen Blick in seine Unterlagen geworfen hatte, fuhr fort: »Bei den Todesfällen handelte es sich um Ihren Vater, Ihren Verlobten und um Ihren Halbbruder … Dann gab es noch weitere Todesfälle im Dorf.«

Lore fiel wieder in ihre schlafwandlerische Stimmung. »›Kukuksmord‹. Sobald ein Mann gestorben ist, haben sie das gesagt. Dabei sind alle eines natürlichen Todes gestorben. Das hat der Arzt festgestellt.«

Otto meldete sich zu Wort. »Warum kam es Ihrer Meinung nach zu den Gerüchten bezüglich der Kukuksmorde?«

Lores Blick heftete sich in die Ferne. »Die Leute im Dorf brauchen etwas zum Reden.« Ihre Stimme klang träge. »Das stärkt den Zusammenhalt.«

Brenneisen räusperte sich. »Hat Ihre Großmutter auch Giftpflanzen angebaut?«

»Die Toten wurden untersucht, es wurden keine Vergiftungen festgestellt.« In Lores Augenwinkeln entdeckte Otto ein böses Funkeln. Das Tier, das die Falle wittert.

»Nach damaligen Erkenntnissen«, beharrte Brenneisen. »Wir können davon ausgehen, dass die Rechtsmedizin der 80er-Jahre weniger entwickelt war als heute. Daher noch mal die Frage: Gab es Giftpflanzen im Garten Ihrer Großmutter?«

Lore schüttelte den Kopf. Langsam, als wäre er mit Blei gefüllt.

»Nicht, dass ich wüsste. Und ich habe mich nicht wirklich für die Pflanzen interessiert. Irgendwann haben wir hier alles ausgerissen.«

»Wer ist wir?«

»Mein Verlobter und ich.«

»Warum haben Sie die Pflanzen vernichtet?«

»Er war allergisch. Heuschnupfen.«

»Sie reden von Ihrem Verlobten Ronald Maier?«

Lore nickte.

»Derjenige, der später verstarb?«

Lore senkte die Augen. »Ja.«

»Wie kam es zu dem Tod?«

Lore hob den Blick, ihre Augen schimmerten feucht. »Herzversagen.«

Ihre Gesichtsfarbe wirkte jetzt frischer. Setzte auch ihr der Wein zu?

Nun schaltete sich Brenneisen wieder ein. »Wo waren Sie am Sonntagabend?«

Lore stützte ihre Hand unter das Kinn. »Bei meiner Freundin Edeltraut Walter. Ich hatte Kopfschmerzen und nahm einen Termin zur Aromatherapie wahr.«

»Am Sonntag?«

Lore nickte. »Kopfschmerzen kennen kein Wochenende. Außerdem hat meine Freundin sonntags geöffnet, dafür montags geschlossen.«

»Wie lange waren Sie dort?«

»Gegen 20 Uhr war ich dort, gegen 23 Uhr hat sie mich nach Hause gefahren.«

»Hat sie geholfen?

Otto, der die Frage gestellt hatte, wurde verständnislos gemustert.

»Was?«

»Die Therapie.«

Lore nickte.

»Wo befindet sich das Studio?«, fragte Brenneisen dazwischen.

Lore nannte die Adresse, Brenneisen notierte. Otto holte tief Luft. »Kennen Sie die Agentur Rosebrok?« Nach zweimal Blinzeln bejahte sie.

»Waren Sie dort Kundin?«

Lore verneinte.

»Darf ich fragen, warum nicht?«

Lore seufzte und fuhr mit den Fingerspitzen über das Relief der bestickten Tischdecke, als läse sie Blindenschrift. »Es gibt Unternehmen, die machen Geld mit den Hoffnungen älterer Leute.«

Otto musterte sie verständnisvoll. »Wie gesagt, wir vermuten, dass Kalinn Kontakte zu älteren vermögenden Damen gesucht hat, mit dem Ziel, sich zu bereichern. Halten Sie das für möglich?«

»Mir erschien diese Agentur nie seriös.«

»Und trauen Sie Kalinn solch eine Absicht zu?«

Lore bohrte ihren Blick so überraschend in seinen, dass er sein Glas umwarf.

»Ich traue jedem alles zu.«

Otto und Brenneisen tauschten einen Blick und machten Anstalten aufzubrechen. Otto schob Lore seine Visitenkarte zu. »Wenn Ihnen noch etwas einfällt …« Er erhob sich, offenbar zu schnell, denn beim Aufstehen überfiel ihn ein Gefühl des Schwebens.

UNKRAUT

»Wenn Sie nichts dagegen haben, gehen wir hinten hinaus, durch den Garten«, sagte Otto beim Abschied. Die Dame hatte nichts dagegen und so bahnten sich Otto und Brenneisen den Weg durch wucherndes Gestrüpp. Ganz am Ende des Gartens blühte etwas fliederhaft Duftendes.

»Sehen Sie mal!«, rief Brenneisen. Er pflückte

einen der Zweige, zerrieb die Blüten zwischen den Fingern und hielt diese Otto unter die Nase.

»Riecht wie der Wein«, sagte er, nachdem er widerwillig geschnuppert hatte.

Brenneisen nickte. »Das ist der berüchtigte Lavendel. Sie hätten das Zeug nicht trinken sollen.«

Otto winkte ab. »Von Lavendel stirbt man nicht. Haben Sie doch selbst gesagt.«

»Wer weiß, was noch alles drin war. In Kalbsleberwurst ist auch alles andere drin außer Kalbsleber.« Nachdem er selbst noch einmal an seinen Fingerspitzen geschnuppert hatte, fuhr er fort: »Vielleicht wirkt das Zeug betäubend. Sie hat Kalinn damit unschädlich gemacht und dann erstickt.«

»Noch bin ich hellwach«, entgegnete Otto, schritt an Brenneisen vorbei, öffnete das Gatter und betrat den Grasweg, der unterhalb des Gartens entlangführte. »Hier soll also der Touristen-Wanderweg entlangführen?«

Brenneisen bejahte. »Und wie ich den Landrat verstanden habe, soll hier drüben die Raststation hin.« Otto beschirmte die Augen mit der Hand und schaute das Grundstück hinauf. Weit oben thronte die Burg wie ein gewaltiger Wall. Vom Häuschen war allerdings nichts zu sehen. »Eigentlich weit genug entfernt, um da oben niemanden zu stören«, murmelte er.

Otto und Brenneisen näherten sich dem benachbarten Grundstück, auf dem ein gewaltiger, mit einem gemusterten Kittel bedeckter Hintern rhythmisch wippte. Die Trägerin des Kittels jätete ein Blumenbeet. Von den Ankömmlingen ließ sie sich nicht stören, auch wenn der veränderte Rhythmus darauf hindeutete, dass sie die beiden sehr wohl bemerkt hatte.

»Entschuldigen Sie!«, rief Otto in Richtung des Hinterns und zog seine Dienstmarke heraus. Die Frau richtete sich zu einer breiten Gestalt auf. »Darf ich?«, fragte Otto und tippte an die Gartenpforte. Als sie nickte, traten die beiden in den Garten. Der Rasen war perfekt gepflegt und lud geradezu ein, von umherfliegendem Unkrautsamen kontaminiert zu werden.

»Wir hätten ein paar Fragen an Sie.« Die Frau stellte die Hacke vor sich und stützte sich mit beiden Händen darauf. Sie wirkte abgekämpft, und Otto fragte sich, wie lange sie nicht geduscht hatte.

»Wie gut kennen Sie Frau Kukuk, Ihre Nachbarin?«

Die Alte stülpte die Lippen nach vorn. »Mehr, als mir lieb ist.« Mit flatternden Lidern musterte sie ihn.

»Geht das auch etwas genauer?«, fragte Otto.

Die Frau nahm die Hacke in eine Hand und hieb damit auf den Boden.

»Die ist hier net gern gesehen.«

Otto lebte bereits lange genug in Hessen, um zu wissen, dass ›net‹ in diesen Breitengraden nicht nett bedeutete, sondern ›nicht‹. »Hier is net net nett«, pflegte der Hesse zu sagen. Und das auch noch lustig zu finden.

»Erzählen Sie uns, warum Frau Kukuk hier so unbeliebt ist?«

Die Alte kniff die Augen noch enger zusammen. »Die verhindert unseren Wohlstand.«

Otto und Brenneisen tauschten einen Blick. »Könnten Sie etwas deutlicher werden?« Otto erfuhr nun bereits zum dritten Mal von den Plänen der Gemeinde. Die Gegend sollte zum Touristenmagneten werden, die Kukuk stand diesen Plänen im Weg. Das reinste Bauerntheater, dachte Otto und unterdrückte ein Grinsen.

»Und es geht um dieses Grundstück?« Er wies auf das Stück Land, von dem sie gerade kamen. Die Alte nickte und benutzte die Hacke als Zeigestock. »Von da bis da is des alles der ihr Grundstück. Sie gibt's net her. Net für Geld und gute Worte. Dabei fängt se doch selbst nix mit an. Des is doch total verwildert, alles, seit die ihr ganzes Giftkraut vernichtet hat.«

Otto fühlte ein Unbehagen in der Magengegend. »Giftkraut?«

Die Alte kam so nah, dass Otto das Gelbe zwischen ihren Zähnen erkennen konnte, und sprach mit lautem Flüstern: »Ei, die war doch Giftköchin. So wie ihre Großmutter. Der ganze Garten, alles voll Giftpflanzen. Bis eines Tages …« Mit der Hacke beschrieb sie eine Geste auf Höhe ihrer Kehle.

Brenneisen warf Otto einen selbstgerechten Blick zu. »Soweit wir wissen, hat Frau Kukuk die Pflanzen wegen einer Allergie ihres Verlobten beseitigt.«

Die Alte stieß einen Raubvogelschrei aus. »Allergie? Drogenpartys haben die hier gefeiert. Geschrien und gewälzt haben sie sich da drüben. Bis es einen erwischt hat.« Der letzte Satz wurde von einem Funkenregen an Spucke begleitet.

Otto trat einen Schritt zurück. »Sie sprechen von Rauschmittelkonsum?«

Die Alte nickte. »Die haben alles genommen, was da gewachsen ist, und noch mehr.«

»Um welche Rauschmittel handelte es sich dabei genau?«

Die Alte zuckte mit den Schultern. »Fragen Sie die Kukuk selbst. Ich habe davon keine Ahnung.«

Otto und Brenneisen bedankten und verabschiedeten sich. Den Weg zum Burggelände legten sie schweigend zurück, während Otto auf der Suche nach einem verdächtigen Gefühl in sich hineinhorchte. Als sie am Wagen angelangt waren, blieb Brenneisen stehen und sah Otto an. »Giftköchin.« Er sprach das Wort mit einer gewissen Befriedigung in der Stimme aus.

»Halten Sie die Klappe«, knurrte Otto, während er nach den Autoschlüsseln suchte.

Brenneisen lächelte ihn übers Autodach hinweg an. »Keine Bange. Wenn das Zeug vergiftet gewesen wäre, würden Sie sich längst mit Schaum vor dem Mund im Staub wälzen. Aber«, er streckte die Hand aus, »zur Sicherheit fahre ich.«

Otto warf ihm die Schlüssel zu. »Überprüfen Sie

im Kommissariat unbedingt als Erstes die Dame hinsichtlich Drogendelikten.«

Kaum saßen sie im Auto, da klingelte Ottos Telefon. Es war die Büroassistentin, die einen Einbruch am Dieburger Kiosk meldete. »Wir kommen«, erwiderte Otto knapp und legte auf. »Wir müssen nach Dieburg fahren«, sagte Otto zu Brenneisen. »Im Kiosk wurde eingebrochen.« Brenneisen wechselte vom dritten Gang in den fünften und preschte mit quietschenden Reifen Richtung A 45.

HÜGEL IM BROMBEERBEET

Lore spähte durch den Vorhang und wunderte sich, dass die beiden einfach so davonfuhren. Nachdem sie beobachtet hatte, wie sie sich mit Gottliebs Hilde unterhalten hatten, war sie fest davon überzeugt, dass sie sofort festgenommen würde. Lore starrte auf die kleine Tasche, die sie für diesen Fall schnell zusammengepackt hatte. Umsonst. Der junge Kerl, der aussah, als würde er sich hauptsächlich von Frischluft ernähren und Quellwasser schwitzen. Und dann der Kommissar. Blasse Haut mit schwarzem Bartschatten. Braune Augen, die stählern blickten, wie es sonst nur blaue konnten. Hinter dem Blick und dem Schäferhund-Deutsch verbarg sich ein sensibler Charakter. Sie lächelte. Sie würde ihn wiedersehen, und zwar bald. Schließlich wussten sie ja jetzt, dass sie gelogen hatte. Nur sie wussten noch nicht, wie viel.

Das Gespräch hatte die Erinnerung an Ronnis Beerdigung in ihr geweckt. Für Lore war damals die größte Überraschung, dass ihre Mutter zur Beerdigung erschienen war. Mit Benjamin, Lores elfjährigem Halbbruder. Seitdem die Mutter sie zurückgelassen hatte, war das Verhältnis abgekühlt, genauso wie die Hoffnung, dass sie sie eines Tages zu sich holen würde. Die Mutter hatte neu geheiratet und Benjamin bekommen. Lore war sich sicher, dass die Mutter nur kam, weil Edel sie nach Kräften überredet hatte.

Jedenfalls stand sie urplötzlich in der Tür. Benjamin war ein dickes Kind und wie sich herausstellte, auch boshaft. Nicht unbedingt von Natur aus, er war nur schrecklich verwöhnt und gelangweilt, weil er gewohnt war, alles zu bekommen. Die Langeweile verwandelte sich in Zerstörungseifer. Er machte Dinge nicht einfach kaputt, sondern nahm sie akribisch auseinander. Am ersten Tag zerlegte er Omas Wanduhr in deren Einzelteile, sodass selbst der Uhrmacher sie nicht mehr zusammensetzen konnte. Als Lore ihn schimpfte, nahm die Mutter ihn in Schutz.

»Er will nur wissen, was drinsteckt.« Aus Mutters Stimme sprach ein gewisser Stolz, und mit Hochachtung erzählte sie, wie er zu Hause den Goldfischen im Teich die Flossen abgeschnitten hatte, nur um Szenen aus einem Film über japanische Hochseefischerei nachzuspielen. Am zweiten Tag sammelte er im Garten Nacktschnecken, die er in der Küche mit dem Messer in feine Scheibchen zerlegte. »Er will nur helfen«, wurde er verteidigt. Am Morgen des dritten Tages kam Lore in die Küche und fand Omas Wellensittich gerupft wie eine Weihnachtsgans im Vogelbauer vor. »Nennst du das auch helfen?«, kreischte sie die Mutter an. Dann ging sie zum Tierarzt, um den Wellensittich einschläfern zu lassen.

Benjamins zweites Mittel gegen die Langeweile war das Fressen. Er stopfte alles in sich hinein, was essbar und in Reichweite war. Das Gesicht des kleinen Bruders war ein hungriger Mond, dessen lippenloser Mund immer nach Fütterung schrie. Als Neunjähriger brachte er 70 Kilo auf die Waage. Lore setzte ihn auf Diät, worauf er sich über die reifen Brombeeren, das Letzte, was im Garten wuchs, hermachte. Am dritten Tag saßen Mutter, Edel und Lore beisammen und besprachen die Beerdigungsformalitäten. Sie tranken Unmengen Kaffee, immer wieder verschwand Edel in die Küche und bereitete neuen zu. Erst am späten Nachmittag bemerkten sie die Ruhe und fragten sich, wo Benjamin wohl steckte.

Sie fanden ihn zwischen den abgefressenen Brombeerstauden. Ein Hügel im Beet. Sein Gesicht und sein T-Shirt waren bedeckt mit schwarzroten Flecken. Der Dorfarzt diagnostizierte Kreislaufversagen nach massiver Überzuckerung, er hätte keine Brombeeren essen dürfen. Noch nicht einmal die Mutter hatte gewusst, dass Benjamin ein Diabetikerkind war. Dennoch gab sie Lore die Schuld. »Du bist wie deine Großmutter«, zischte sie Lore an. Und die beiden Koffer in der Hand hatte sie den Burghof für immer verlassen. In diesem Augenblick hatte Lore verstanden, welches Geheimnis unter dem Lavendel ruhte. Opa Gersprenz. Er war gar nicht abgehauen. Er lag da. Was Benjamin betraf, wurde von der Polizei eine gerichtsmedizinische Untersuchung angeordnet, Gift konnte jedoch nicht nachgewiesen werden. Und doch war Lore wieder die Kukuksmörderin, über die die

Leute im Dorf sich das Maul zerrissen. Im Lehrerseminar legte man ihr nahe, einen anderen Berufsweg einzuschlagen als den pädagogischen. Eine Frau ihres Rufes sei schlecht geeignet zur Erziehung von Kindern.

Nur eine hielt zu ihr. Edel. Sie blieb, bis Gras über die Angelegenheit gewachsen war und die Dornen Omas Beete bedeckten. Dann lernte sie einen Mann aus Dieburg kennen und heiratete. Der Lavendel wuchs weiterhin im Garten. Und die Erde, auf der er wuchs, blieb unberührt.

GLATTER DURCHSCHUSS

Am Tatort herrschte ein Trubel, als handle es sich um einen Terroranschlag. Alles war voller Blut, Sanitäter wetzten hin und her, drei Polizeiwagen tauchten die Umgebung in blaues Blitzlicht. In einem Mannschaftswagen saßen zwei Männer angekettet. Unter dem Baum drängte sich die vertraute nachbarschaftliche Herde. Man konnte nicht sagen, dass den Anwohnern der Siedlung nichts geboten wurde. Mit wenigen Sätzen und Blicken überzeugte sich Otto, dass alles schlimmer aussah, als es war.

Der überaufmerksame Hausmeister hatte zwei verdächtige Personen am Kiosk beobachtet und die Polizei verständigt. Die beiden Einbrecher waren von den Streifenpolizisten schnell überwältigt worden. Allerdings hatte sich bei der Festnahme ein Schuss gelöst und das Ohrläppchen des Hausmeisters war durchschlagen worden. Der Sanitäter versorgte das Ohr. Der Hausmeister bestand auf einer vollständigen Amputation des Läppchens.

»Die Leute denken sonst, ich hätte einen Ohrring getragen und wäre schwul«, beschwerte er sich. »Ich bin fürs Leben gezeichnet.«

»Echte Schönheit kann nichts entstellen«, entgegnete Otto und befragte die Polizisten, die die Einbrecher festgesetzt hatten. Einer ersten Untersuchung zufolge war im Kiosk weder etwas beschädigt noch gestohlen worden. Bei den Einbrechern wurde keinerlei Beutegut aufgefunden. Es schien, als hätte der Napoleon im Hausmeisterkittel die beiden im Frühstadium erwischt.

Otto und Brenneisen stiegen in den Mannschaftswagen, in dem sich die Einbrecher befanden. Otto staunte nicht schlecht, als er den Arzt und den Dönerbrater erkannte. Die ertappten Sünder waren jeweils an den Haltegriff über dem Fenster gekettet und gaben ein bejammernswertes Bild ab. Statt zweier honoriger Bürger, beide legal, wirkten sie wie die dümmsten Verbrecher Deutschlands und erinnerten ihn an Kauka auf dem Weg zum Tierheim. Brenneisen und Otto setzten sich ihnen gegenüber.

»Wieso brechen Sie am helllichten Tag in den Kiosk ein?«, fragte Otto.

»Wir nix eingebrochen«, ereiferte sich der Dönerbrater. »Wir Schlüssel.«

Otto tauschte mit Brenneisen einen überraschten Blick. »Wieso haben Sie das nicht angegeben?«

»Uns hat keiner zugehört«, meldete sich jetzt der Arzt zu Wort und nickte dem Dönerbrater zu. Der öffnete seine verschwitzte Hand, in der ein Schlüssel lag.

»Lazlo unser Freund. Wir Schlüssel«, bekräftigte er.

Otto lehnte sich aus dem Wagen raus und rief: »Machen Sie die Leute los. Keine Gefahr mehr im

Verzug.« Dann wandte er sich wieder an die beiden Pechvögel: »Mit dem Erbrechen des Polizeisiegels haben Sie dennoch eine Straftat begangen.«

Ein Wachmann kam, um die Handschellen zu öffnen. »Auf Ihre Verantwortung«, betonte er.

»Die übernehme ich«, knurrte Otto und ließ den beiden einen Moment, damit sie sich die schmerzenden Handgelenke massieren konnten. »Was haben Sie gesucht?«

Das Pärchen zuckte die Schultern und murmelte etwas von privaten Dingen. »Aber nix gefunden«, beeilte sich der Dönerbrater zu sagen.

»Was waren das für private Dinge?«

»Fotos, Schlüssel, … was Freunde halt so voneinander haben. Außerdem hat Lazlo ein paar unserer Geschäftsunterlagen aufbewahrt. Zur Sicherheit.«

»Soso, zur Sicherheit«, knurrte Otto. »In einem Kiosk?«

Der Arzt lehnte sich zurück. »Wir haben nichts gefunden. Vielleicht ist es doch in der Wohnung.«

»Die Unterlagen aus der Wohnung sind alle im Präsidium. Wir werden Sie benachrichtigen, wenn etwas dabei ist, das Sie betrifft. Darauf können Sie sich verlassen.« Otto beobachtete den Arzt, der erstaunlich ruhig blieb.

»Sie wissen schon, dass Sie sich damit dringend tatverdächtig gemacht haben? Das reicht für Untersuchungshaft«, sagte Brenneisen, der nun wieder in seinen Treibjagdton fiel. Für Otto war das eine Spur zu dick aufgetragen. Dass die beiden Dreck am Stecken hatten und dass hierbei Kalinn eine entscheidende Rolle spielte, war mehr als deutlich. Sollten die zwei jedoch tatsächlich Kalinn umgebracht haben, wären sie nicht so dumm, mögliche Beweismittel mitten am Tag an sich bringen zu wollen. Sie konnten sich ja denken, dass der Hausmeister den Kiosk nicht aus den Augen ließ.

»Nehmen Sie die beiden mit nach Darmstadt und setzen Sie ein Protokoll auf«, sagte Otto zu Brenneisen und stieg aus dem Wagen.

»Und Sie?«, fragte Brenneisen.

»Ich schaue mir den Kiosk noch mal genau an und fahre dann mit einem der Kollegen zurück.« Otto ging vorbei an der gaffenden Menge, die immer noch das Schauspiel von Polizei und Sanitäter beobachtete. »Alle fort, die hier nichts mehr zu suchen haben, und ich will, dass mich keiner stört, solange ich da drin bin!« Er deutete auf den Kiosk und betrat den kühlen, schattigen Raum. Schnell erkannte er den Raum wieder und konnte sich trotz der verschlossenen Fensterläden leicht orientieren. Allmählich wurde er ruhiger und gelangte in den Modus, den Raum zu atmen. Er stand zwischen den Regalen und lauschte dem Knacken des Holzes. Langsam durchquerte er den Raum, wobei er auf jedes Geräusch, das seine Schritte verursachten, achtete. Er betrat das Hinterzimmer. Schreibtisch und Stuhl standen noch so, wie offensichtlich von Brenneisen zum Verhör angeordnet.

An der Wand befand sich ein metallener Schrank. Otto öffnete ihn und fand einige Ordner. Er blätterte. Gewissenhaft geführte Einnahmen und Ausgaben eines Kiosk-Geschäfts.

Otto blickte sich im Raum um und ließ ihn auf sich wirken. Er rückte den Schrank zur Seite und klopfte die Wand dahinter ab. Nichts. Er klopfte die Rückwand des Schranks ab. Auch nichts. Doch am Boden konnte er eine Unebenheit erkennen. Eine der Dielen warf einen winzigen Schatten. Otto ging in die Hocke. Beim Entfernen der Diele zog er sich einen Splitter zu, doch er schenkte dem keine Beachtung. Im Hohlraum befanden sich drei Schnellhefter. Ottos Herzschlag beschleunigte sich. Als er die Hefter durchblätterte, wurde er von einem warmen Gefühl der Befriedigung durchströmt. Urkunden und Verträge. Genau das, was er vermutet hatte. Er packte die Hefter in seinen Koffer und trat wieder ins Freie.

Die Zuschauer, die unter dem Baum neben Kalinns Wohnhaus gestanden hatten, waren verschwunden. Ottos Blick wanderte in die dürre Krone des Baumes. Erst jetzt entdeckte er das Baumhaus, das dort hineingesetzt worden war. Er überquerte die Straße und suchte nach dem Aufstieg. Eine schmale Leiter führte hinauf. Oben befand sich ein Bretterboden mit breiten Lücken. Zerknüllte Taschentücher und einzelne Seiten aus Pornoheften verrieten, dass dieser Platz nicht nur von Kindern genutzt wurde. Otto spähte durch die Ritzen zwischen den Brettern. Man hatte einen guten Blick nach allen Seiten, vor allem konnte man direkt in Kalinns Badezimmer sehen. Vor seinem inneren Auge rief Otto den Grundriss der Wohnung auf. Wenn die Tür offen stand, konnte man sicherlich ins Wohnzimmer hineinsehen. Otto machte mit der Handykamera einige Aufnahmen. Ein Stück von einem Taschentuch und eine kleine Holzlatte packte er in eines der Indizientütchen, dann kletterte er die Leiter hinunter, nicht ohne an den grob eingeschlagenen Nägeln nach Fasern oder Kleidungsresten zu suchen. Und tatsächlich: Am rechten Nagel der untersten Sprosse befand sich ein Büschel Haare. Otto tütete auch diese ein und machte sich dann auf den Heimweg.

Stunden später lag er in seinem Bett, ohne zu schlafen. Die Dunkelheit umgab ihn wie eine Truhe. Die Zeugen und Verdächtigen der Mordsache tanzten vor seinen Augen Samba. Die Kukuk mit dem Dönermann, der Doktor mit dem Urviech von Nachbarin. Der Hausmeister mit der Tierheimpflegerin. Über ihnen schwebten die Schlagzeilen der letzten Tage, in denen das Wort Lavendel dominierte. Otto lag ganz ruhig da und lauschte auf das Pochen seines Herzens. Jeden Schlag würdigte er, als sei es der letzte. Und jeden neuen Schlag begrüßte er voller Dankbarkeit. Die ganze Nacht lang wartete er. Doch ihm trat kein Schaum vor den Mund, er wurde nicht irre, bis zur Dämmerung geschah nichts weiter, als dass sein Herz kräftig und gleichmäßig schlug. Er überlebte die Nacht, und nachdem er die Freude darüber ausgekostet hatte, fiel ihm ein weiteres Detail auf. Er hatte Gabi nicht aufgesucht. Das war seit Jahren nicht mehr vorgekommen.

PORZELLAN UND BELLADONNA

»Frau Kukuk, es tut mir leid. Die Leute reden. Die Polizei kommt Sie holen. Dies hier ist ein Ort für Familien und soll Touristenmagnet werden. Ich muss Sie von Ihrer Arbeit entbinden, solange diese Geschichte in der Schwebe ist.« Das Schlossgespenst sah sie mit traurigen Augen an.

Lore nickte. Was sollte sie auch anderes tun? Ihm mitteilen, dass er sich als Erster entbinden musste, wenn es darum ging, die Touristen nicht zu erschrecken? Nein, sie fügte sich, wischte noch zum letzten Mal durch und verließ dann das Museum. Eine Weile saß sie untätig in ihrer Küche, doch dann bekam sie unruhige Hände. Sie stand auf und holte einen kleinen Topf aus dem Schrank. Sie setzte ihn auf den Herd und gab das Paraffin hinein. Der handseifengroße Block schwamm eine Weile auf dem heißen Boden hin und her, bis er sich völlig verflüssigt hatte.

»Bitte mach, dass ich das Richtige tue«, flehte sie, während sie in den Topf starrte. Nach zwei Minuten Kochen, so hatte Opa Weller ihr erklärt, war das flüssige Paraffin doppelt so heiß wie brodelndes Wasser. Mithilfe des Apothekerlöffels streute sie die vorgeschriebene Menge Pulver in den Topf, das sich sofort auflöste.

Eine winzige Prise davon in den Tee und das Schlossgespenst wäre hinüber, dachte sie. Eine größere Menge in den Dorfbrunnen und das Dorf wäre hinüber. »Ach wie gut, dass niemand weiß …«, kicherte sie und nahm den Topf vom Herd. Nachdem die Masse abgekühlt war, füllte sie die immer noch flüssige Creme in einen verschließbaren Tiegel und stellte ihn in den Kühlschrank. Den Topf warf sie zusammen mit dem Löffel in den Müll. Sie griff zu ihrem Notizbuch und wählte die Nummer ihres Neffen.

Eine Stunde später stand er vor der Tür und begrüßte Lore mit dem obligatorischen Tantchen und Küsschen. Sein Wagen entsprach in Lores Vorstellung eher dem Inhaber eines Striptease-Clubs als dessen Türsteher. »Wo ist Mandy?«, fragte Lore beim Einsteigen. Die Sitze waren aus anschmiegsamem Leder, das durch die Klimaanlage kühl gehalten wurde.

»Arbeiten. Hat heute Frühschicht.« Der Neffe startete den Wagen, der nun fast geräuschlos den Berghang hinabglitt. Wie Lazlos Limousine, dachte Lore. Die Freundin des Neffen, Mandy, war Tänzerin in dem Club, in dem der Neffe arbeitete. Daher war sie Lore bei der ersten Begegnung auch bekannt vorgekommen. Merkwürdig, dass sie jetzt nicht dabei war, wo es doch um ihre Mutter ging. Sie fuhren in einen feuerglühenden Abend. Während draußen die Hitze tobte, herrschte im Wagen eine gleichförmige Frische.

Die Hochhäuser in Dietzenbach fielen im Vergleich zu denen in Frankfurt blass aus. Dennoch holte sich Lore fast einen Hexenschuss, als sie den Blick die Fassade hinaufgleiten ließ. Noch bevor sie das Schwert im Nacken spürte, brachte sie den Kopf in eine gerade Position, massierte erschrocken ihre Halswirbel und drehte dann den Kopf prüfend hin und her. Der Neffe klingelte an einem Schaltbord, das sicherlich 100 Namen enthielt. Als der Summer ertönte, betraten sie den Hausflur. Im Aufzug roch es nach ungewaschenen Füßen. Der Neffe neben ihr stand da wie ihr Aufpasser, nicht ihr Begleiter. Als sie den Flur entlanggingen, hallten die Wände vom Quietschen der Sohlen auf Linoleum wider. Die Frau, die Lore an der Tür erwartete, wirkte zerbrechlich wie trockenes Laub. Das Gesicht der alten Dame war umkränzt von weißem onduliertem Haar wie gehäkelte Spitze. Sie stellte sich als Adelheid Gärtner vor und bat sie in die Wohnung.

Wenn es etwas gab wie ein absolutes Duftgedächtnis, dann besaß es Lore. Sofort, als sie die Wohnung betrat, erkannte sie den Geruch, und passend dazu blickte sie in die lavendelblauen Augen, die aus dem Gesicht der alten Dame blickten wie die Augen eines Kindes. Nach einer vorsichtigen Begrüßung wurden sie ins Wohnzimmer geführt. Dort befand sich kein Gegenstand, der nicht mit irgendetwas Geklöppeltem verziert war. Das Kanapee duckte sich unter einem Spitzenüberwurf, die Sessel besaßen Troddeln, die bis zum Boden reichten, selbst an der Wand hingen Bilder, die sich bei genauerem Betrachten als Klöppelarbeiten herausstellten.

»Wie schön«, bemerkte Lore anerkennend. »Machen Sie das selbst?«

Die Dame lächelte mit dünnen Lippen. »Früher.« Statt einer Erklärung hielt sie die Hände hoch und präsentierte zwei knotig gefleckte, zitternde Handlandschaften. »Mein Junge, machst du uns einen Tee?«, bat die alte Dame. »Du weißt ja, wo die Sachen stehen.« Sie bot Lore Platz an und setzte sich selbst in einen geblümten Sessel ihr gegenüber. »Wenn ich Geschirr in die Hand nehme, dann geht es gleich zu Bruch«, erklärte sie und tupfte sich die Nase. »Und in meinem Alter bringen Scherben kein Glück mehr«, setzte sie vielsagend lächelnd hinzu.

Lore holte den Tiegel mit der erkalteten Salbe aus der Tasche. Zögernd reichte sie ihn Adelheid, die ihn mit schwimmenden Augen entgegennahm.

»Ich kann Ihnen gar nicht sagen, wie dankbar ich bin.«

»Es ist nur ein Versuch«, erwiderte Lore. »Meine Großmutter hat den alten Apotheker damit erfolgreich behandelt. Mit ihm habe ich das Rezept auch besprochen. Ich hoffe natürlich, es hilft Ihnen, aber ganz wohl ist mir bei der Sache nicht.«

»Ach, ich habe nichts zu verlieren«, entgegnete Adelheid.

Außer dem Leben, dachte Lore beklommen. Sie erklärte Adelheid, wie sie die Paste aufzutragen habe, und um es ihr zu demonstrieren, salbte sie ihr selbst die betreffenden Stellen ein. Der Neffe kam mit einem Tablett ins Zimmer, stellte es auf dem Tisch ab und verteilte die Tassen. Adelheid machte Lore ein Zeichen einzuschenken.

»Ah, du hast die Salbe schon drauf«, bemerkte der Neffe wohlwollend.

»Und ich glaube, es wirkt bereits«, sagte die Alte und hielt ihre Tasse in die Luft, die zitternde Hand musste sie jedoch mit der zweiten stabilisieren. Lore erhob sich und fragte, wo das Bad sei, denn sie musste sich die Hände waschen. Auch hier drinnen war alles voller Klöppelarbeiten. Der Toilettendeckel, der Handtuchhalter, die Spiegelablage. Auf der Ablage stand ein braunes Fläschchen. Von ihm entstammte der Geruch, der die Wohnung dominierte. Nachdem Lore sorgfältig die Hände gewaschen hatte, schraubte sie den Deckel des braunen Fläschchens ab und schnupperte. Sie nahm die leicht bittere Note deutlich wahr und ging mit dem Fläschchen zurück ins Wohnzimmer.

»Wofür nehmen Sie das?«, fragte sie.

Über die Teetasse hinweg sah Adelheid sie aus großen blauen Augen an. »Ach, das ist mein Erkältungsmittel, Lavendel. Sehen sie, eine alte Frau wie ich erkältet sich sogar in der größten Hitze.« Wie zum Beweis stieß sie mehrere raue Huster aus. Lore reichte ihr das Fläschchen und Adelheid träufelte etwas davon in ihren Tee. Der Geruch breitete sich im Zimmer aus wie eine atemberaubende Bombe.

»Wegen des schwachen Herzens darf ich keine starken Medikamente nehmen. Aber das wissen Sie ja.«

Lore nickte und deutete auf das Fläschchen. »Aber das wird Ihnen helfen. Es ist Schopflavendel. Er enthält mehr Kampfer und Saponine als der normale Lavendel. Dadurch wirkt er krampflösend und auswurffördernd.«

Adelheid lächelte. »Natürlich. Sie kennen sich ja bestens aus.«

Lore winkte ab. »Nur ein paar wenige Dinge, die ich von meiner Großmutter aufgeschnappt habe.«

Als Lore ihre Tasse geleert hatte, erhob sie sich. »Ihre Tochter Mandy sollte heute Nacht bei Ihnen schlafen«, sagte Lore beim Abschied. »Falls irgendetwas geschieht, soll sie sofort die Notzentrale anrufen.«

Adelheid nickte und sah auf die Uhr. »In einer Stunde ist sie bei mir, wie besprochen.«

Als Lore nach Hause kam, wurde sie wieder von dem vertrauten Gestank aus dem Briefkasten empfangen. Sie öffnete das Türchen und schon kam ihr entgegen, was sie erwartet hatte: ein Bündel welken Schnittlauchs. Wie froh war sie, dass niemand im Dorf die Stinkblume kannte. Sie griff das Bündel und den darunterliegenden Brief mit spitzen Fingern. Den Schnittlauch warf sie zusammen mit dem stinkenden Briefumschlag in den Burgcontainer, der außerhalb der Burgmauer stand. Den Brief wedelte sie durch die Luft, während sie zum Haus zurückging. Er war bereits tief mit dem schweißigen Geruch durchtränkt. In der Küche las sie das Schreiben durch. Es enthielt nur wenige Worte. Doch nachdem sie gelesen hatte, zitterten die Ecken des Blattes in ihrer Hand.

Sie rannte zum Telefon und wählte Edels vertraute vierstellige Nummer.

»Lore, was gibt's?«

»Ich muss mit dir reden.«

Lore hörte Edel am anderen Ende einen tiefen Atemzug nehmen, bevor sie sagte: »Endlich.«

»Kommst du vorbei?«

Wieder zögerte Edel.

»Lieber nicht. Ich bekomme Besuch von diesem Polizisten. Danach wäre es zu verdächtig, wenn ich direkt zu dir führe. Ich komme morgen zu dir. Direkt nach dem Studio. Versprochen.«

Lore seufzte. »Bei mir waren sie auch schon.«

»Und was hast du gesagt?«

»Dass ich Samstag mit Lazlo tanzen war …«

»Gut.«

»Und das andere …«

»Du warst bei mir, den ganzen Sonntagabend.« Edel sagte es ohne Zögern. Erleichtert legte Lore auf. Edel wusste, was zu tun war.

REINKARNATION

»Moin, Chef, Sie leben ja noch!«, wurde Otto am nächsten Morgen von Brenneisen begrüßt.

»Enttäuscht?«, gab Otto launig zurück. Obwohl er die Nacht keine Sekunde geschlafen hatte, fühlte er sich hellwach und hatte Lust, die ganze Welt zu umarmen.

»Dann wäre ich in der Kukuk-Sache zumindest einen Schritt weiter«, entgegnete Brenneisen. Otto, der schwungvoll seinen Schreibtisch umrundete, warf ihm einen fragenden Blick zu. Brenneisen erklärte: »Von Drogenkonsum im Zusammenhang mit Lore Kukuk ist nichts aktenkundig.«

»Macht nichts«, erwiderte Otto in Champagnerlaune. »Wir haben neue Hinweise.« Die Beweismittel, die er gestern im Baumhaus gesammelt hatte, waren bereits zur Untersuchung im Labor. Den Hefter, den er im Kiosk aufgespürt hatte, warf er schwungvoll auf Brenneisens Schreibtisch.

Otto hatte es von Anfang an gewusst, zumindest gespürt. Bereits Kalinns Wohnung hatte ihm alles verraten, er hatte nur eine gewisse Zeit gebraucht, es zu verstehen. Die Wohnung, in der Kalinn aufgefunden worden war, war eine Musterwohnung. Dabei handelte es sich um Wohnungen gleichen Grundschnitts, die identisch eingerichtet waren. Das Mobiliar, die Suppenteller, das Schuhputzzeug, alles glich sich aufs Haar und befand sich am exakt gleichen Ort. Personen, die den Grundplan kannten, konnten sich in solch einer Wohnung mühelos zurechtfinden, als wären sie dort zu Hause. Falls überraschend Besuch von der Behörde kam, was bei Verdacht auf dieses Delikt gelegentlich vorkam. Otto beschloss, Brenneisen einzuweihen.

»Unser Kalinn war kein Heiratsschwindler, er hat Scheinehen eingefädelt.« Brenneisen hob den Kopf und sah ihn überrascht an. Otto erhob sich und trat neben Brenneisen. »Diesen Hefter hat Kalinn in seinem Kiosk aufbewahrt. Was Sie hier sehen, sind Heiratsurkunden und Scheidungspapiere. Sehen Sie mal auf die Namen und die Daten.« Otto blätterte durch die Urkunden, während er weitersprach. »Die meisten der hier Verzeichneten, darunter auch unsere Zeugen aus dem Russenring, waren mit einer deutschen Frau im Alter von 50 bis 70 Jahren verheiratet und wurden nach zwei Jahren wieder geschieden.« Otto ließ Brenneisen Zeit nachzudenken.

»Das ist die vorgeschriebene Mindestzeit für eine Aufenthaltsgenehmigung in der EU.«

Otto nickte bestätigend. »Und damit die Arbeitserlaubnis. Kalinn hat russische Männer an deutsche Witwen vermittelt. Vermutlich sind die Russen aus dem Ring die Mittelsmänner, die Kontakte zu in Russland lebenden Männern herstellen. Die sind bereit, ein hübsches Sümmchen für eine deutsche Aufenthaltserlaubnis zu zahlen. Der Preis liegt derzeit bei 30.000 bis 40.000 Euro. Die Männer kommen rüber, heiraten, leben dann mit ihrer Angetrauten in einer der angemieteten Musterwohnungen, und Kalinn kassiert.«

Brenneisen setzte den Gedanken fort. »Und die Frauen stammen aus der Kartei der Rosebrok.«

»Erfasst. Die etwas andere Form von Menschenhandel.« Otto machte eine kurze Pause und strich sich über den Kopf. »Und wissen Sie, wie man die alten Damen geködert hat?«

Brenneisen formte sein Gesicht zum Fragezeichen.

»Mit Models«, gab Otto sich selbst die Antwort. Er setzte sich auf Brenneisens Schreibtisch, dieser wich leicht zurück. »Beim Durchsehen der Karteifotos«, fuhr Otto fort, »fiel mir auf, dass die Bilder der Frauen ganz natürlich waren, typische Schnappschüsse oder Passfotos. Die Männerfotos wirkten dagegen sehr professionell, die Männer darauf fast schon künstlich attraktiv. Die Rosebrok hat einfach Casting-Fotos von männlichen Seniorenmodels verwendet und die alten Damen glauben lassen, die wären in ihrer Kartei verfügbar.«

»Schweinerei«, murmelte Brenneisen.

»Allerdings. Ich wette, 90 Prozent der Männer aus Rosebroks Kartei bestehen nur aus einem solchen Foto.«

»Und Lazlo Kalinn hat sich die Frauen geschnappt?«

»Sieht so aus«, antwortete Otto. »Er erschleicht sich das Vertrauen der alten Damen, und wenn die Zeit reif ist, rückt er raus mit der Sprache. Entweder er ist ehrlich und bietet Geld gegen Ehe, was jede Rentnerin gut gebrauchen kann, oder er arbeitet mit subtiler Erpressung. Dann wird irgendeine Geschichte aus der Schublade gezogen, vielleicht vom Verwandten, der im Heimatland verfolgt wird und Hilfe benötigt. Kalinn bittet die alten Damen um diesen Liebesdienst. Diese möchten so gern glauben, dass jemand sie gern hat, und lassen sich darauf ein. Nach der Eheschließung zieht sich Kalinn dezent aus der Beziehung zurück. Die Frauen, die herausfinden, dass sie geprellt worden sind, haben keine Handhabe. Schließlich haben sie sich mitschuldig gemacht, indem sie einen Standesbeamten belogen haben. So fristen sie die Monate ihrer Scheinehe ab. Während Kalinn schon an der nächsten dran ist.«

»Gemeinheit«, murmelte Brenneisen.

»Allerdings«, gab Otto zurück. »Die Männer zahlen den Obolus entweder sofort oder auf Raten, je nach finanzieller Möglichkeit.«

Brenneisen stützte den Kopf in die Hand. »Das heißt, wir haben eine ganze Kartei voller älterer Damen, die tatverdächtig sind?«

Otto nickte. »Fangen wir doch mit den Damen an, die laut unserem Datenträger in den letzten Wochen oder Monaten einem angeblich heiratswilligen älteren Herrn vorgestellt wurden.«

Brenneisen holte den USB-Stick aus der Schublade und schob ihn in die Computerbuchse. »In den letzten Monaten wurden vier Damen an vier verschiedene Herren vermittelt. Hilde Sukowski aus Sprendlingen, Anneliese Eberhard aus Rodgau, Adelheid Gärtner aus Dietzenbach, Inge Brück aus Babenhausen.«

»Ich wette, bei den Herren handelt es sich um Kalinn, jeweils mit anderem Namen und anderer Adresse. Und hinter den Adressen verbergen sich vermutlich Musterwohnungen wie die in Dieburg.«

Brenneisen sah ihn verständnislos an. »Musterwohnungen?«

»Das sind identische Wohnungen, deren Pläne von den möglichen Bewohnern auswendig gelernt werden müssen. Damit Paare, die sich eigentlich gar nicht kennen und die auch nicht zusammen wohnen, vorspielen können, sie seien verheiratet und lebten zusammen.« Otto erklärte, was er darüber wusste. Seinen Bericht schloss er ab mit einer Anekdote, die er von einem russischen Kameraden kannte. »Die Idee zu den Musterwohnungen kommt aus Russland. Zu Sowjetzeiten lebten die Menschen ja quasi in identischen Wohnungen. Die Wohnungen waren gleich geschnitten und mit demselben Mobiliar aus den Großbetrieben eingerichtet. Eine Geschichte erzählt von einem Russen, der an Weihnachten besoffen in Moskau die Sauna verlässt, statt in den Bus ins Flugzeug steigt, in St. Petersburg aussteigt und dort dieselbe Wohnung vorfindet wie seine eigene. Dass er in einem fremden Bett schläft, merkt er erst, als die falsche Frau darin liegt.« Otto lachte und Brenneisen fiel meckernd ein. Sie verstummten schlagartig, als ihnen klar wurde, dass sie zum ersten Mal in ihrer gemeinsamen Dienstzeit miteinander gelacht hatten. Vorher hatte immer nur der eine über den anderen gelacht. Otto griff das Blatt mit den notierten Namen. »Klappern Sie die alten Damen ab, um festzustellen, ob es sich bei dem Mann, den die Agentur Rosebrok ihnen vorgestellt hat, um Kalinn handelte.«

Brenneisen klopfte auf die Hefter mit den Urkunden, die noch auf dem Schreibtisch lagen. »Und was ist mit denen?«

Otto blies seine nicht vorhandenen Haare aus der Stirn. »Die Unterlagen leiten wir an die Ausländerbehörde weiter. Die haben mehr Erfahrung damit, Scheinehen zu entlarven, und erkennen die Hinweise.« Otto legte den Hefter mit den Heiratsdokumenten in den Ausgangskorb. »Ich fahre jetzt zu Edeltraut Walter, um das Alibi dieser Kukuk zu überprüfen. Wie war noch mal die Adresse von diesem Aromastudio?«

»Dieburg, Hauptstraße 4.« Brenneisen nannte ihm die Adresse und Otto verließ das Büro.

FALSCHE VERSPRECHUNGEN

Brenneisen fuhr die Waldautobahn entlang und wunderte sich. Nicht darüber, dass er den Löwenanteil der Zeugenbefragungen übernehmen musste, wie bisher immer in diesem Fall. Auch nicht darüber, dass Otto einfach bestimmte, was zu tun war. Sondern darüber, dass Otto ausgerechnet die Zeugin befragen wollte, die diese Kukuk belasten konnte. Otto war befangen, was diese Kukuk anging, so viel war sicher. Beim Verhör hatten sie Blicke getauscht, als würden sie sich seit langer Zeit kennen. Was hatte die Alte ihm da bloß für ein Zeug eingeflößt?

Brenneisen bog nach Dietzenbach ein und parkte das Auto inmitten einer Hochhaussiedlung. Nachdem er die richtige Hausnummer der identischen Wohnblöcke ausgemacht hatte, fand er die Klingel und drückte den Knopf. Als der Türöffner klackte, ging er hinein und betrat den Fahrstuhl, der ihn in die Höhe saugte.

Oben an der Tür erwartete ihn eine Dame, so zart, dass er befürchtete, sie werde vom Luftzug des sich öffnenden Fahrstuhls weggepustet. »Ich erwarte meine Gäste lieber hier im Flur als an der Haustür. Das hat mir mein Schwiegersohn geraten, der ist Sicherheits-Experte«, erklärte die alte Dame mit lächelnder Wisperstimme. Brenneisen nickte voller Verständnis und zeigte ihr zur Beruhigung seine Dienstmarke. Die Dame führte ihn in eine Wohnung, die auf Brenneisen wirkte wie ein Staubfängermuseum. Überall Eingesäumtes und Gehäkeltes, allein der Anblick juckte Brenneisen in der Nase. Trotz des muffigen Eindrucks, den der Raum auf ihn machte, erschien er wie angefüllt mit frisch geklärter Luft. Sie setzten sich an den Wohnzimmertisch, die Dame schenkte aus geblümter Kanne Tee in geblümte Tassen. Mit ruhiger Hand nahm sie ihre Tasse und setzte sie an die Lippen. Als Brenneisen ihr das Bild von Kalinn vorlegte, setzte sie die Tasse mit einem so heftigen Klirren ab, dass Brenneisen fürchtete, beide könnten zerbrechen: die Tasse und die Dame.

»War das der Mann, den Ihnen die Agentur Rosebrok vorgestellt hat?«, fragte er vorsichtig.

Die Dame nickte und nahm das Bild in die Hand. »Rainer Kunze. Er hat mir den Hof gemacht wie mein Verstorbener in den ersten Jahren. Zuerst war ich ganz hingerissen. Ich fühlte mich wie eine 15-Jährige. Können Sie sich das vorstellen?« Jetzt sah sie ihn direkt an. Ihre Züge waren wie glattgebügelt, in ihren Augen lag ein Funkeln.

»Ja«, sagte Brenneisen. »Der Mann heißt übrigens Lazlo Kalinn und wurde ermordet.«

Die alte Dame kommentierte diese Aussage mit großen Augen.

»Wir haben uns einige Male getroffen. Ich hatte recht schnell das Gefühl, dass es ihm um Geld ging.«

»Wie kamen Sie darauf?«

Sie lächelte müde. »Schauen Sie mich an. Jemand wie dieser Kunze oder Kalinn? So einer kann gut und gerne eine 40-Jährige haben. Warum sollte er eine 65-Jährige umwerben?« Sie sah ihn aus großen Augen an, dann verwandelte sich ihr Blick in ein verschmitztes Lächeln. »Ich habe ihm einen Korb gegeben«, sagte sie. »Diesen Triumph habe ich mir gegönnt.« Sie seufzte. »Auch wenn es möglicherweise der letzte Korb meines Lebens war, ich habe mich gefühlt wie in der Tanzstunde.« Sie sah in die Ferne und hatte plötzlich rote Flecken auf den Wangen.

»Hat er Ihnen vorgeschlagen, möglicherweise einen Verwandten von sich zu heiraten?«

Die Dame lächelte entschuldigend. »Nein, wie gesagt, ich habe das Ganze frühzeitig beendet. Ich weiß nicht genau, warum, mein Gefühl hat mich gewarnt. Die Frauen in unserer Familie«, sie rührte in ihrer Tasse und lächelte spitzbübisch, »haben einen guten Instinkt, was Männer angeht.« Nun musterte sie Brenneisen so scharf, dass ihm unbehaglich wurde. Er blickte zwischen den gemusterten Gardinen nach draußen. Über dem Dach der gegenüberliegenden Wohnblöcke war nur ein schmaler Streif Himmel zu sehen. Er verabschiedete sich und trat zurück auf die Straße. Als er ins Auto stieg, war ihm mulmig. Die alte Dame hatte ihn gerührt, und einen Mord traute er dieser zerbrechlichen Person nicht zu. Und dennoch erschien ihm irgendetwas merkwürdig. Vielleicht war er aber einfach nur benommen von diesem Geruch in der Wohnung. Brenneisen fuhr weiter auf die Waldautobahn Richtung Sprendlingen. Dort angekommen, landete er in einer kleinen Bahnarbeitersiedlung. Hier wurde ihm nicht geöffnet. Er fuhr weiter nach Babenhausen. Das Viertel dort hatte etwas Sonntägliches, wie alle Viertel, die hauptsächlich zum Schlafen genutzt wurden. Kleine Häuschen, umrahmt von Grundstücken, die so gepflegt waren, dass kein Nachbar etwas zu meckern hatte. Das Erste, was er von Inge Brück erblickte, war die Frisur, die wie ein Sahnebaiser im Küchenfenster auftauchte. Durch die Sprechanlage versicherte sie sich, dass es sich bei Brenneisen nicht um einen Vertreter oder Zeitungsverkäufer handelte, erst dann öffnete sie die Tür.

»Sie wissen ja gar nicht, mit welchen Angeboten man heutzutage belästigt wird. Die da draußen glauben, wir alten Damen sind nur dazu da, Geschäfte mit denen zu machen.« Mit diesen Worten begrüßte ihn die ältere gepflegte Dame, die zu ihrer Baiser-Frisur ein rosa Strickjäckchen trug.

Deswegen bin ich da, dachte Brenneisen und folgte ihr ins Wohnzimmer, das mit Pflanzen zu einer Art Wintergarten umfunktioniert worden war. Schlingen und Blattgrün, so weit das Auge reichte, die Pflanzen verstellten sogar die Aussicht nach draußen in den spärlich bewirtschafteten Garten.

»Was kann ich Ihnen anbieten?«

Grüner Tee wäre passend, aber Brenneisen verbiss sich den Kommentar. Stattdessen kam er direkt auf Kalinn zu sprechen. Das Gesicht der Dame wurde frostig, als er ihr sein Foto vorlegte. Er hatte sich unter dem Namen Hans Weiser vorgestellt. Wohnhaft in Groß-Umstadt. »Er hat schon nach wenigen Treffen von Heirat gesprochen. Als ich ihm sagte, dass ich meinem Friedrich am Grabe versprochen hatte, nicht wieder zu heiraten, hat er sich nicht mehr blicken lassen.« Inge Brücks Gesicht drückte alle Enttäuschung darüber aus.

Brenneisen lehnte sich auf seinem Stuhl zurück. »Sollte die Ehe mit ihm geschlossen werden oder mit einem anderen?«

Die Dame sah ihn verständnislos an. »Mit ihm natürlich. Wen, um Gottes willen, sollte ich denn sonst heiraten?« Die starke Reaktion erübrigte eine weitere Nachfrage. Kalinn war offensichtlich bei seinen Anbahnungen äußerst geschickt vorgegangen. Hatte zunächst die Heiratswilligkeit seiner neuen

Bekannten getestet, bevor er mit der Sprache herausrückte. Zumindest wussten sie jetzt, dass er sich den Damen aus der Kartei unter falschem Namen präsentiert hatte. Brenneisen verabschiedete sich, beschloss, für heute Schluss zu machen, und fuhr nach Hause.

INTUITIONEN

›Aroma-Walter‹, las Otto die großen geschwungenen Buchstaben im Schaufenster. Die Tür öffnete sich mit einem Klingeln. Im Laden roch es nach Toilettenreiniger mit Vanillearoma. Otto hasste Kunstgerüche. Als er das Fahrzeug seines Vorgängers übernommen hatte, hatte er als Erstes den Duftbaum entsorgt und das Auto reinigen lassen. Anschließend stank es nach etwas, das Automechaniker für Frische hielten. Wochenlang hing der Geruch noch in den Polstern, obwohl er trotz strengem Winter mit offenem Fenster gefahren war.

»Was kann ich für Sie tun?« Die Frau, die ihn empfing, ging aufrecht, das lange graublonde Haar hatte sie hinter die Ohren gestrichen, es reichte ihr bis über die Schultern. Sie wirkte wie eine gealterte Yoga-Lehrerin. Ab der Menopause wurden sie alle spirituell.

»Sind Sie Edeltraut Walter?« Als sie nickte, stellte Otto sich vor und zeigte seine Polizeimarke. »Ich hatte mich ja bereits angekündigt.« Sie bot ihm Platz an, aber nichts zu trinken.

»Ist es wahr, dass Lore Kukuk sich am Sonntagabend bei Ihnen aufgehalten hat?«

Wieder nickte die Dame. Wollte sie ihre Stimmbänder schonen? Litt sie an Halsentzündung, mitten im Hochsommer? Schließlich entschloss sie sich doch zu reden.

»Ja, sie hatte einen spontanen Termin zur Aroma-Therapie wegen Kopfschmerzen. Gegen 20 Uhr war sie bei mir. Gegen 23 Uhr habe ich sie dann nach Hause gefahren.« Sie stand von ihrem Stuhl auf, holte das Terminbuch und legte es aufgeschlagen vor ihn hin. »Hier, sehen Sie selbst.«

Otto beugte sich über das Buch. »Der Termin ging von 20 bis 21 Uhr.«

Die Strenge von Edeltraut Walter wich einem Lächeln. »Wir haben noch eine Weile dagesessen und geplaudert, wissen Sie, wir sind wie Schwestern, wir haben uns immer viel zu erzählen.«

Otto zog die Augenbrauen hoch. »Wie das?«

Sie räusperte sich, als habe sie zu viel ausgeplaudert. »Lore lebte bei ihrer Großmutter, seit sie zehn war.« Mit einem Nicken gab Otto zu verstehen, dass er darüber Bescheid wusste. »Und ich ging bei Margarethe Kukuk ein und aus, da meine Mutter sich nicht richtig um mich kümmern konnte. So sind wir zusammen aufgewachsen.«

»Dann kennen Sie sicher auch die anderen … Vorfälle im Zusammenhang mit Frau Kukuk.«

Sie schien zu zögern. »Sie meinen die Kukuksmorde?« Als er bestätigend nickte, wurde ihr Blick trüb und sie tastete nach einem ihrer Ohrringe. »Ja, natürlich.« Otto glaubte gerade, sie habe gar nicht mehr vor zu reden, da wandte sie sich ihm zu. Ihr distanzierter Tonfall wurde plötzlich bittend und vertraulich. »Lassen Sie Frau Kukuk endlich in Ruhe. Bitte, sie hat schon so viel durchgemacht. Mit dem Toten hat sie nichts zu tun.«

»Aber sie kannte ihn doch offensichtlich.«

»Ja«, räumte die Walter schuldbewusst ein. »Ich war sogar diejenige, die die beiden miteinander bekannt machte. Als Lore wegen der kaputten Rohrschelle einen Handwerker brauchte, hab ich ihn benachrichtigt.«

»Ach, Sie waren dabei, als der Wasserschaden passierte?« Otto war aufgestanden und ging die Regale mit den Aromafläschchen entlang. Unter Walters misstrauischem Blick nahm er eines davon in die Hand.

»Ja, zufällig. Ich verständigte dann eine Freundin, die mir wiederum einen Handwerker empfehlen konnte.«

Otto drehte sich um und hielt das Fläschchen in die Höhe. »Wozu sind all diese Gerüche eigentlich gut?«

»Aromen«, korrigierte die Walter und nahm ihm das Fläschchen aus der Hand. »Bei Aromatherapie geht es nicht um den bewusst wahrgenommenen Duft, sondern den Einfluss von Gerüchen auf das Unterbewusste. Aromen können in uns bestimmte Stimmungen und Gefühle wecken.« Sie sprühte eine kleine Menge aus dem Fläschchen in die Luft und wedelte ihm die Wolke zu. Augenblicklich sah sich Otto vor einem Glas Pastis am Mittelmeer. Durch das Bastdach schien eine milde Sonne. »Na, sehen Sie etwas?«, fragte die Walter lächelnd.

»Dies ist eine Anismischung. Mediterran.« Sie stellte das Fläschchen zurück ins Regal und griff nach einem anderen. Wieder sprühte sie einen Hauch davon in die Luft, sofort fühlte Otto sich an seine Schulzeit erinnert. Vielmehr an die Pausen, in denen er süße Vanillemilch trank. Die Gefühle von damals waren plötzlich alle da. »Düfte können uns in einen bestimmten Zustand versetzen, Schmerzen lindern, Heilprozesse im Körper anstoßen …« Die Walter sah ihn abschätzend an.

»Wie ist der Name der Freundin, von der Sie die Nummer Kalinns erhielten?«

Die Walter wirkte kurz irritiert. »Gerlind Beck«, antwortete sie und warf einen Blick auf ihre Armbanduhr. »Sie müssen mich jetzt entschuldigen. Ich erwarte eine Kundin und würde hier ungern mit Polizei gesehen …«

Otto warf einen Blick über ihre Schulter Richtung Eingangstür. »Was ist denn Ihre Meinung zu den Toten in Frau Kukuks Vergangenheit?«

Edel zuckte ungeduldig die Schultern. »Die Toten haben mit Frau Kukuk nichts zu tun, alles ist nur eine tragische Verkettung. Die Ärzte haben immer eine natürliche Todesursache festgestellt.« Otto nickte.

»Hatten Sie je mit der Agentur Rosebrok zu tun?«

Die Walter seufzte. »Die Partnervermittlung? Nein. Wir – Lore und ich – hielten nichts davon, uns vermitteln zu lassen wie Hunde im Tierheim.« Sie warf ihm ein resigniertes Lächeln zu. Nun blickte sie zum Eingang, wo sich klingelnd die Tür öffnete. Otto drehte sich um. Das Gesicht der Besucherin erstarrte, als sie ihn erblickte.

Otto lächelte und streckte ihr die Hand entgegen. »Das trifft sich gut, Frau Rosebrok. Ich habe noch ein paar Fragen an Sie. Kommen Sie doch morgen früh zu mir aufs Revier.«

BLUT IST DICKER

In Lores Kopf ging es zu wie in einem Bienenstock. Die Gedanken an den Erpresserbrief bildeten in ihrem Kopf einen Knoten, der jedes Denken unterband, nur ein unablässiges, unproduktives Kreisen von Gedankenfetzen zuließ. Die ganze Nacht saß sie auf ihrem Küchenstuhl und wünschte sich nur eines: dass Edel hier wäre. Sie würde die richtigen Worte finden, um Lore zu trösten und wieder aufzubauen. Sie würde klar denken können. Sie wüsste, was zu tun war. Irgendwann wurde Lore die Stille so unerträglich, dass sie blindlings ihre Handtasche schnappte und sich auf den Weg machte. Zunächst den Pfad hinunter ins Dorf. Sie schritt mit schwungvollen Schritten aus, so hatte sie Hering bald hinter sich gelassen. Sie ging den Feldweg entlang, obwohl jetzt, weit nach Mitternacht, kein Auto unterwegs war. Hinter dem nächsten Hügel tauchten die Lichter von Habitzheim auf. Lore umrundete das Dorf mit großem Abstand. Kurz vor Groß-Umstadt versagten ihr die Beine. Der Schweiß stand ihr bis in die Kniekehlen. An der Ausfallstraße befand sich eine Bushaltestelle. Plötzlich wusste sie, wohin sie wollte. Lore brauchte keinen Blick auf den Abfahrtsplan zu werfen, um zu wissen, dass um diese Zeit kein Bus fuhr. In einer Stunde würde es zu dämmern beginnen, aber noch lag die Stadt in tiefem

Schlaf. An einer gelben Säule rief sie ein Taxi. Sie ließ sich in die schwarzen Polster sinken, die Landschaft draußen versank in Schwarz. Sie betrachtete sich im Spiegel wie eine Fremde.

Nach langer Fahrt zeichnete sich am Horizont die Silhouette aus Lichtern ab. Sie folgten einer Waldautobahn mit vielen Verzweigungen und überquerten den Fluss. Wenige Abbiegungen später landeten sie wieder im bunten Geflacker der Erotikreklamen im Frankfurter Bahnhofsviertel, wo Lore vor kurzem noch mit Edel und Gerlind das Straßenfest besucht hatte. Während auf dem Dorf Dunkel und Stille herrschten, war hier die Betriebsamkeit auf ihrem Höhepunkt. Der Fahrer hielt in der Moselstraße. Lore bezahlte und stieg aus. Sie irrte für eine Weile durch die Seitenstraßen, bis sie das Lokal wiederfand. Beklommen näherte sie sich dem Eingang. Wenn das Lokal schon geschlossen hatte? Inzwischen ging es auf den Morgen zu. Am Horizont zeichnete sich bereits erstes Tageslicht ab. Doch von Weitem erkannte sie Lichter, die von innen auf die Straße schienen. An der Tür stand ein Aufpasser im Anzug, aber es war nicht ihr Neffe. Auch die Klientel war ganz anders als bei der Bahnhofsviertelnacht. Ausschließlich Männer, die Lore misstrauisch musterten. Der Aufpasser wollte sie beiseiteschieben, da sah sie ihren Neffen im Innenraum an der Kasse stehen. »Achim!«, rief sie so laut, dass die ganze Straße hersah.

Der Neffe staunte nicht schlecht und kam sofort zum Eingang. »Dass ich dich so schnell wiedersehe«, lachte er. »Warum hast du nicht gesagt, dass du nach Frankfurt fährst, dann hätte ich dich mitgenommen.«

»Gestern wusste ich das noch nicht«, antwortete sie.

Achim schob Lore in einen Nebenraum. Dort schenkte er ihr einen Kognak ein. »Was ist passiert?«, fragte er so gefühlvoll, dass Lore die Tränen in die Augen traten. » Bist du überfallen worden?«, fragte er erschrocken und griff ihre Hand.

»So ähnlich«, antwortete Lore und kippte den Kognak mit einem Schluck hinunter. Dann schob sie Achim das Erpresserschreiben zu. ›Lavendelmörderin, ich habe gesehen, was du getan hast. 20.000 Euro, Parkplatz Otzberg, Papierkorb, Freitag um Mitternacht.‹ Der Text war kurz, doch der Neffe brauchte eine Weile, um ihn zu lesen. Als er fertig war, nahm er eine Dose mit Minzbonbons aus einer Jackentasche und öffnete die Blechdose. »Möchtest du?« Lore lehnte ab. Er selbst lutschte eine Weile, bevor er sprach.

»Was hast du mit der Sache zu tun?«, fragte er, jetzt in einem fast sachlichen, professionellen Tonfall.

Lore erzählte in stockenden Sätzen, wie der Abend mit Kalinn abgelaufen war. Dann fiel ihr ein, dass sie das Handy immer noch in ihrer Tasche trug, und legte es wie zum Beweis auf den Tisch. Der Neffe starrte erst auf den schwarzen Apparat, dann sah er sie mit großen Augen an.

»Du hast das Handy des Toten in deinem Besitz?« Lore nickte langsam. »Nicht gut«, murmelte er und griff nach dem Handy.

»Kannst du irgendetwas erkennen?«, fragte Lore beklommen. »Der Kommissar behauptet, dass Kalinn ein Betrüger war.«

Der Neffe drückte die Tasten des Apparates. Dann sah er sie resigniert an. »Der Akku ist leer.«

Lore spielte mit einem Bierdeckel, der auf dem Tisch lag. »Mist.«

Der Neffe blickte sie an, sein Kindergesicht hatte plötzlich etwas Erwachsenes. »Ich schlage vor, du lässt das Ding verschwinden und zahlst dem Erpresser, was er will.«

Lore spürte eine Welle von Widerstand. »Ist das nicht ein Schuldeingeständnis?«

Der Neffe schüttelte den Kopf. »Meine Erfahrung mit solchen Typen: Die wollen einfach nur ein bisschen absahnen und halten dann den Mund.« Dann tätschelte er ihre Hand. »Das Geld bekommst du natürlich von mir.«

Lore wehrte ihn ab. »Völlig unmöglich.«

Der Blick des Neffen wurde bittend. »Wieso denn nicht? Dann kann ich mich dafür revanchieren, was du für Adelheid und Mandy getan hast.«

Lore nickte irritiert. »Adelheid. Wie geht's ihr denn?«

Der Neffe strahlte. »Das Zittern ist fast weg!« Euphorisch packte er ihre Hände. »Lass mich dir danken, indem ich diese Sache«, er wies mit dem Kinn auf das Erpresserschreiben, »für dich erledige.«

Lore löste ihre Hände aus seinen. »Sag mal, Adelheid nimmt gegen ihre Erkältungen ein Öl aus Schopflavendel.«

Der Neffe sah sie neugierig an. »Ja?«

Lore zögerte. *Für einen Heil, für anderen Gift*, so pflegte Oma Kukuk über den Schopflavendel zu sagen. »Weißt du, wo sie den herbekommt?«

Der Neffe zuckte mit den breiten Schultern. »Keine Ahnung. Irgendein Apotheken-Quacksalber.«

»Weller?«, fragte Lore.

»Das musst du sie selber fragen«, entgegnete Achim. Lore griff zu Lazlos Handy, das auf dem Tisch lag. War der Name Adelheid dort nicht verzeichnet gewesen? Adelheid Gärtner? Doch der Apparat blieb tot. Der Neffe nahm ihr das Handy aus der Hand. »Das hier darf bei dir auf keinen Fall gefunden werden. Ich nehme das an mich und lasse es verschwinden.« Lore hielt den Apparat mit aller Kraft fest.

»Nein, ich nehme es mit.«

Die Miene des Neffen wurde ernst und er packte ihr Handgelenk. »Geh auf keinen Fall zur Polizei.«

Lore war überrascht von seiner Heftigkeit und bekam Angst.

Der junge Mann erhob sich und öffnete eine Schublade. Lore sprang das Herz bis zum Hals. Der Neffe drehte sich um und hatte eine Dose in der

Hand. »Lass mich das Ding zumindest von unseren Spuren befreien«, sagte er, während er das Telefon einsprühte und dann mit einem Lappen abrieb. Dann griff er das Handy mit einem Taschentuch und steckte es in eine Plastiktüte. »Hier. Ein Beweisstück ohne Beweise.« Er reichte Lore die Tüte.

»Komm, ich fahre dich jetzt nach Hause.« Lore machte sich steif und knüllte das Ende der Tüte in ihrer Hand. »Nein danke, ich nehme die Bahn.«

»Spinnst du?«, entgegnete der Neffe. »Ich lasse dich doch nicht mitten in der Nacht alleine mit der Bahn fahren. Außerdem kann ich mir bei der Gelegenheit gleich diesen Parkplatz ansehen. Vielleicht schnappe ich mir einen Kumpel und wir nehmen uns den Typen selbst vor.«

Lore fröstelte. Demonstrativ sah sie auf ihre Uhr. »In zehn Minuten fährt die erste Bahn nach Dieburg. Die nehme ich.« Sie stand vorsichtig von ihrem Platz auf.

Der Neffe sah sie zweifelnd an. »Bist du sicher?«

Sie nickte. »Ich will nicht, dass du hier Ärger bekommst.«

Er stieß ein Lachen aus. Klang es brutal? Oder war das nur der frühe Morgen, der ihre Ohren empfindlich machte? »Die sind froh, wenn sie keinen Ärger mit mir bekommen.«

»Ich fahre Bahn«, bekräftigte Lore.

Er schien begriffen zu haben, dass er es nicht mit ihr aufnehmen konnte.

»Okay, Tantchen. Ich kümmere mich morgen um das Geld und bringe es dir vorbei. Dann ist immer noch Zeit für einen Plan.«

Lore mochte gar nicht wissen, was für einen Plan sich der Junge vorstellte. Sie verließ das Etablissement fluchtartig. Im Vergleich zu drinnen schienen ihr die nächtlichen verlassenen Straßen des Bahnhofsviertels geradezu sicher. Dank ihrer ausholenden Schritte war sie bald am Bahnhof angelangt, wo bereits die Betriebsamkeit der Morgenmenschen mit ihren Kaffeebechern zum Mitnehmen herrschte, die zur Arbeit hasteten.

Lore überprüfte den Abfahrtsplan. In einer halben Stunde fuhr ein Zug nach Darmstadt, den konnte sie nehmen. Hauptsache, weg von hier. Hauptsache, weg vom Neffen. Lore stellte sich an das Abfahrtsgleis. Inzwischen war es Tag geworden, die Sonne warf ihre Strahlen quer in die Bahnhofshalle und blendete die Augen. Aus allen Richtungen strömten die Menschen nach Frankfurt hinein, der Zug nach Darmstadt war kaum besetzt. Lore wählte einen Viererplatz und lehnte den Kopf ans Fenster. Die Gedanken, die die Begegnung mit ihrem Neffen und das Gespräch über Adelheid und den Schopflavendel in ihr ausgelöst hatten, begleiteten sie die ganze Fahrt über.

Als sie in Darmstadt ankam, stellte sie fest, dass der nächste Bus nach Hering erst in zwei Stunden abfuhr. Sie beschloss, sich die Zeit mit einem Bummel durch Darmstadt zu vertreiben. Seit Ronnis Tod hatte sie die Stadt gemieden, in der Innenstadt war sie seit einer Ewigkeit nicht mehr gewesen. Den Weg vom Hauptbahnhof zum Luisenplatz ging sie zu Fuß. Die Rheinstraße, über die man nach Darmstadt hineinfuhr, zeigte Darmstadt von der hässlichsten Seite. In den 50ern schnell hochgezogene Verwaltungs- und Bürogebäude, die mit ihrem Pragmatismus daran erinnerten, dass die Stadt 1944 bis auf die Grundmauern abgebrannt war. Vor vielen Jahren hatte sie eine Ausstellung über die Brandnacht von Darmstadt organisiert. An Darmstadt hatten die Alliierten eine neue Sorte Brandbomben getestet. Warum es ausgerechnet die geruhsame Stadt am Rande der Bergstraße traf? Hier war die gefürchtete Hitlerbombe V2 entwickelt worden und Unternehmen wie Merck oder Schenk hatten kriegswichtige Materialien produziert. In einer einzigen Nacht wurde die Stadt durch eine gewaltige Feuerwalze vernichtet. Sogar der städtische Badesee Woog hatte damals gebrodelt. Heute war Darmstadt eine ruhige Beamtenstadt, deren Innenstadt wiederaufgebaut und mit modernen klotzigen Gebäuden ergänzt worden war. Der Lange Ludwig stand noch. Lore stellte sich in seinen Schatten, denn die Sonne wärmte bereits kräftig und hatte jedes Wölkchen am Himmel weggeschmolzen.

Im Rücken das Luisencenter, trotz des Protestes der Bürger 1980 erbaut. Noch heute beherrschte die klotzige Fassade den Platz, nur schien sich niemand mehr daran zu stören. Lore überquerte den Platz und hörte plötzlich ein lautes Grollen. Ein Gewitter aus heiterem Himmel? Gleich darauf machte ein vorwurfsvolles Klingeln sie darauf aufmerksam, dass sie auf den Schienen der Straßenbahn lief. Lore sprang zur Seite. Sie folgte der Rheinstraße, ging an den Fassaden des Kaufhofs entlang, der hier stand, solange Lore denken konnte, und bog in die Ernst-Ludwig-Straße ein. Der wuchtige Weiße Turm war eingeklemmt zwischen Kaufhof und Henschel, zwei martialischen Kaufhaus-Komplexen. Sich am Samstagmorgen am Weißen Turm zu verabreden, war Lores erste Erinnerung an das Erwachsensein. Auf der Ernst-Ludwig-Straße befanden sich noch einige vertraute Geschäfte: Eis Venezia, Optik Pfersdorf, Römer. Dazwischen hatten sich die üblichen Boutique-Ketten gequetscht, die den deutschen Innenstädten das immer gleiche Gesicht aufzwangen. In einem der Läden war vor vielleicht 40 Jahren der erste Jeans-Shop Darmstadts eröffnet worden. Damals hatte der Siegeszug der Denimhosen begonnen. Nicht für Lore. In das kleine Geschäft mit den coolen, kaugummikauenden Verkäuferinnen hätte sie sich niemals hineingetraut, außerdem passten ihr die Schnitte nicht und die harten Stoffe schnitten in ihre Haut.

Lore bog in die Ernst-Ludwigspassage ein. In dieser düsteren Verbindungsgasse befand sich früher ein Eduscho-Laden. Ein Ort, der Lore mit dem Duft nach frisch gemahlenem Kaffee und dem Getöse der Mahlwerke faszinierte. Hier war sie oft mit der Mutter einkaufen gewesen und studierte jedes Detail, während das gemahlene Pulver in das goldglänzende Stanniol-Säckchen rieselte. Auf dem Tresen stand ein Glas mit ganzen Kaffeebohnen. Einmal hatte Lore sich eine der Bohnen geangelt und diese mit spitzen Zähnen zerbissen. Die bitteren Krümel hatte sie auf der Straße wieder ausgespuckt. Ein anderes Mal hatte sie sich eine Kaffeebohne so tief in die Nase gesteckt, dass nur ein Arzt mit einer langen Zange sie herausholen konnte. »Wenn du das noch mal machst, wird dir die Nase aufgeschnitten«, hatte die Mutter später gedroht. Von da an hatte Lore das Geschäft nicht mehr betreten. Heute war in dem Laden ein Schokoladengeschäft untergebracht. Lore hatte noch nicht gefrühstückt und war plötzlich hungrig. In der ›Nordsee‹ aß sie ein Seelachsschnitzelbrötchen. Nachdem sie fertig war, überquerte sie die Ludwigstraße, folgte der Schustergasse und befand sich mitten auf der Piazza. Ein Kraftplatz mit hohem Magnetismus, obwohl er weder schön noch sonnig war. Die 50er-Jahre-Bauten drängten sich eng um den kleinen Platz, der eigentlich nur als ein Winkel bezeichnet werden konnte. ›Piazza‹ wurde er von den Studenten genannt, die sich beim Heinerfest hier trafen. Schicksalsplatz, dachte Lore und plötzlich war sie auf dem Heinerfest. Das Jahr 1982.

Gemeinsam mit Ronni hatte sie sich dem Lindwurm aus Menschen angeschlossen, der sich wie jedes Jahr in den ersten Julitagen durch die Innenstadt wälzte. In der Luft hingen der Dunst von Schaschlik und das musikalische Durcheinander der Buden, die sich die Landgraf-Georg-Straße entlang reihten. Das Geschnatter der Fußgänger durchmischte sich mit dem Gebrüll der Losverkäufer und dem Gedudel der Karussells. Über allem lagerte das Rattern der Achterbahn. Sie liefen auf einem Teppich aus rosa Losnieten, Lore biss in einen knallrot kandierten Apfel. Irgendwann musste sie auf die Toilette, sie kämpften sich zu den mobilen Häuschen durch, vor denen sich endlose Schlangen gebildet hatten.

»Du wartest hier, ich besorge uns Mohrenköpfe«, hatte Ronni ihr ins Ohr geschrien. Lore wartete eine Ewigkeit, bis sie dran war. Als sie wieder ins Freie trat, war Ronni noch nicht aufgetaucht. Sie ließ den Blick die Straße hoch und runter schweifen. Kein Ronni. Zuerst wagte sie nicht, sich wegzubewegen. Doch dann begann sie, ihn zu suchen. Am Waffelstand war er nicht zu finden. Vielleicht hatte er sich schon in die ›Krone‹ begeben? Lore hatte die Disco betreten und schob sich an den schwitzenden Leibern vorbei, die sich zu den Gitarrenriffs bewegten. Sie brüllte Ronnis Namen, immer wieder, aber er tauchte nicht auf. Sie folgte dem Gedränge der Menge hinauf aufs Schloss, auch hier nur Massen von Menschen, es war unmöglich, im Meer der Gesichter jemanden ausfindig zu machen. Lore machte sich auf den Weg zurück zur ›Krone‹, warf noch einen Blick auf den Waffelstand und schlug dann den Weg Richtung Piazza ein. Vielleicht traf sie dort Bekannte, die ihn gesehen hatten.

Lore suchte die Weinstände unter den Schirmen ab, an einem entdeckte sie eine Gruppe von Kommilitonen. Aufgelöst und verzweifelt fragte sie nach Ronni, bekam als Antwort jedoch nur mitleidiges Lächeln.

Dann erblickte sie ihn. Er stand am Ende des Platzes, den Rücken ihr zugewendet, dennoch hatte sie ihn sofort erkannt, die Jacke, die Art, wie er sie hielt. Ihm gegenüber stand Edel, die auf ihn einredete und zu ihm aufsah. Lore kämpfte sich vorbei an den immer betrunkener werdenden Menschen. Ronni hatte sich umgedreht und erblickte sie, bevor sie bei ihm angekommen war. Er zog sie an sich. »Wo warst du denn?«, rief Lore, die ihre Empörung nicht unterdrücken konnte.

»Mir wurde plötzlich schlecht. Ich bin einfach umgekippt. Edel hat mich gefunden und hierhergebracht.«

»Ich hab ihm 'ne Cola besorgt, seitdem geht's ihm besser«, erklärte Edel, die ebenfalls am Strohhalm einer Coca Cola kaute.

Lore blickte besorgt von einem zum anderen. »Wieso denn umgekippt?«

Ronni legte den Arm um ihre Schultern. »Es ist wieder alles okay. Edel hat mich gerettet.«

Lore fiel ihm um den Hals. »Ich dachte, ich finde dich nie mehr!«, rief sie.

Er packte sie um die Taille. »Mich wirst du so schnell nicht los.« Im Augenwinkel bemerkte Lore, wie Edel sie ansah.

GATTE IN SPE

Der Glanz von Agnes Rosebrok schien erloschen. Ihr Goldschmuck wirkte stumpf, das Haar war glanzlos, der Teint fahl. War das die Last der Schuld oder einfach nur das ungünstige Licht im Polizeipräsidium?

»Sie ruinieren mein Geschäft, Sie ruinieren mich, Sie ruinieren meinen Ruf«, klagte sie, während sie gegenüber von Otto Platz nahm, nicht ohne ihr Kostüm vorteilhaft zu arrangieren.

»Das passiert nun mal, wenn man Geschäfte jenseits der Legalität betreibt«, gab Otto zurück.

Die Schöne sah ihn verständnislos an. Ausgefranste Lippen, zuckende Augenwinkel.

»Wie viel haben Sie kassiert pro Scheinehe?«, fuhr Otto fort. »10.000, 20.000?«

Agnes blieb bei ihrem verwirrten Mädchenblick, den konnte sie gut, vermutlich lange eingeübt.

Otto lehnte sich zurück und zerknackte seinen Plastikbecher. »Uns liegen Informationen vor, nach denen Sie Scheinehen eingefädelt haben, um russischen Staatsbürgern zum deutschen Aufenthaltsrecht zu verhelfen. Mithilfe Ihrer Kartei.«

»Ich möchte meinen Anwalt sprechen.«

»Bitte sehr.« Otto lehnte sich zurück und verschränkte die Arme. »Ihr Telefon steht Ihnen zur Verfügung.« Sie nahm ein diamantenbesetztes Handy aus der Tasche und telefonierte kurz. Als sie auflegte, strahlte sie wieder Zuversicht aus.

»Herr Kommissar. Wie ich Ihnen bereits gesagt habe, wir stellen die Herrschaften einander vor. Was diese danach miteinander anfangen, das fällt nicht in unsere Verantwortung. Wenn Herr Kalinn mich und meine Kontakte missbraucht hat, um seine Geschäfte zu tätigen, bin ich Geschädigte, nicht Schuldige.« Ihre Miene zeigte die Bereitschaft, eine Entschuldigung anzunehmen.

»Sie selbst haben Kalinn niemals mit Frauen aus Ihrer Kartei bekannt gemacht?«

Sie schüttelte den Kopf.

»Wo waren Sie am Sonntagabend?«

Agnes' Blick drückte keinerlei Überraschung aus. »Im Wilhelminenhof, zum Abendessen. Mit meinem zukünftigen Ehemann.«

In diesem Moment trat ein schlanker, groß gewachsener Herr ins Zimmer, der trotz Hitze einen hellen Trenchcoat trug. »Schrumpf. Ich bin der Anwalt von Frau Rosebrok«, stellte er sich vor.

»Den wird sie nicht brauchen«, entgegnete Otto. »Dies war nur eine Befragung. Es besteht in dieser Mordsache kein konkreter Verdacht gegen Ihre Mandantin. Für Beihilfe zum Einfädeln von Scheinehen müssen Sie sich bei unseren Kollegen für Ausländerstrafrecht verantworten. Dafür sind wir nicht zuständig.« Agnes Rosebrok erhob sich und begrüßte den Mann mit Küsschen.

»Das ist übrigens mein Alibi. Mein Zukünftiger.«

»Herzlichen Glückwunsch«, gab Otto zurück und verabschiedete die beiden.

Auf dem Gang kam ihm Brenneisen entgegen, der sichtlich aufgewühlt war.

»Was wollte der hier?«, fragte er gehetzt.

»Wer?«

»Landrat Schrumpf. Ich habe ihn gerade hier rausgehen sehen. In Begleitung einer Dame.«

»Das war die Rosebrok und ihr Zukünftiger.« Otto überlegte kurz. »Sie meinen, das war der Landrat, der auch für die Grundstückssache zuständig ist?«

Brenneisen nickte. »Und das war die Rosebrok von der Witwenvermittlung?«

Nun war das Nicken beidseitig.

»Die beiden sind ein Paar«, brummte Otto.

»Warum haben Sie die Rosebrok nicht gleich dabehalten? Die Frauen, die ich gestern befragt habe, haben Kalinn eindeutig erkannt. Er wurde ihnen unter falschem Namen vorgestellt, wie Sie vermutet hatten.«

»Die Rosebrok läuft uns schon nicht weg«, entgegnete Otto. »Kommen Sie, gehen wir ins Büro.«

Brenneisen griff sich den vertrauenerweckendsten von drei morschen Besucherstühlen und setzte sich. Otto erhob sich von seinem Drehstuhl und blätterte am Flipchart ein neues, leeres Blatt auf. »Wir gehen jetzt alle Tatverdächtigen systematisch durch. Beginnen wir mit dem Russenring.« Otto schrieb die

Namen der drei Russen auf, die sie befragt hatten. Der Arzt, der Dönerbrater, der Wirtschafter.

Brenneisen stand auf, um sich am Waschbecken einen Apfel zu waschen. »Sie hatten keinen Grund, Kalinn umzubringen. Wenn sie ihm Männer aus Russland vermittelt haben, haben sie an der Sache noch mitverdient.«

Otto wandte sich an die Tafel. »Ich stimme zu. Mit dem Besuch im Kiosk wollten sie einfach nur Spuren verwischen. Das ist alles. Um die kümmert sich die Behörde.« Otto strich die Namen durch.

»Dann die Damen, denen eine Bekanntschaft durch die Agentur vermittelt wurde.« Otto schrieb die Namen an die Tafel.

»Adelheid Gärtner und Inge Brück habe ich gestern vernommen«, sagte Brenneisen. Otto registrierte mit Erleichterung, dass der Apfel mit wenigen Bissen verspeist war. Inklusive Krotzen. Brenneisen warf den Stängel in den Müll. »Beide haben mir bestätigt, dass es Kalinn war, der ihnen vorgestellt wurde. Nur unter falschem Namen. Inge Brück hat sich mehrmals mit Kalinn getroffen. Als sich herausstellte, dass Frau Brück nicht mehr vorhatte zu heiraten, da sie ihrem verstorbenen Mann ein Treueversprechen abgegeben hat, verschwand er von der Bildfläche. Die zweite Dame«, Brenneisen sah in seine Unterlagen, »Adelheid Gärtner, hat Kalinn ebenfalls wiederholt getroffen und dann abserviert.«

»Warum das?«

»Hat behauptet, Kalinn gegenüber ein schlechtes Gefühl gehabt zu haben. Er wolle sie nur ausnutzen. Sie hat ihn mit Freuden in den Wind gekickt, so hat sie mir erzählt. Auf mich wirkte die Dame glaubwürdig. Aber auf dem Heimweg hatte ich plötzlich das Gefühl, dass sie gelogen hat. Und wissen Sie, warum? In der Wohnung von Frau Gärtner roch es wie in der Wohnung des Toten.«

»Können Sie das genauer definieren?«

»Nach diesem Lavendel eben.«

Otto hielt sich den Marker ans Kinn. »Möglich, dass Kalinn der alten Dame einen Vorschlag bezüglich Scheinehe gemacht hat, und sie hat sich dafür gerächt?«

Brenneisen wiegte den Kopf. »Die alte Dame ist so gebrechlich, dass ihr ein Mord nicht zuzutrauen ist.«

Otto unterstrich den Namen Adelheid Gärtner. »Vielleicht hat sie ihn mit dem Zeug betäubt? Kalinn war ohnmächtig, als er getötet wurde.«

Brenneisen behielt seinen zweifelnden Ausdruck. »Die Dame wirkt, als könne sie noch nicht einmal alleine das Haus verlassen.«

»Vielleicht hatte sie einen Komplizen?«, fragte Otto und setzte ein Fragezeichen hinter Adelheid Gärtner.

Brenneisen kratzte sich den Kopf. »Sie sprach von einem Schwiegersohn, der Sicherheitsbeamter ist.«

Otto malte ein Ausrufezeichen hinter den Namen Gärtner. Dann schrieb er die Namen Hilde Sukowski und Anneliese Eberhard an die Tafel und setzte ein Fragezeichen dahinter. »Alle drei tatverdächtig«, sagte er. »Kommen wir zu Madame«, er schrieb den Namen Rosebrok an die Tafel.

»Und die Kukuk«, beeilte sich Brenneisen zu sagen. »Was haben Ihre Befragungen der Zeugin Walter wegen des Alibis ergeben?«

Otto schrieb langsam und schweigend den Namen Lore Kukuk auf das Papier. Dann drehte er sich zu Brenneisen. »Die Walter bestätigt das Alibi der Kukuk.« Er drehte sich zurück zur Tafel, um den Namen zu streichen.

»Halt!«, rief Brenneisen so scharf, dass Otto die Hand mitten in der Bewegung einfror. »Die Walter und die Kukuk sind miteinander aufgewachsen. Das heißt, wirklich stichhaltig ist das Alibi der Kukuk nicht.«

Otto hielt sich den Edding an die Lippen. »Sie haben recht.« Er ließ den Namen Lore Kukuk unkommentiert stehen. »Agnes Rosebrok«, fuhr Otto fort und tippte auf den Namen, den er über Lores notiert hatte. »Sie hat gleich mehrere Gründe, Kalinn zu beseitigen. Sie hat mit ihm kooperiert, damit hat er sie in der Hand, sie ist erpressbar. Möglicherweise wollte die Rosebrok, jetzt, wo sie mit dem Landrat liiert ist, ihre Geschäfte mit Kalinn kappen. Der wollte das blühende Business nicht aufgeben und musste aus dem Weg geschafft werden.«

Brenneisen lehnte sich zurück. »Aber sie wird sich selbst nicht die Finger schmutzig gemacht haben, jetzt wo sie Landratsgattin wird. Meine Theorie: Das Paar hat die Kukuk auf Kalinn angesetzt und sie hat ihn um die Ecke gebracht. Es ist die stimmigste Theorie. Alles passt. Der Geruch nach diesem Lavendel, die mysteriöse Todesart …«

»… deren genaue Ursache wir immer noch nicht kennen …«

»Vielleicht hat die Kukuk Geld für den Mord kassiert. Daher braucht sie auch das Grundstück nicht zu veräußern.«

»Aber sie steht mit dem Landrat wegen des Grundstücks auf Kriegsfuß.« Otto hatte Mühe, sich seine Ungeduld nicht anmerken zu lassen.

Brenneisen sog hörbar die Luft ein. »Das ist ein Trick, um jedem Verdacht zuvorzukommen. Nach außen zeigen sie sich verfeindet, damit niemand Verdacht schöpft. Der Streit ums Grundstück dient als Vorwand für unüberwindliche Auseinandersetzungen. Und in einem halben Jahr wird dann der Deal mit dem Grundstück über die Bühne gezogen. Ich bin davon überzeugt: Die Kukuk war es.«

Otto feuerte den Filzmarker in den Papierkorb. »Warten wir die Ergebnisse des Labors ab, vielleicht finden die ja bald mal den Stoff, mit dem Kalinn betäubt wurde, und das bringt uns hoffentlich weiter.«

Brenneisen rollte ein Stück Papier zum Kügelchen und schnippte es in den Papierkorb, dem Marker hinterher. Dann griff er zum Telefon und tippte Helms

Nummer in die Tasten. Für Otto klang jeder Tastendruck, als bisse Brenneisen in eine Möhre. Der wartete, bis der Beantworter ansprang, und legte dann auf. »Kein Wunder, dass das so lange dauert mit den Testergebnissen, bei dem Feierabend, den die machen«, maulte er. Otto packte seine Jacke und verließ das Büro mit laut knallenden Schritten.

FAMILIENZUWACHS

Um kurz nach elf Uhr kam Lore nach Hause. Sie war gerädert von der durchwachten Nacht und den neuen, wirren Gedanken, die sie mitgebracht hatte. Noch bevor sie sich umziehen konnte, ließ sie sich auf das Kanapee sinken und war wenig später eingeschlafen. Als sie aufwachte, erkannte sie am Sonnenstand, dass es später Nachmittag war. Die Schatten aus dem Garten schienen bis weit in die Küche zu ragen. Obwohl die Temperatur in der Küche sicherlich 30 Grad betrug, fröstelte sie. Lore bedeckte sich mit der Patchworkdecke, die am Fußende des Kanapees lag, und verspann die Ereignisse der letzten Nacht zu einem müden Tagtraum, in dem wieder ihr Neffe und Adelheid die Hauptrollen spielten. Ihre Gedanken wurden unterbrochen, als es an der Tür klingelte. Lore schoss nach oben. Edel. Endlich. Sie war kaum aufgesprungen, da hörte sie den Schlüssel im Schloss. Einem plötzlichen Impuls gehorchend, schnappte Lore den Erpresserbrief und steckte ihn in ihre Schürze. Edel trat in die Küche, sie trug einen Leinenanzug in einem Lachs- oder Mandarinenton. Als sie das Sakko auszog, betonte ein weißes T-Shirt, dass sie dieses Jahr viel in der Sonne gewesen war. Stöhnend ließ sie sich auf den Stuhl sinken. Lore stellte Wasser und Wein auf den Tisch und trank selbst die erste Karaffe bis auf den letzten Tropfen leer. Edel betrachtete sie belustigt. Sie selbst griff zum Wein und trank in kleinen Schlucken.

»Was hast du da?«, fragte sie und deutete auf die weiße Ecke, die aus Lores Schürze ragte.

»Nichts«, erwiderte Lore und schob den Brief tiefer in die Tasche.

Edel setzte eine erstaunte Miene auf. »Seit wann haben wir Geheimnisse voreinander? Los, zeig her.« Zwischen ihren Augen bildete sich eine steife Falte.

»Später«, erwiderte Lore und wischte mit dem Schwamm den Küchentisch ab.

Edel war gezwungen, Glas und Flasche anzuheben, so hatte sie keine Hand frei. »Also, was wolltest du mit mir besprechen?«

Lore zögerte. »Wie war das Gespräch mit dem Polizisten?«

Edels Miene entspannte sich. »Ach, der. Hat keinerlei Zweifel an deinem Alibi«, sagte sie und genehmigte sich einen Schluck.

Lore legte den Lappen beiseite und setzte sich Edel gegenüber hin. »Wusstest du, dass Lazlo Kalinn ein Heiratsschwindler war?«

Edel riss die Augen auf und schien nachzudenken. »Du meinst, er hat dich nur ausgeführt, um dich dann auszunehmen? Das glaube ich nicht.«

Lore machte eine ungeduldige Geste. »Das meine ich nicht. Ich wollte nur wissen, ob du davon etwas wusstest.«

Edel nahm einen weiteren Schluck und behielt den Wein für einen Moment im Mund, bevor sie ihn hinunterschluckte. »Der Kommissar hat mir das gestern auch erzählt. Und er wollte wissen, ob Lazlo mit Agnes gemeinsame Sache gemacht hat.«

»Gemeinsame Sache wobei?«, fragte Lore.

Edel drehte den Glasstil gedankenverloren zwischen den Fingern. »Ich habe gesagt, ich kann mir nicht vorstellen, dass Agnes davon gewusst hat.«

»Wovon?«

Edel runzelte die Stirn. »Dass Lazlo alte Damen hinters Licht führt.« Dann beugte sie sich vor und packte mit beschwörender Miene Lores Arm. »Ich wusste es auch nicht. Wenn ich es im Entferntesten geahnt hätte, hätte ich dich selbstverständlich gewarnt.« Dann glättete sich ihr Gesicht zu einem zuversichtlichen Lächeln. »Aber mach dir keine Sorgen, alles verläuft nach Plan.« Wie zur Bestätigung drückte sie Lores Unterarm.

»Ich bin dir so dankbar«, gab Lore zurück und legte ihre Hand auf die von Edel. War es diese neue Loyalitätsbekundung oder das merkwürdige Gespräch, das sie heute Nacht mit ihrem Neffen geführt hatte? Oder einfach nur der wenige Schlaf? Jedenfalls wurde Lore plötzlich von einer Welle an Dankbarkeit heimgesucht. Tränen schossen ihr in die Augen. Und wie durch einen Schleier beteuerte sie: »Du kannst dafür alles von mir haben!« Für einen Moment saßen sie sich in schweigendem Einverständnis gegenüber. Edel brauchte keine Erklärung, das wusste Lore. Und Edel würde nichts verlangen. Das wusste sie genauso. Lore konzentrierte sich darauf, ihre kribbelnde Nase und ihre brennenden Augen unter Kontrolle zu bekommen. Als ihr Blick sich geklärt hatte, bemerkte sie, dass Edel sie anstarrte, ihre Augen zwei glühende Stecknadelköpfe.

»Ich will das Haus!« Es klang trotzig und fordernd. Sekundenlang konnte sich Lore nicht von Edels Pupillen lösen. Wie früher bei diesem Spiel. ›Seelenspiel‹, so hatten sie es genannt. Sie setzten sich einander gegenüber und starrten sich gegenseitig bewegungslos in die Augen. Bis die ganze Umgebung zusammenschmolz und die Pupillen des Gegenübers sich aufbliesen wie Ballons. Lore war das unheimlich. Es war, als starre sie in ein großes, dunkles Loch. Dennoch konnte sie sich niemals losreißen.

Nun schwebte Edels ungeheuerliche Forderung im Raum. Die Intensität, mit der sie gesprochen hatte, verwirrte Lore noch mehr als die Forderung selbst. Und zum ersten Mal hatte sie das Gefühl, Edel nicht zu verstehen. »Welches Haus?«, fragte sie verwirrt.

Edel knallte ihr Glas auf den Tisch und stieß ein aggressives Lachen aus. »Dieses Haus. Und das Grundstück.« Sie beschrieb eine Geste, die keinen Zweifel über ihren Besitzanspruch zuließ.

Lore fühlte alle Kraft aus sich weichen. Nimm das Haus, nimm alles, wollte sie sagen. In diesen vier Wänden hatte sie mehr gelitten als gelebt. Außerdem machte ihr Edel in dieser schrecklichen Stimmung Angst, und Lore wollte sie besänftigen. Doch da war Omas Geheimnis. Und Lores Versprechen. »Das geht nicht«, erwiderte sie.

Edel wirkte nun geradezu bestürzt. Wann hatte sich Lore ihr je widersetzt? Wann hatte man dem Burgfräulein je einen Wunsch abgeschlagen? Dann wurde sie ganz ruhig. »Ein Wort von mir und du bist im Knast.«

Lore schenkte sich Wein ein, dabei zitterte sie leicht. Sie nahm ihr Glas in die Hand und leckte den verschütteten Wein von der Außenseite ab.

»Du bist hier zu Hause. Du hast einen Schlüssel. Du kannst hier ein und aus gehen.«

»Ich will es besitzen«, zischte Edel mit wutverzerrtem Gesicht. »Ich habe ein Recht darauf, es ist mein Haus!« Sie holte tief Luft. »Ich bin die rechtmäßige Erbin. Ich bin die älteste Tochter deines Vaters.«

Lore zuckte unkontrolliert mit dem Arm und stieß dabei ihr Glas um. Sie sah zu, wie die Flüssigkeit von der Tischdecke aufgesogen wurde und sich die Lavendelblüten schwarzblau verfärbten. Edel lächelte höhnisch. »Sie haben es dir nie gesagt.«

Lore hob den Kopf. »Was?«, rief sie entgeistert.

»Dass ich deine Schwester bin.«

Lore war, als drängen Dämonen in sie ein, die ihr alle Energie aussaugten. »Du meinst, Halbschwester?«, versuchte sie eine vorsichtige Korrektur.

»Schwester«, gab Edel trotzig zurück. »Dein Vater war auch mein Vater. Und meine Mutter war auch deine Mutter.«

Lore spürte, wie nacheinander ihre Körperfunktionen versagten. Das Denken zuerst. Hände und Füße konnte sie nicht mehr fühlen. Sie konnte sich nicht mehr bewegen. Edel hatte sie hypnotisiert. Lore griff nach der Tischdecke und presste sich das Ende gegen den Mund, die Gläser und Flaschen, die daraufhin am Boden zerschellten, hörte sie nicht. Die Erkenntnis, dass es nicht ihre leibliche Mutter war, die sie verlassen hatte, überwältigte sie. Genauso wie die Abscheu über ihre wahre Mutter. Tausend Fragen schwirrten durch ihren Kopf.

»Warum wuchs ich dann nicht bei euch im Burgmannenhaus auf?«

Edel stieß ein höhnisches Lachen aus.

»Sei froh darüber. Mit Mutter ging es stetig bergab. Als du auf die Welt kamst, war sie nicht mehr in der Lage, sich um dich zu kümmern. Unser Vater hat sich neu verliebt und Mutter verlassen. Dich, die Kleine, nahmen sie mit. Ich blieb zurück, um auf Mutter aufzupassen.« Edels Augen spiegelten die Wut und die Abscheu eines ganzen Lebens.

Lore trocknete der offene Mund aus. »Wusste Oma davon?«

Edel antwortete mit blitzenden Augen. »Sicher wusste sie es. Jeder wusste es. Nur dich haben sie mit der Wahrheit verschont. Die arme Kleine.«

Wenn du wüsstest, dachte Lore, doch die Situation war zu kompliziert, um jetzt auch noch Omas Geheimnis aufzutischen.

»Aber warum hat Oma dann nicht dir das Haus vermacht?«, fragte sie stattdessen.

Edels Augen wurden schmal. »Du warst ihr Lieblingskind. Sie hat dich in allem vorgezogen. Also erbtest du alles. Und jetzt will ich, was mir zusteht.« Mit beiden Fäusten hieb sie auf den Tisch. »Morgen ist Termin beim Notar. Du überschreibst mir Haus und Grund. Du darfst hier weiter wohnen. Ich werde in Dieburg bleiben. Nur das untere Gartenstück wird verkauft.«

Dieser Satz mobilisierte Lores letzte Widerstandskraft. »Niemals!«, fauchte sie. »Der Lavendel ist Omas Vermächtnis. Tu ihr das nicht an.«

Edel musterte sie irritiert. »Du immer mit dem Lavendel, züchtest das Zeug in deinem Garten. Dabei hat er dir nur Unglück gebracht.« Lores Antwort war ein hohes Schluchzen. Edel erhob sich und glättete ihren Anzug. »Der Termin beim Notar ist morgen, 16 Uhr. Ich hole dich ab.« Mit einem Nicken verließ sie den Raum. Lore saß weiter unbeweglich am Küchentisch, hörte, wie der Motor des Wagens gestartet wurde und sich das Geräusch entfernte, bis nur das Ticken der Küchenuhr übrigblieb.

Lore fühlte sich wie gefangen im falschen Körper. Im Grunde war sie das ja auch. Sie war eine andere. In der letzten Viertelstunde hatte sie nicht nur eine neue Mutter bekommen, sondern auch eine Schwester. Nun war sie Edel so nah, wie sie sich immer gewünscht hatte. Und jetzt verursachte dieses Wissen nur kalte Angst. Als sie die Hände in den Schoß sinken ließ, machte ein Rascheln sie auf den Erpresserbrief aufmerksam. Sie zog ihn aus der Schürzentasche und studierte den Text erneut, in der Hoffnung, den Urheber darin zu erkennen. Vergeblich.

Stundenlang saß sie da und grübelte verzweifelt, bis das Verlangen, mit jemandem zu sprechen, übermächtig wurde. Doch wem konnte sie jetzt noch vertrauen?

Lore erhob sich zögernd, ging zu ihrer Handtasche, die am Flurhaken hing, suchte die Nummer heraus und wählte, ohne zu bemerken, dass es vier Uhr früh war.

NACHTWACHE

Otto kauerte im Gebüsch und versuchte, durch den Feldstecher zu erkennen, was hinter den Gardinen vor sich ging. Bisher war alles so ruhig, dass noch nicht mal klar war, ob sich überhaupt jemand im Haus aufhielt. Wenn Otto die Nächte auf diese Weise verbracht hatte, mit übermüdeter Nackenmuskulatur, die Arme verkrampft vom Halten des Feldstechers, hatte er oft überlegt, was ihn zu diesem Verhalten trieb. War es das Bedürfnis nach Kontrolle, Macht, Schutz, was er im Sinn hatte? Nie hatte er die Antwort gewusst. Nur heute gab es einen ganz bestimmten Grund.

Dabei sollte es ein gemütlicher Abend zu Hause werden. Nur er, Kauka und Peppy, ihr neuer vierbeiniger Mitbewohner, für den Otto bis jetzt kaum Zeit gefunden hatte. Dabei tat er Kauka sichtlich gut. Der blinde Rüde war in den letzten Tagen aufgeblüht, durchlebte einen zweiten, dritten oder vierten Frühling. Peppys Agilität wirkte auf Kauka ansteckend.

Bis auf das tägliche Ausführen hatte Otto Peppy bisher kaum zu Gesicht bekommen. Höchste Zeit, sich ein wenig näher mit ihm zu befassen, eine Bindung herzustellen. Otto spielte mit ihm Leckerchen verstecken, was Peppy sichtlich gefiel. Leider war er darin so gut, dass Otto kaum mit dem Verstecken nachkam. So musste Otto sich immer kompliziertere Winkel ausdenken. Und während Kauka auf Ottos Schoß saß, flitzte Peppy mit irrwitzigem Spürsinn durch die Wohnung. Die Flasche Bier befand sich in Reichweite auf dem Wohnzimmertisch. Otto empfand ein Gefühl tiefer Ruhe. Bis es an der Tür klingelte. Otto überlegte, nicht aufzumachen, doch die Fenster standen weit offen, wer wollte, konnte von der Straße aus bequem hereinschauen. Als Otto öffnete, stand die Tierpflegerin vor ihm, den Namen hatte er vergessen.

»Hallo«, sagte sie kaugummikauend und sah im Vergleich zum letzten Mal sehr gepflegt aus. Die Haare waren gekämmt, das T-Shirt hatte keine Flecken. Vermutlich gab sie sich bei Hausbesuchen mehr Mühe.

»Ich hoffe, ich störe nicht«, sagte sie mit unsicherem Blick. »Ich war gerade in der Nähe und dachte, ich sehe mal nach Peppy und … ähm …«

»Kauka«, half Otto, der plötzlich schwitzte und wünschte, er hätte nicht schon drei Bier getrunken. Auch die Wohnung war auf Damenbesuch nicht eingerichtet. Bier, Fernbedienung, Zeitung und Tierfutter standen auf dem Tisch. Die Pflegerin schien das nicht zu stören. Sie begrüßte Peppy, setzte sich aufs Sofa und ließ den Blick durch die Wohnung schweifen. Vermutlich dachte sie über seine Wohnung dasselbe wie Otto einst über die Musterwohnung des Toten: kahl, unpersönlich, trostlos. Otto setzte ihr Kauka auf den Schoß, damit sie ihm nicht in die

Küche folgte, und holte Bier und ein Glas, das er sicherheitshalber mit einem Küchentuch auswischte.

»Peppy scheint's hervorragend zu gehen!«, rief sie aus dem Wohnzimmer.

»Ja, er findet die Goodies schneller, als ich sie verstecken kann!« Hatte er das tatsächlich gesagt? Goodies? Musste er in irgendeiner Fernsehserie aufgeschnappt haben. Er ging zurück ins Wohnzimmer mit einem Bier und einem Glas.

»Kein Wunder«, sagte die junge Frau und streckte ihm die Hände entgegen. »Er war mal Sprengstoff-Suchhund, er hat eine besonders feine Nase.«

»Aha.« Otto goss das Bier ein. Hatte er also instinktiv einen alten Kameraden erwischt. »Und so einer landet im Tierheim?«, wunderte er sich.

Die Pflegerin winkte ab. »Er hatte wohl Pech, nach seinem Dienstende kam er zur Mutter seines Führers, die verstarb, die Schwester übernahm ihn und gab ihn weiter. Dann wurde er bissig. Er kommt ohnehin besser mit Männern aus als mit Frauen. Er mag Sie.« Aus ihrem Mund klang es wie ein Orden.

»Der riecht den Polizisten«, gab Otto zurück und reichte ihr das Glas.

»Ah, Polizist?« Ihr Gesicht war jetzt so aufmerksam wie Peppy, wenn Otto mit der Leckerli-Tüte raschelte.

»Kriminalkommissar«, erklärte Otto.

»Ach was.« Ihre Augen blitzten, sie drehte sich jetzt ganz zu ihm hin und ihre Hand griff unwillkürlich nach einer ihrer Haarsträhnen. »Sie jagen Verbrecher? Was ist Ihr aktueller Fall?«

Otto lächelte bescheiden. »Darüber darf ich nicht sprechen.«

»Der Lavendelmord? Das ist doch Ihr Bezirk, oder?«

Er schüttelte den Kopf. »Wie gesagt. No comment.« Schon wieder so ein blödsinniger Vorabendserien-Ausdruck. Die Pflegerin sah trotzig zum Fenster hinaus. Von draußen wehte eine Abendbrise durchs Zimmer, die gerade ausreichte, um ihr weiches Haar am Ansatz ganz leicht zu bewegen. Otto musste an Lore Kukuk denken.

»Ich verstehe nicht, warum diese Alte nicht längst hinter Gittern sitzt. Hat den halben Landkreis auf dem Gewissen und kommt einfach so davon. Dabei ist es doch offensichtlich.«

»Manchmal ist das Offensichtliche eben nicht das Richtige«, erwiderte er.

Sie sah ihn zweifelnd an. »Ist das nicht anstrengend, immer mit Verbrechern zu tun zu haben? Bestimmt werden Sie nur angelogen und verarscht. Und dann die Toten. Ich könnte das nicht.«

Das stimmt, Kleine, setzte er in Gedanken fort, während er sie stumm betrachtete.

Plötzlich wurden ihre Augen lebendig. »Aber die Verhöre, die sind doch sicher spannend.« Otto nickte, verspürte aber nicht das Bedürfnis, ihr durch Geschichten aus seinem Berufsalltag zu imponieren.

So saßen sie eine Weile schweigend nebeneinander, Otto war froh, dass Peppy alle Leckerli gefunden hatte, und stand auf, um weitere zu verstecken.

»Wohnen Sie hier allein?«, fragte sie, während er kreuz und quer durchs Wohnzimmer ging.

»Mit den beiden Herrschaften«, stellte er klar und hoffte, damit einen eleganten Übergang zu einem Hundegespräch gefunden zu haben.

»Und Ihre Frau?«

Er setzte sich wieder neben sie und starrte auf die Krümel der letzten Pizza. »Geschieden«, lächelte er mit seinem War-gar-nicht-schlimm-Ausdruck. Sie drehte an ihrer Locke und sah ihn an.

»Trinken Sie nicht aus?«, fragte er und deutete auf ihr Glas. Sie nahm es in die Hand, ohne es an die Lippen zu setzen.

»Wieso, müssen Sie noch weg?«

Er nickte dankbar und wischte sich die Handflächen an seinen Jeans ab. »Observierung.«

»Machen Sie das noch selbst?«, zweifelte sie.

Er sprang auf. »Es tut mir wirklich leid.« Als sie immer noch keine Anstalten machte aufzustehen, ging er in den Flur, um die Tasche mit den Observierungs-Utensilien zu holen. Er schloss die Fenster und füllte Wasser in die Schälchen. Dann stand sie endlich hinter ihm.

»Tschüss.« Sie streckte ihm die Hand entgegen, die er nahm. Sie drehte sich um und verließ die Wohnung. Das Glas Bier hatte sie nicht angerührt. Otto leerte es in einem Zug und verließ ebenfalls die Wohnung. Nur für den Fall, dass sie irgendwo in der Nähe wartete. Und während er sich noch fragte, warum er sich überhaupt rechtfertigte, war er schon ins Auto gestiegen und losgefahren. Jetzt also wieder eine Nacht im Freien. Im Gebüsch, mit steifem Nacken und Brennen in den Knien. Aber eine Sommernacht immerhin, und eine solche war manchmal an Schönheit nicht zu überbieten.

Otto überließ sich seinen Gedankenwirbeln und in den frühen Morgenstunden fiel er in einen leichten Schlaf. Als er zu sich kam, war die Nacht blasser. Noch trug der Morgen ein unentschlossenes Grau, aber ein glasklares Blau lag schon in der Luft. Am Horizont drohte die aufgehende Sonne damit, den neuen Tag zu versengen. Die Vögel verursachten einen ohrenbetäubenden Lärm, sodass Otto zunächst gar nicht hörte, dass sein Handy klingelte. Erst nach einer Weile konnte er das Hundekläffen zwischen den verschiedenen Vogelstimmen ausmachen. Unbekannte Nummer. Als er den Annahmeknopf drückte, erwartete er, dass der Anrufer schon aufgelegt hatte. »Otto«, meldete er sich dennoch. Als er hörte, wer dran war, fiel ihm vor Überraschung das Handy aus der Hand.

FREMDER GESCHMACK

Brenneisen hatte mies geschlafen. Wie immer auf der Gästecouch. Die Sache mit der Lavendeltorte und dem verdorbenen Ausflug hatte einen üblen Streit mit Sandra nach sich gezogen. Viele unschöne Dinge waren gesagt worden, Dinge, die man besser verschwieg, wenn man noch vorhatte, eine vernünftige Ehe zu führen. Er hatte den Fehler begangen, in der ohnehin schon angespannten Stimmung den Vorschlag von glutenfreien Backwaren vorzubringen. Das hatte für Sandra das Fass zum Überlaufen gebracht. Sie beschimpfte ihn als gemüsesüchtigen Sportbulimiker mit einem gestörten Verhältnis zu Backwaren. Darauf hatte er sich zu Andeutungen hinreißen lassen, in denen das Wort ›teigig‹ im Zusammenhang mit ihrer Figur eine Rolle spielte. Eine Versöhnung war vorerst nicht in Sicht.

Mit den ersten Lichtstrahlen war er aufgestanden. Vor der Haustür hatte Sandra ihren Mercedes Four-Wheel-Drive geparkt, er war damit zum Oberwaldhaus gefahren. Dort war er dreimal den Trimm-dich-Pfad gelaufen, die gymnastischen Unterbrechungen auslassend. Nun fühlte er sich besser und hatte das Gefühl, dem Sommersmog und anderem Mief ein Schnippchen geschlagen zu haben. Er saß im Auto und verspürte nicht die geringste Lust heimzufahren. Er starrte in die grünen Äste und hörte dem Zwitschern der Vögel zu. Vielleicht Musik hören? Er öffnete das Handschuhfach und kramte nach dem Radio-Deck.

Seine Hand berührte dabei merkwürdig weiche Folie. Als er sie herauszog, hielt er eine Handvoll Kondom-Päckchen zwischen den Fingern.

Er ließ sie fallen, wobei sie sich auf dem Beifahrersitz verstreuten. Die Tütchen waren in verschiedenen Farben bedruckt und trugen die Namen der darin enthaltenen Geschmacksrichtungen: Erdbeer-Sahne, Himbeer-Joghurt, Caramel. Damit waren alle Zweifel ausgeräumt. Diese Kondome gehörten seiner Frau. Konnten nur ihr gehören. Und mehr noch als das Wissen, dass sie fremdging, entsetzte ihn die Tatsache, dass sie sogar beim Sex ans Essen dachte.

Wütend fegte er die Tütchen vom Sitz und mit nur wenigen Handgriffen förderte er weitere Betrugsindizien zutage. Im Seitenfach der Fahrertür fand Brenneisen eine zerknüllte Papiertüte mit Aufdruck der Konditorei Woog. Seine Frau betrog ihn mit Tobias Woog, Konditormeister und Hauptkonkurrent. Gemeinsam hatten sie dieselbe Bäckerei-Ausbildung durchlaufen. Nur dass Woog nach dem Abschluss noch eine Konditorausbildung (sie nannten das ›Patissier‹ mit französischem Nasallaut) in Belgien absolviert hatte und jetzt Darmstadts feinstes Confiserie-Geschäft führte. Vermutlich hatte er auch seinen Teil zur Kreation der Lavendeltorte beigetragen. Brenneisen war so aufgeregt, dass er ausstieg, um eine weitere Runde zu traben, und während er durch den frühmorgendlichen Wald lief, wurden seine Gedanken ruhig und klar.

GESTÄNDNISSE

Mittlerweile wärmte die Sonne den jungen Morgen, der Himmel war jetzt so makellos blau wie immer in den letzten Tagen. Der Weizen auf den Feldern knackte, so reif war er. Die Vögel zwitscherten inzwischen in weichen Tönen. Otto ging den Berghang hinauf, umrundete die Burgmauer und klingelte an der Vordertür. Lore schien überrascht, dass er so schnell bei ihr war, stellte aber keine Fragen. Sie selbst sah aus, als habe sie die Nacht in ihren Kleidern verbracht, was Otto gefiel, so waren sie wie zwei Teenager, die verbotenerweise die Nacht durchwacht hatten, der Morgen danach hatte oft etwas Grundehrliches. Sie bot ihm Kaffee an, doch er war zu aufgeregt. »Vielleicht von diesem Lavendelwein?«, bat er. Sie holte die Karaffe und goss den letzten Rest davon in sein Glas. Dann erzählte sie, was passiert war an jenem Sonntagabend in Dieburg.

Als Lore mit ihrem Bericht fertig war, lagen auf dem Tisch ein dilettantisch formuliertes Erpresserschreiben und ein Handy, das laut Lores Aussage dem Opfer gehört hatte. Er hatte also ein zweites besessen. Vielleicht verriet dies mehr als sein anderes. Trotzdem. Es sah nicht gut aus für die Dame.

»Nehmen Sie mich jetzt fest?«, fragte sie schüchtern wie ein Schulmädchen.

Otto blickte auf seine Notizen. »Sie waren am Sonntag zusammen tanzen, nicht am Samstag, wie Sie ursprünglich ausgesagt hatten?«, fragte er.

Lore schlug die Augen nieder. »Ja. Er wollte mich nach Hause fahren, aber ich hatte Kopfschmerzen, und der Abend war nicht so toll verlaufen, also habe ich ihn gebeten, mich bei meiner Freundin Edel abzusetzen.«

Otto machte sich Notizen. »Um wie viel Uhr war das?«

»Zehn vor acht.«

Otto sah sie überrascht an. »Warum wissen Sie das so genau?«

»Die ›Renate‹ schließt um 19.30 Uhr. Dann ist es eine Viertelstunde Fahrt nach Dieburg.«

»Und die anderen fünf Minuten?«

Lore schien über seine Genauigkeit zu lächeln. Machte sie sich über ihn lustig oder gefiel ihr das?

»Auf dem Heimweg musste Lazlo tanken«, erklärte sie dann. »Sein Handy lag auf der Ablage. Als er draußen war, klingelte es. Ich griff danach, um mir eventuell die Nummer oder den Namen des Anrufers zu merken. Plötzlich tauchte er neben dem Wagen auf und ich habe es einfach in meine Tasche gesteckt. Und dann vergessen.« Lore schlug die Augen nieder.

»Soso, vergessen«, murmelte Otto und notierte sich die Aussage mit dem Telefon.

»Und Sie haben den restlichen Abend mit Ihrer Freundin verbracht?«

Lore nickte, schien sich aber unter seinem Blick nicht ganz wohl zu fühlen. »Ich war bei Edeltraut Walter von 20 bis 23 Uhr. Sie hat mich wegen meiner Kopfschmerzen behandelt und später dann heimgefahren.«

Otto konnte nicht umhin, sie anzustarren. Sie hatte jetzt Farbe im Gesicht und rote Ohrläppchen. Wann hatte er so etwas Charmantes je gesehen? Um sich abzulenken, griff er nach dem Erpresserschreiben.

»Der Täter hat den Mord beobachtet und Sie allem Anschein nach erkannt. Wie erklären Sie sich das?« Lore setzte zum Reden an, stoppte aber nach einem Atemholen und hob einfach nur die Schultern. Otto setzte einen Vermerk in seine Notizen. Dann hielt er den Brief in die Höhe. »Befand sich der Brief in einem Umschlag?«

Lore nickte. »Aber den habe ich weggeworfen …« Sie erklärte nicht, warum. Den Schnittlauchanschlag ihrer Nachbarn mochte sie Otto gegenüber nicht erwähnen.

Otto war im Begriff, sich zu erheben. »Ist er im Papierkorb oder im Mülleimer?«

Lore schüttelte langsam den Kopf. »Nein. Draußen im Container. Der wurde schon abgeholt.«

Otto runzelte die Stirn. »Schade. Der Umschlag gibt uns oft wertvollen Aufschluss über den Täter. Können Sie sich erinnern, ob er mit der Post kam?«

»Woran sollte ich das erkennen?«

Otto zog ein erstauntes Gesicht. »Briefmarke?«

Lore nickte rasch und wischte sich über die Stirn. »Ach ja, Verzeihung, ich bin ganz durcheinander. Soweit ich mich erinnere, war eine Briefmarke auf dem Umschlag, aber ganz sicher bin ich nicht.« Sie sah zum Fenster hinaus in den Garten, wo jetzt die Sonne über dem Gestrüpp glühte.

Otto nickte. »Ich nehme den Brief mit zur Analyse. Haben Sie jemandem von der Erpressung erzählt?«

Lore verneinte. »Nur meinem Neffen in Frankfurt.«

»Sonst niemandem, ganz sicher?« Sie schüttelte wieder den Kopf, diesmal entschlossener. Otto nickte und machte eine Notiz in seinem Block. »Haben Sie einen Verdacht, wer das Erpresserschreiben verfasst haben könnte?«

Lore schüttelte den Kopf. »Es kann jeder sein. Sobald der Begriff Lavendel fällt, denkt jeder im Dorf an mich. Das kann jemanden darauf gebracht haben, mich auf gut Glück zu erpressen und einfach von dieser Sache zu profitieren.«

Mit einem Nicken zeigte Otto sein Verständnis. »Kommen wir zu dem Handy. Haben Sie das Gerät angefasst?«

Lore nickte, zeigte dann aber ein verlegenes Lächeln. »Mein Neffe hat es allerdings gründlich gereinigt, nachdem auch er es berührt hatte.«

Otto seufzte. »Schade. Dann sind auch hier alle eventuellen Spuren beseitigt.« Er nahm sich einen Bleistift und bediente mit dessen Rückseite einige der Tasten. Seine Miene verfinsterte sich. »Der Akku ist leer, ich muss das Ding ins Präsidium bringen, vielleicht finden sich dann Hinweise auf Kontakte am selben Abend, die Sie entlasten.«

Dann hob er den Blick und sah auch sie ernst an. »Die Lage sieht nicht gut für Sie aus. Sie waren zuletzt mit dem Mordopfer zusammen, Sie besitzen das Handy, jemand hat Sie beobachtet … Das reicht in der Regel schon für eine Untersuchungshaft. Was für Sie spricht, ist immerhin Ihre Kooperationsbereitschaft und die Aushändigung des Handys, was uns sicherlich Beweise in einer anderen Angelegenheit liefert.« Er machte eine kurze Pause. »Dennoch müssen wir Ihre DNA nehmen, um sie mit Spuren in Kalinns Wohnung abzugleichen. Haben Sie einen Verdacht, wer Lazlo Kalinn getötet haben könnte?« Lore schüttelte langsam den Kopf, als wäre er mit Blei gefüllt. »Haben Sie eine Erklärung zur Todesursache?« Wieder schüttelte Lore den Kopf. Otto räusperte sich.

»Kommen Sie, Frau Kukuk. Der Tote roch nach Lavendel. Lavendel wächst in Ihrem Garten. Und auch sonst kennen Sie sich mit Heilpflanzen aus. Sie werden doch eine Theorie haben?« Lore sah ihn hilflos an.

Otto war ehrlich enttäuscht. Allem Anschein nach vertraute sie ihm wohl doch nicht. »Schade. Ich hatte geglaubt, Sie wollten kooperieren.«

»Das will ich auch!«, rief sie eine Spur zu schrill. Dann holte sie Luft und begann atemlos zu reden. »Der Schopflavendel könnte die Ursache für die Todesfälle sein.« Sie machte eine kurze Pause, als müsse sie sich nach dieser Aussage wieder erholen. »Der Schopflavendel ist für manche Menschen giftig, so pflegte meine Großmutter zu sagen. Er wächst in unserem Garten. Großmutter hat daraus ein Öl zubereitet, das gegen Erkältungen hilft. Der hohe Anteil an Kampfer und Saponinen beim Schopflavendel löst den Schleim und fördert den Auswurf.«

»Für wen ist diese Lavendelsorte giftig?«

Lore zuckte mit den Achseln. »Keine Ahnung. Meine Großmutter hat mich in den Gebrauch von Giften nicht eingeweiht. Ich weiß nur, dass er etwas bitterer ist.«

»Und wer ist im Besitz dieses Öls?«

Lore sah ihn überrascht an. »Niemand. Meine Großmutter ist schon lange tot. Und sie hat es schon Jahre vor ihrem Tod nicht mehr verwendet. Wegen der Gefahr …«

Otto notierte sich den Sachverhalt in kurzen Sätzen. »Ich werde heute Nachmittag noch mal vorbeikommen, um Ihre Fingerabdrücke und DNA zu nehmen. Eigentlich müsste ich Sie aufs Präsidium bestellen, aber die behalten Sie gleich da. Das möchte ich Ihnen ersparen.« Er bemühte sich, seiner Miene etwas Aufmunterndes zu geben. Es würde schwer werden, das war ihm klar. Die Küche wurde nun ganz von Sonnenstrahlen durchflutet, was diesem Ort etwas Erhabenes verlieh. Otto blickte nach draußen. Durch die Äste des Dornengebüschs sah man den Lavendel blau schimmern. Tatsächlich lag es nahe, Lore als die Lavendelmörderin zu sehen. Otto nahm das Handy an sich und verabschiedete sich.

VERDACHTSMOMENTE

Als er die Türe schloss, vibrierte die Spitzengardine in Lores Küche. Sie fühlte sich wie nach einer Überdosis Tollkirschen. So musste Freddy sich gefühlt haben, kurz vor der Tobsucht, gefangen in einem irren Rausch. Lore hegte das tiefe Bedürfnis, sich fallen zu lassen und sich ebenfalls in einem drogengenerierten Traum zu verlieren. Aber sie musste handeln.

Des einen Heil, des andern Gift.

Lore begann, fieberhaft das Haus zu durchsuchen. Sie startete mit dem Kupfergeschirr im Wohnzimmer, aber in den zahlreichen Hohlräumen der Teller und Kessel befand sich nur Staub. Sie öffnete die lockeren Dielen unter dem Radioschrank. Alle Regale, alle Schränke durchwühlte sie, ihre Hände hinterließen eine Schneise aus verstreuten Kleidern und Büchern. Dann begann sie nachzudenken. Oben im Bad befand sich eine lockere Kachel, hinter der Edel und sie ihre kindlichen Geheimnisse versteckt hatten. Einen Hirschkäfer, der in diesem Versteck verendet war, nachdem Edel ihn dort eingesperrt hatte, die Blüten der Tigerglockenblume, später Freddys Haschischvorrat. Lore nahm zwei Stufen auf einmal. Die Kachel ließ sich ganz leicht lösen. Der Hohlraum war leer und schien sie zu verhöhnen, weil sie angenommen hatte, hier zu finden, was sie so zwingend haben musste.

Lore betrat Edels Zimmer. Der weiß gestrichene Holzboden, das Bett ohne Rahmen, auf halber Höhe des Fensters eine Spitzengardine. Lore kniete sich vor das Bett und löste eine lockere Bodendiele. Darunter nur ein paar vergilbte Papierblättchen. Auch die Durchsuchung des restlichen Raumes ergab nichts. Genauso wie der Dachboden. Lore ging hinunter ins Schlafzimmer und durchstöberte den Apothekerkasten. Jedes der Fläschchen war ihr vertraut wie ein alter Verwandter. Sie öffnete jedes Ölfläschchen und schnupperte daran. Nichts. Als sie das Königskerzen-Öl zurückstellte, fiel ihr eine kleine Flasche mit dunkler Flüssigkeit in die Hand. Auch wenn es nicht das war, was sie gesucht hatte, steckte sie es ein. Ratlos betrachtete sie das Durcheinander, das sie hinterlassen hatte. Doch jetzt war keine Zeit zum Aufräumen.

EHETIEF

Als Brenneisen nach Hause kam, war er ganz ruhig. Er schloss die Tür auf, und das Sonnenlicht, das durch die großen Terrassenfenstern hereinschien und die ganze Wohnung in ein friedliches Morgenlicht tauchte, stimmte ihn versöhnlich. Vielleicht sollte er die Sache unter den Tisch kehren, so tun, als sei nichts geschehen? Fünfe gerade sein lassen? Er trat in die Küche, wo seine Frau saß. Der Tisch war gedeckt mit Schokoladenbrötchen, Croissants, Marmelade. Sie hob ihren Blick nur für eine kurze Begrüßung, dann widmete sie sich wieder ihrem Frühstück. War es der Ausdruck, der sich mehr für die Backwaren auf dem Teller interessierte, der schokoladenverschmierte Mund? Brenneisen wusste nicht, was seinen Groll erregte. Er wusste nur, dass er keine Fünfe gerade sein lassen wollte.

»Du solltest mehr Obst essen«, stieß er hervor und warf die Kondom-Päckchen auf den Tisch. Der Geschmack Erdbeer-Sahne landete auf der Butter. Sie klaubte es herunter, fuhr aber nicht fort, ihr Brötchen zu schmieren.

»Tobias Woog?«, es war mehr ein Vorwurf als eine Frage. Sie zerkrümelte die Kruste ihres Brötchens auf dem Teller und schob diese hin und her. Er fragte sich, ob sie ihm damit eine Botschaft zukommen lassen wollte, aber er konnte keine erkennen.

»Warum er?« Das Beben in seiner Stimme war unüberhörbar, was ihn ärgerte.

Sie verharrte nun in einer Starre, auch das Krümelschieben hatte aufgehört. »Unser größter Konkurrent«, fügte er hinzu.

Nun kam Leben in sie. »*Unser* Konkurrent?«, fragte sie bissig. »Seit wann interessierst du dich für das Geschäft?« Sie fegte die Brötchenkrümel vom Teller, sodass sie auf dem Teppich landeten.

»Ich bin Polizist.«

»Die Backstube meidest du, als sei sie vergiftet«, keifte sie weiter. Das Wort Gift ließ ihn zusammenzucken. Und brachte ihn auf einen unbequemen Gedanken.

»Du warst es«, murmelte er drohend.

»Was?«, fragte sie.

Er stützte sich mit beiden Fäusten auf den Tisch, wobei er ihre halbvolle Kaffeetasse umwarf. Er beachtete es nicht. Sie wollte aufspringen, doch er legte seine Hand auf ihre Schulter und drückte sie nieder. »Du hast die Information mit dem Lavendel an die Presse gegeben.« Sandra wurde bleich. Tobias Woog war der Bruder von Christian Woog, dem Chefredakteur des Darmstädter Echo. Einer hatte dem anderen die Info weitergereicht.

»Du bist das Leck.« Brenneisen hätte am liebsten ausgespuckt. Nicht nur der Verrat schmerzte ihn, sondern dass er indirekt sogar mitschuldig war. Sandra hatte sich wieder gefangen und lehnte sich nun ihrerseits nach vorn, die Unterarme angriffslustig auf den Tisch gestützt.

»Und wenn schon. Ja, Tobias wusste davon. Und ja: ich treffe mich mit Tobias Woog, schon seit einer Weile, und weißt du was? Ich werde es auch weiter tun. Unsere Ehe ist kaputt. Du hast nichts weiter im Kopf als deine Verbrecher und in deiner Freizeit rennst du durch den Wald oder schälst Gemüse. Und wenn wir miteinander reden, dann über eine Biomülltonne und tensidfreies Waschpulver.« Sandra schlug sich mit der flachen Hand vor die Stirn. »Dein Gesundheitsfimmel frisst dich auf! Und unsere Ehe gleich mit.«

Die Rede hatte ihre Wangen rosig werden lassen. Brenneisen konnte sie nur anstarren. Zu viele neue Dinge wirbelten durch seinen Kopf. Neu und gleichzeitig vertraut. Sie hatte recht. Und in diesem Moment wurde ihm klar: Seine Frau würde sich niemals mit Möhrenschnitten oder Hirsekuchen zufriedengeben. Ihr Begehren galt etwas Höherem: Schokosahne, Herrentorte, Schwarzwälder Kirsch.

»Es tut mir leid«, mit diesen Worten erhob sich Sandra vom ihrem Platz und hinterließ ein Schlachtfeld: die eingedrückte Butter, Brötchenkrümel, Schokoladenflecken auf der Tischdecke, verschütteter Kaffee. Und den emotionalen Biomüll ihrer Ehe. Sandra verließ die Wohnung, Richtung Backstube, vermutete er. Oder geradewegs in die Arme ihres Liebhabers. Er ging zu seinem Platz im Gästezimmer und ließ sich auf das Sofa fallen. Das frühe Aufstehen, der Waldlauf, der Streit, alles hatte ihn ermüdet. Nur kurz den Kopf auf das Kissen legen. Und eine Minute dösen.

Im nächsten Moment klingelte das Telefon. Das Display zeigte Ottos Nummer im Präsidium.

»Wo stecken Sie denn?«, brüllte es vom anderen Ende der Leitung. Ein Blick auf die Uhr zeigte, dass Brenneisen ganze drei Stunden lang geschlafen hatte. Es war bereits zwölf Uhr!

»Wir haben vermutlich einen Durchbruch in der Scheinehe-Sache.«

»Äh … bin gleich da.«

»Aber dalli, ich warte im Büro und muss dann gleich weiter.«

Brenneisen erhob sich. Das fehlte ihm noch, dass Otto den Fall löste, während er Fluchtschlaf beging, um seine Ehekrise zu verdrängen. Als er sich erhob, sackte sein Kreislauf für einen Moment in seine Knie. Er griff sich vom Frühstück einen kalten Kaffee und stürzte ihn in einem Zug hinunter. Dann sprang er unter die Dusche, zehn Minuten später trabte er schon über den Marktplatz und betrat gleich darauf das Präsidium.

Dort wurde er von einem ungeduldigen Otto erwartet, der an seinem Schreibtisch saß. In seiner Begleitung befanden sich zwei Wesen, die nach Brenneisens Meinung in einen Käfig gehörten, die Otto jedoch beharrlich als Hunde bezeichnete. Immerhin wedelten sie Brenneisen zur Begrüßung zu wie echte Hunde. Den einen Gemüsefresser kannte er ja bereits. Mit großem Hallo begrüßte er die beiden, um bei Otto Pluspunkte zu sammeln.

AKKU LEER

Otto war erleichtert, als Brenneisen endlich zur Tür hereinmarschierte. Aber sein Aussehen machte ihm Sorge. Statt der gesunden Gesichtsfarbe, die er sonst so zuverlässig trug wie die Tannenbäume ihr Immergrün, war er heute ungewöhnlich blass. Oder stimmte etwas nicht mit Ottos Wahrnehmung? Er legte das Handy in einer durchsichtigen Tüte auf den Tisch.

»Hier. Kalinn besaß ein zweites Handy. Möglicherweise hat er damit seine Geschäfte abgewickelt und wir erhalten mehr Aufschluss über seine Machenschaften«, erklärte er dem verwunderten Brenneisen. »Überprüfen Sie das auf Namen, Anrufe, Textnachrichten und Sonstiges, was uns Hinweise auf den Scheinehe-Ring gibt. Die Verdächtigen setzen Sie sofort fest.«

Brenneisen griff nach dem Handy. Seine Gesichtsblässe war einer engagierten Röte gewichen. »Der Akku ist leer«, murmelte er nach wenigen Handgriffen.

Otto seufzte. »Sie werden doch ein verdammtes Ladegerät besorgen können, oder? Und dann nehmen Sie den ganzen Laden hoch.«

»Welchen Laden?«

Otto stöhnte, fast erleichtert darüber, dass er sich doch nicht getäuscht hatte. Irgendetwas stimmte nicht mit dem Kerl. Entweder Brenneisen war gestern saufen gewesen oder die ganze Nacht lang durch den Wald gerannt.

»Agentur Rosebrok und den Russenring!«, polterte er.

Die Gesichtsfarbe seines Gegenübers wechselte wieder auf blass.

»Ich soll das alleine durchführen?«

»Holen Sie sich Verstärkung von der Streife. Und schalten Sie die Ausländerbehörde ein. Sie kriegen das schon hin.« Brenneisen nickte unentschlossen. Otto war überrascht. Sonst platzte der Kerl vor Ehrgeiz. Und jetzt bekam er Schiss?

»Wo ist das Handy eigentlich aufgetaucht?«, fragte Brenneisen.

Otto zögerte. »Die Kukuk hatte es in ihrem Besitz.« Brenneisen atmete sacht durch die Nase ein. »Dann hat sich die Mordsache also geklärt.«

Otto nickte knapp. »Ich habe sie bereits vernommen und fahre jetzt erneut hin für eine genauere Befragung und Sicherung von DNA.« Otto erhob sich und erwartete, dass Brenneisen in seinem typischen Elan ebenfalls aufsprang. Stattdessen blieb er sitzen und taxierte Otto. »Was ist noch?«, fragte der ungeduldig.

»Ich habe ebenfalls ein Geständnis abzulegen«, begann Brenneisen nach kurzem Zögern. Otto setzte sich. Brenneisen rutschte unruhig auf seinem Stuhl hin und her. »Die Sache mit dem Lavendelmord, damals, das wurde von meiner Frau an das Darmstädter Echo weitergegeben. Ich bitte um Verzeihung.«

Otto stand wieder auf. »Gehen Sie an die Arbeit«, schnaufte er und verließ das Büro.

Wenig später war er bereits zum zweiten Mal innerhalb von zwölf Stunden im Landkreis unterwegs. Am Himmel hatte sich Dunst zu einer dichten Glocke formiert, die jegliches Entweichen der

Hitze verhinderte. Das milchige Licht verlieh dem Tag eine herbstliche Stimmung, obwohl die Temperaturen immer noch Hochsommer schrien. Es schien, als wolle der Sommer unmerklich in einen Herbst hinübergleiten. Doch Otto war überzeugt davon, dass dieser Sommer nicht kampflos aufgeben würde. Nicht ohne ein ordentliches Donnerwetter. Er tippte, dass es morgen so weit war. Das konnte er riechen.

Otto parkte den Wagen zwei Straßen entfernt vom Zielobjekt, um nicht entdeckt zu werden. Er hatte sich überlegt, als zufälliger Spaziergänger aufzutreten, dann vorzugeben, noch ein paar Fragen zu haben, währenddessen würde sich Peppy von der Leine losreißen, um eventuelles Beweismaterial aufzuspüren. Otto parkte den Wagen im Schatten und drehte beide Fenster weit hinunter. »Kauka, Platz!«, rief er in Richtung Rücksitz. Der Hund würde für die Dauer des kurzen Ausflugs im Wagen warten. Als Peppy aus dem Auto sprang, griff Otto in sein Handschuhfach und nahm einen Zweig mit blauen Blüten heraus. Den hatte er in der Nacht seiner Observation in Lores Garten gepflückt. Er zerrieb die traubenartigen Blütenblätter zwischen seinen Fingern und hielt sie Peppy vor die Schnauze. »Such!«, flüsterte er dem Hund zu, der mit seinem Stummelschwanz abenteuerlustig wedelte. Otto überquerte die menschenleere Straße, bog nach links ein und dann nach rechts. Obwohl bereits Nachmittag, war die Stadt hitzebedingt wie leer gefegt. Otto hörte die

Schläge der Kirchenuhr. Drei. Den geschwungenen Schriftzug sah er von Weitem. Als er vor den Laden trat, sank sein Mut. Keine Lichter. Der Laden war geschlossen. Auf der Tür befand sich kein Hinweis auf Öffnungszeiten. Er ließ den Blick die Fassade hinaufwandern, konnte aber keine Kamera und keine Alarmanlage entdecken. Das Schloss war keine große Herausforderung, dafür brauchte er allerdings den Drahtwinkel aus dem Auto. Er wollte schon zurückgehen, da kam ihm eine Idee. Er fasste den Türgriff und drückte. Als die Tür nachgab, schlug sein Herz höher. Süßes Landleben, dachte er, als er den Laden betrat. Ohne die aktive Beatmung mit irgendeinem strategischen Duft roch der Raum fast ordinär, mit einer Note nach Linoleum. Jetzt zählte jede Sekunde. Otto ging in die Hocke und hielt Peppy erneut seine parfümierten Finger vor die Nase. »Such!«, forderte er ihn auf und löste ihn von der Leine. Der Hund wedelte unentschlossen mit dem Stummelschwanz. »Komm, Kumpel, lass mich nicht im Stich«, murmelte Otto, während er die Hand weiter vor die feuchte Nase des Mischlings hielt. Otto erhob sich. »Such!« Der Hund stieß ein Kläffen aus und sah ihn belohnungsheischend an. Ottos Mut sank. Vermutlich hatte die Pflegerin ihm einen Bären aufgebunden. Andererseits hatte Peppy sich bei den Suchaktionen in Ottos Wohnzimmer so geschickt angestellt, dass Otto die Behauptung durchaus glaubhaft vorgekommen war.

»Such!«, diesmal klang es eine Spur schärfer als beabsichtigt. Endlich setzte der kleine Hund seine Nase auf den Boden und begann den Boden damit abzutasten. Die Rute wies steil nach oben. Peppy schnürte kreuz und quer durch den Raum. Otto registrierte, dass er keiner bestimmten Spur folgte, sondern immer noch versuchte, Witterung aufzunehmen. Otto deutete ins Hinterzimmer, und sogleich nahm der Hund auch dies unter die Lupe. Nach wenigen Minuten erkannte Otto, dass Peppy keine Spur fand, sondern mehr oder weniger orientierungslos durch den Raum lief. Zwischendurch sah er ihn mit glänzenden Augen an. Fehlanzeige. Entweder hatte Beate geflunkert, als sie ihn als Suchhund ausgab, oder es gab hier nichts zu finden. Oder die Nase des Hundes war einfach von dem Durcheinander an Gerüchen verwirrt.

»Dummer Plan«, fluchte Otto, nahm Peppy an die Leine und verließ den Laden, nicht ohne seine Fingerspuren vom Türgriff zu wischen. Als Peppy und Otto zurück ins Auto stiegen, war Kauka auf dem Rücksitz außer sich vor Freude. Otto startete den Wagen und fuhr weiter Richtung Otzberg. Diesmal parkte er auf dem für Besucher der Burg vorgesehenen Parkplatz. Bevor er Lore Kukuk seinen zweiten Besuch des Tages abstattete, wollte er den beiden Hunden etwas Auslauf gönnen. Er setzte die beiden ins Gras am Waldrand und beobachtete sie beim Schnüffeln. Dies war auch der Parkplatz, wo die Geldübergabe mit dem Erpresser stattfinden sollte. Otto entdeckte den angegebenen Papierkorb. Er war am Rand des Parkplatzes aufgestellt, direkt neben einem dichten Gebüsch. Kein schlechter Übergabeort. Der Täter konnte sich versteckt halten und war mit einem Schritt bei der Beute, wenn sie erst hinterlegt war. Otto warf einen Blick in den Mülleimer. Zwei Joghurtbecher und Reste einer Zeitung. Allem Anschein nach wurde der Papierkorb regelmäßig geleert. Otto holte eine der dünnen Plastiktüten aus seiner Hosentasche, für den Fall, dass einer der Jungs eine Verrichtung machen musste. Doch es blieb bei jeweils einem Bächlein. »Kommt, Jungs«, rief er, nahm Kauka auf den Arm, Peppy an die Leine und ging die Auffahrt zur Burg hoch.

ERKENNTNISSE

Lore trat vor den Spiegel, überprüfte ihr Aussehen und ordnete ihr Haar. Als sie ins Freie trat, stach die Sonne vom Himmel, als sei sie aus Stahl. Die Luft war erhitzt wie in einem Hochofen. Lore war, als atme sie pures erhitztes Kohlenmonoxid. Der Weg durchs Dorf gestaltete sich beschwerlich, obwohl es bergab ging. Ihre Schuhe schienen mit Blei besohlt.

»Lorchen«, begrüßte Apotheker Weller sie mit einer Stimme, die noch dünner schien als beim letzten Mal. Wie seine ganze Erscheinung auch. Es war, als würde seine Substanz durch die Hitze aufgebraucht, als verdampfe er allmählich. Vielleicht bereitete er sich darauf vor, bald aus dem Leben zu entschwinden? Der Gedanke machte Lore Angst. Gerade erst hatten sie sich wiedergefunden. Als sie die kühle, knorrige Hand in ihre nahm, stiegen ihr die Tränen in die Augen.

»Wie geht's deiner Patientin?«, erkundigte er sich mit zarter Stimme.

»Gut«, erwiderte Lore. »Das Mittel zeigt Wirkung.«

Wellers Augen begannen zu leuchten. »Das ist gut, dass wir noch jemandem helfen konnten, nicht wahr?« Mit einem Blick durch den Raum überzeugte sich Lore, dass sich im Zimmer nichts verändert hatte. Ihr Rundblick endete in Apotheker Wellers von tiefen Falten durchfurchtem Gesicht. Es fiel ihr schwer, das Thema anzusprechen.

»Ich muss dich etwas fragen, es geht um den Schopflavendel.«

Seine buschigen Augenbrauen wanderten weit die Stirn hinauf. »Was möchtest du wissen?«

»Für welche Menschen ist er giftig?«

Er sah sie mit einer Mischung aus Verstehen und Verwirrung an, dann verfing sich sein Blick irgendwo hinter ihr in der Gardine. »Er ist nicht giftig. Der hohe Anteil an Kampfer kann Krämpfe verursachen, deshalb sollten Schwangere ihn nicht zu sich nehmen. Aber sonst sind mir keine Nebenwirkungen bekannt.«

»Was ist mit Diabetikern?«

Lazlo war Diabetiker gewesen. Das war Lore wieder eingefallen, nachdem ihr Neffe ihr ein Minzbonbon angeboten hatte. Auch sie hatte Lazlo bei ihrem Rendezvous eines angeboten. Er hatte abgelehnt mit der Begründung, er müsse Zucker meiden. Auch der dicke Benjamin hatte unter Diabetes gelitten. Und hatte Ronni, nachdem ihm damals auf dem Heinerfest schlecht wurde, nicht die Cola wieder auf die Beine geholfen? Ein Anzeichen, dass auch er einen instabilen Zuckerstoffwechsel gehabt hatte. Von ihrem Vater wusste Lore in dieser Richtung gar nichts. Aber möglich war es, dass er an der Zuckerkrankheit litt.

Doch Opa Weller konnte ihr hier nicht weiterhelfen. »Ein Zusammenhang zwischen den Inhalten des Schopflavendels und Diabetes ist nicht bekannt. Und in einer natürlichen Menge kann dies auch keine Stoffwechselentgleisung nach sich ziehen.«

Lores Mut sank. Sie hatte gehofft, Klarheit zu gewinnen. »Hast du jemals Schopflavendelöl hergestellt und verkauft?«

Weller hob seine Hände an, die leicht zitterten. War das die Schüttellähmung oder die Aufregung? »Ich habe seit Jahrzehnten das Destillationsgerät nicht angefasst.«

Lore studierte sein Gesicht. Alte Menschen können gut lügen, dachte sie. Die Falten schlucken jeden Hinweis.

»Warum fragst du mich das?«

»Es ist seltsam«, erwiderte Lore gedankenverloren. »Adelheid Gärtner, die Patientin mit der Schüttellähmung, nimmt dieses Schopflavendelöl auch.«

»Nun«, Opa Wellers Stimme klang dünn, »dann hat sie einen guten Pharmazeuten. Nicht viele kennen noch die Wirkstoffe, die diese Pflanze enthält.« Er machte eine kurze Pause. »Und wer nimmt das Öl sonst noch?«

»Wie bitte?«, fragte Lore, die mit ihren Gedanken längst woanders war.

»Du sagtest gerade, sie nimmt dieses Schopflavendelöl *auch*. Wer noch?«

Lore zögerte. Die Stille im Raum flirrte wie die Flügel einer Libelle. »Edel.«

Opas Stimme klang wie ein Windhauch. »Ach ja, Edel. Aber das ist so lange her.«

Ja, dachte Lore. Aber Gifte behalten ihre Wirkung ewig. Der Gong der Wanduhr schlug 3 Uhr. Das brachte Lore in die Wirklichkeit zurück. Otto musste bald da sein. Lore drückte Opa Wellers Hand und verabschiedete sich. Als sie ins Freie trat, hatte die Sonne ihre Nachmittagsposition eingenommen, als wolle sie die Häuser von der Seite zum Schmelzen bringen. Auf dem Burghof angekommen, roch Lore Asche, obwohl sie nirgendwo Rauch entdecken konnte.

Im Burghof stand Edels Auto. Du lieber Himmel, die wollte sie zum Notartermin abholen, das hatte sie ganz vergessen. Also hatte sie tatsächlich vor, ihre Drohung wahr zu machen. Lore fragte sich, warum sie es nicht fertiggebracht hatte, Edel ans Messer zu liefern, wo doch die falsche Freundin und echte Schwester bereit war, ihr alles zu nehmen. Doch Lore war auch klar, dass Edel nicht so leicht zu besiegen war. Nicht mit ein paar Hinweisen und Verdachtsmomenten. Das Burgfräulein machte keine Fehler. Um Edel zu überlisten, brauchte es Scharfsinn und Skrupellosigkeit. Und es war besser, wenn Edel nicht ahnte, was Lore vorhatte. Edel erwartete Lore in der Küche. »Was fällt dir ein, zu spät zu kommen!«, rief sie mit wutverzerrtem Gesicht. Lore trank direkt aus dem Wasserhahn.

»Ich kann nicht mitkommen«, sagte sie und wischte sich den Mund ab. »Der Kommissar muss jeden Moment hier sein, um meine Fingerabdrücke zu nehmen.«

Edel packte Lore am Ellenbogen. »Umso besser, du kommst jetzt mit, und danach mag der Kommissar tun, was immer er tun muss.« Für Sekunden rangen sie miteinander, dann klingelte es. Beide erstarrten in ihrer Bewegung. Edels Augen waren irre geweitet, ihre Körperhaltung wie schockgefrostet. Dann trat sie einen Schritt zurück, zerrte ein Bündel Papiere aus ihrer Handtasche und knallte sie auf den Tisch. »Du unterschreibst hier auf der Stelle, oder du bist dran«, zischte sie. Lore lockerte ihre Haltung. Sie hatte erwartet, von einem Wirbelsturm an Gedanken heimgesucht zu werden, doch mit einem Mal war sie ganz klar.

Sie trat wieder ganz nah an Edel heran und flüsterte: »Nur, wenn du mir sagst, wo du das Fläschchen versteckt hast.« In Edels Blick erkannte sie erst Verwirrung, dann eine Spur von Anerkennung, die schließlich einem satanischen Grinsen wich.

»Erst die Unterschrift.«

Jemand pochte an die Tür. »Ich komme!«, rief Lore laut, ihre Stimmlage geriet eine Oktave zu hoch. »Lass mich nur einen Stift holen«, sagte sie zu Edel und öffnete die Küchenschublade. Blitzschnell drehte sie sich um und setzte Edel die Küchenschere an die Wange, nur zwei Zentimeter unter ihrem Auge. »Das Fläschchen!«, zischte sie.

In diesem Moment hörte sie, wie die Haustür geöffnet wurde. Verdammt, die Tür war nicht abgeschlossen. »Frau Kukuk?«, rief der Kommissar im Hausflur. Mit wütendem Blick ließ Lore die Schere sinken. Edel packte ihre Unterlagen und stürzte nach draußen, wo sie erst gegen den Kommissar prallte und dann über ein Seil stolperte, das der Kommissar dort offenbar gespannt hatte. Nach zwei torkelnden Schritten fing sie sich und stampfte dann grußlos durch die offene Tür nach draußen. Der Kommissar sah ihr ratlos hinterher. Als er sich umdrehte und Lore begrüßte, bemerkte diese, dass Edel nicht über ein Seil, sondern über eine Leine gestolpert war. Otto hatte seine Hunde dabei.

BEDRÄNGNISSE

»Was ist denn hier los?«, fragte Otto, als er die Küche betrat. In dem Raum herrschte ein einziges Durcheinander und auf dem Boden lag eine Küchenschere. Otto hob sie auf.

»Ach, kleine Familienauseinandersetzung«, lächelte Lore, ordnete sich das Haar und trat einen Schritt an ihn heran. Sofort war Otto von den Sinneseindrücken, die Lore bei ihm auslöste, abgelenkt. Sie roch so gut. Ihr Haar war weich um den Kopf gesteckt. Das Kleid hatte winzige Blumen, die zu einem Muster verschwammen, wenn man die Augen zusammenkniff. Lore begrüßte zuerst den Kommissar, dann die beiden Hunde, denen sie einen Napf Wasser vorsetzte. Das gefiel Otto.

Er war froh, dass auch er die Situation zu Hause dazu genutzt hatte, sich frischzumachen. Er hatte geduscht und die Kleidung gewechselt, sodass sie sich jetzt gegenüberstanden wie jeweils die bessere Version ihrer selbst, mit wetteifernden Seifennoten. Lore bot ihm einen Platz an. Otto setzte sich und begann, seine Utensilien auszupacken. Farbe und Abdruckstempel, Kontrastpapier. Sie setzte sich ihm gegenüber und streckte ihm die Hand entgegen, grazil wie zum Kuss. Er nahm sie, begann mit dem kleinen Finger und arbeitete sich bis zum Daumen durch. Ihre

Nägel waren blank und ohne Rillen. Die Abdrücke ihrer Fingerkuppen schienen ihm wie filigrane Kunstwerke. Den Ringfinger musste er zweimal nehmen, weil seine Hand nicht so ruhig war, wie sie sein sollte, und den Abdruck beim ersten Mal verwischte. In der Mitte ihres Abdruckes befand sich statt der üblichen Spirale ein kleiner Halbmond. Angeboren oder das Resultat einer unvorsichtig berührten Herdplatte?

Ein entferntes Kläffen ließ sie beide aufhorchen. Otto blickte auf. Er war so vertieft, dass er gar nicht bemerkt hatte, dass Peppy verschwunden war. »Wo kommt das her?«, fragte Otto und sprang auf.

»Keller!«, rief Lore.

Otto stürzte die steilen Steinstufen hinab und stieß sich am unteren Treppenabsatz den Kopf. »Peppy!«, rief er, während er sich durch das Dunkel tastete. Ein frenetisches Kläffen war die Antwort. Plötzlich wurde der Kellerraum grell ausgeleuchtet. Allem Anschein nach hatte Lore das Licht angeschaltet. Otto roch feuchte Mauern und erblickte an den Wänden Weinregale voller Spinnweben. Geradeaus führte eine offene Tür in den Heizungskeller. Dort stand Peppy auf den Hinterpfoten, die Vorderläufe an die Hausmauer gestützt. Das Schwänzchen vibrierte, aus seiner Kehle drang ein heiseres Knurren.

Otto lobte den Hund und hieß ihn dann in angemessenem Abstand sitzen. Es wurde still im Raum. Irgendwo gluckerte ein Rohr. Otto starrte auf die backsteingemauerte Wand. Hunderte von Steinen. Wo verriet der Mörtel ein Versteck? Welcher Stein verbarg einen Hohlraum? Der Kommissar atmete ein und aus. Er fühlte den schnellen Atem des Tiers hinter sich. Sein Blick wanderte die gemauerten Reihen entlang. Fünfte Reihe von oben, einer der mittleren Ziegel. Otto fuhr mit den Fingerspitzen vorsichtig die Reihen entlang. Einer der Ziegel war flacher als die anderen und gab nach. Dahinter befand sich ein kleiner Hohlraum. Darin ein braunes Fläschchen. Otto schlüpfte mit der Hand in die Plastiktüte, die eigentlich für die Hundehinterlassenschaften gedacht war, und legte das Fläschchen hinein.

Auch das Rohr hatte Ottos Aufmerksamkeit geweckt. Es verlief an zwei Seiten des Raumes, und wenn Otto es richtig sah, war dies die Wasserversorgung des Hauses. Er holte seine Taschenlampe heraus und leuchtete am Rohr entlang. Bis er sie entdeckte. Die brandneue Rohrschelle, die um das alte Rohr verlegt war.

»Was haben Sie gefunden?« Die Stimme direkt hinter ihm erschreckte ihn. Er drehte sich um und sah Lores Silhouette im Türrahmen. Von hinten war sie angestrahlt wie eine Erscheinung. Und was hatte sie da in der Hand?

UNTERSUCHUNGEN

Als Otto im Präsidium ankam, hatte es sich schon herumgesprochen, dass er die Serienmörderin verhaftet hatte. Er setzte Lore Kukuk in der Polizeistube ab. »Warten Sie hier, bis ich wieder da bin«, sagte er zu ihr und nickte dem Wachmann zu.

Auf dem Weg ins Labor versuchte Otto, sich möglichst geräuschlos an Helms Büro vorbeizuschleichen. Er war nicht in Stimmung, sich die Kommentare des Kollegen anzuhören.

»Können Sie das bitte untersuchen?«, bat er den weiß bekittelten Laboranten, den er im Labor antraf. »Ich brauche eine Analyse der Substanz und, wenn möglich, Fingerabdrücke der Flasche.« Otto legte die Tüte auf den Tisch. Der Laborant zog Latexhandschuhe über und öffnete den Beutel, der sofort einen intensiven Geruch verströmte. Der Laborant zog sich den Atemschutz vors Gesicht. Dann holte er den Inhalt des Beutels mit der Pinzette heraus und legte die Teile vorsichtig auf den Tisch.

»Scherben bringen Glück!« Otto fuhr herum. Helm stand grinsend hinter ihm und betrachtete die säuberlich aufgereihten Scherben auf dem Untersuchungstisch. Natürlich. Der Kerl hatte ihn gerochen. Er hielt die Nase in die Luft und schnupperte demonstrativ. »Ist das Lavendel?«

»Schopflavendel«, korrigierte Otto frostig.

Helm grinste. »So oder so – mit diesem Stoff schreiben wir vermutlich Kriminalgeschichte.«

Der Laborant trug das Kontrastpuder auf die Scherben auf. »Das wird ganz schwierig, wegen des Öls«, murmelte er.

»Wieso ging das Beweisstück zu Bruch?«, erkundigte sich Helm.

»Ist mir runtergefallen«, murmelte Otto in einer Lautstärke, die für die Ohren einer Fledermaus gerade noch hörbar war, und schob sich ein winziges Tabakkügelchen unter die Oberlippe.

Dass Lore ihm das Fläschchen mit einer Latte aus der Hand geschlagen hatte, verschwieg er. Auch das kleine Handgemenge, das darauf gefolgt war. Mit angehaltenem Atem beobachtete er, dass der Laborant tatsächlich einige brauchbare Abdrücke bekam. Doch schon bevor er die Puderspuren auf die Klebefolie übertrug, erkannte Otto den kleinen Halbmond auf einem der Abdrücke.

»Was ist das?« Helm deutete auf die Mappe, die Otto unter den Arm geklemmt hatte.

»Ach das … die Fingerabdrücke der Verdächtigen.«

Ohne zu fragen, griff Helm nach der Mappe, entnahm ihr den Bogen mit den Abdrücken und legte sie auf den Tisch. »Was sagen Sie, Kollege?«

Dem Laboranten genügten wenige Blicke, um festzustellen, dass die Fingerabdrücke mit denen auf den

Scherben identisch waren. Damit war Lore identifiziert. Otto nickte knapp. »Können wir die auch mit Fingerabdrücken aus der Wohnung des Opfers abgleichen?«

Der Laborant scannte den Bogen ein und verglich den Abdruck mit jenen, die bereits aus der Untersuchung der Wohnung gespeichert waren. »Identisch«, bestätigte er knapp.

»Hat die Täterin gestanden?«, fragte Helm. Otto schüttelte den Kopf. »Spuren lügen nicht«, erwiderte Helm. »Das bleibt uns Menschen vorbehalten.« Mit diesen Worten drehte er sich um und verließ das Labor.

Otto schob sich ein weiteres Kügelchen unter die Oberlippe, er hatte vergessen, dass sich dort bereits eines befand, und genoss das Brennen, das ihm fast die Tränen in die Augen trieb. »Haben Sie die Beweismittel, die ich in dem Baumhaus sichergestellt habe, schon analysiert?«

Der Laborant nickte. »Hat aber nichts ergeben. Keine Entsprechung mit Spuren aus der Wohnung des Opfers oder den Datenbanken.«

Otto hielt dem Laboranten das Röhrchen mit Lores Speichel hin. »Zur Sicherheit möchte ich auch einen DNA-Abgleich dieser Probe mit Spuren aus der Wohnung des Opfers, ich bin sicher, wir finden was«, sagte er und verließ ebenfalls das Labor.

In der Wachstube erwartete ihn Lore mit großen Augen. »Ihre Fingerabdrücke wurden auf der Flasche und in der Wohnung des Toten gefunden. Wir müssen Sie hierbehalten, es tut mir leid«, sagte Otto und gab dem Kollegen ein Zeichen, Lore abzuführen. Im Zimmer blieb eine Note ihres Blumendufts, gemischt mit der Verzweiflung eines Menschen, der die erste Nacht seines Lebens im Gefängnis verbringen muss.

FESTNAHMEN

Obwohl es später Abend war, herrschte auf dem Polizeipräsidium reger Betrieb. Seit Brenneisen für das Handy ein passendes Ladekabel gefunden hatte, waren die Ermittlungen in vollem Gange. Auf dem Handy, das unter Kalinns Decknamen Rainer Kunze angemeldet war, befanden sich ganze Listen mit Namen und Telefonnummern von heiratswilligen Männern und Damen, deren rein kommerzielle Absichten sich aus eindeutigen Sprach- und Textnachrichten ableiten ließen. In einer konzertierten Aktion mit der Ausländerbehörde ließ Brenneisen die Betreffenden abholen. Ein nicht abreißender Strom von jüngeren aufgebrachten Männern und älteren verwirrten Damen wurde ins Präsidium verbracht.

Billige Düfte im Stil von David Hasselhoff mischten sich mit Kölnisch Wasser.

Brenneisen funktionierte wie fünf Polizisten auf einmal. Er gab Anweisungen, Auskünfte, und half, die Verdächtigen in ihre Zellen zu bringen. Allein die Verhöre würden Tage dauern. Er war im Dauerkontakt mit dem LKA, der Bundespolizei und der zuständigen Behörde, überglücklich, sich endlich auf leitender Ebene einen Namen machen zu können. Dieser Einsatz war das Fundament einer steilen, umjubelten Polizeikarriere, die ihn auf die Titelseiten des Darmstädter Echo bringen würde. Seine Ex-Frau in spe würde sich in Zukunft so manches Stück Trost-Torte reinhauen müssen.

Auch was die Organisatoren des Schein-Ehe-rings anging, erwies sich das Handy als die reinste Goldgrube. Der Arzt, der Dönerbrater und der Pitbull konnten als Mittelsmänner entlarvt werden. Als die drei gefallenen Helden ins Präsidium gebracht wurden, hatte Brenneisen fast Mitleid. Auch die Rosebrok wurde im Laufe des Abends eingeliefert. Laut zeternd war sie im Präsidium abgeliefert worden. Pikante Textnachrichten entlarvten sie nicht nur als Mitwisserin und Mittäterin, sondern auch als Geliebte von Kalinn. »Ex-Geliebte!«, wie die Rosebrok im Verhör zwar hysterisch betonte. Doch Landrat Schrumpf war nicht mehr ihr Verteidiger. Er hatte nun selbst einen nötig. Denn auf dem verräterischen Handy befanden sich Beweise, dass er selbst bei dem Geschäft mit dem JA kräftig mitgemischt hatte. Er unterhielt in ganz Hessen ein Netz von bestochenen Standesbeamten, die die falschen Eheversprechen unterzeichnet und beglaubigt hatten.

Nachdem die wichtigsten Gefangenen vernommen worden waren, gönnte sich Brenneisen einen Moment der Ruhe. Er hakte seine Liste der Verdächtigen ab und konnte zufrieden feststellen, dass gut zwei Drittel festgenommen worden waren. Dann griff er wieder nach dem Handy und überprüfte die Telefonate. Was merkwürdig war, war die Tatsache, dass Kalinn noch am Abend vor seinem Tod Adelheid Gärtner angerufen hatte. Der Anruf war gespeichert am Sonntag um 19.44 Uhr. Hatte es noch ein Treffen zwischen den beiden gegeben und war hier womöglich die Täterin zu suchen? Brenneisen blickte aus dem Fenster, wo die Abendsonne die Konturen der Häuser zum Glühen brachte. Heute Nachmittag hatte Otto die Kukuk endlich festgesetzt. Und so erleichtert, wie Brenneisen zunächst darüber gewesen war, dass Otto allem Anschein nach wieder zur Vernunft gekommen war, so sehr fragte er sich jetzt, ob tatsächlich sie die Schuldige war.

GROSSHERZOGLICHE RESIDENZ

Lore saß in ihrer Zelle und sah sich um. War gar nicht so schlecht hier. Eine Gefängniszelle hatte sie sich anders vorgestellt. Einen Steinfußboden, eine schmale Pritsche, obszön bekritzelte Wände und einen Eimer für die Notdurft. Stattdessen gab es ein Bett mit hübscher blau-weißer Streifenwäsche, der Fußboden war mit Linoleum ausgelegt und es gab eine Metalleinbaukabine mit Waschbecken und Toilette wie im Flugzeug. Eher Ikea als Alcatraz. Wer hier einsaß, verschwendete bestimmt keinen Gedanken daran, dass er sich im ehemaligen Residenzschloss der Großherzöge Darmstadts befand. Lore schon. Sie stellte sich auf den Bettrahmen, um durch das vergitterte Fenster hinausschauen zu können. Sie hatte einen Blick auf den gepflasterten Burghof. Im Geiste hörte Lore das Klappern von Pferdehufen und das Rattern der Kutschen. Sie sah Damen in eleganten Röcken, denen Diener in Livree die Tür aufhielten.

Sie beobachtete eine Weile den nachtschwarzen Burghof, und als sich nichts rührte, stieg sie hinab und ließ sich aufs Bett sinken. Sie hatte sich getäuscht in Otto. Dieses alberne Gefühl der Verbundenheit war reine Einbildung gewesen. Er glaubte den Beweisen, die gegen Lore sprachen. Zugegeben, der Fund des Lavendelöls in ihrem Keller hatte die Angelegenheit nicht gerade zu Lores Gunsten beeinflusst. Auch nicht die Tatsache, dass sie Otto den Fund aus der Hand geschlagen hatte. Aber Lore war in diesem Moment einfach überwältigt gewesen und durcheinander. Und deshalb würde sie für den Rest ihres Lebens im Gefängnis sitzen. Während Edel das Grundstück verkaufte und man unweigerlich Oma Kukuks Geheimnis ausgraben würde. Und das war eigentlich das Schlimmste an der ganzen Sache.

WALDPARKPLATZ

Wieder eine Nacht im Freien für Otto, wieder vergraben im Gebüsch, ausgestattet mit Feldstecher und einem verkrampften Nacken. Den Papierkorb, in dem er eine Plastiktüte voller Zeitungspapier deponiert hatte, ließ er nicht aus den Augen. Es lag Spannung in der Luft. Nicht nur wegen der bevorstehenden Festnahme, auch atmosphärisch schien die Luft wie elektrisch aufgeladen. Obwohl es dunkel war, wusste Otto, dass am Himmel über ihm die Wolken tief und bleiern hingen. Die Tiere im Gebüsch schienen erstarrt zu sein. Flora und Fauna erwarteten mit Hochspannung ein Gewitter.

Die wenigen Geräusche der Nacht wirkten in dieser windstillen Atmosphäre doppelt laut. Die Blätter in den Bäumen knisterten. Gelegentlich wühlte im Laub ein Käfer oder eine Maus huschte davon. Mehrmals hatte das Unterholz vielversprechend gewogt, doch es war nur eine Wildsau, vergeblich auf der Suche nach den breiten, wassergefüllten Matschspuren, die die Autos in den Parkplatz gruben, wenn es geregnet hatte. Dennoch konnte Otto sich nicht des Gefühls erwehren, dass er beobachtet wurde. Diese verdammte Nacht hatte Augen.

Um sich zu beruhigen, griff er nach einem Grashalm. Den Ruf eines Käuzchens wusste er perfekt zu imitieren. Es war das Zeichen, mit dem sie sich bei nächtlichen Manövern verständigt hatten. Die Tatsache, dass sich nach seinem Ruf nichts bewegte, sagte ihm, dass er es nicht verlernt hatte. Alles war erstarrt in Angst vor dem nächtlichen Jäger. Aber ruhiger wurde Otto trotzdem nicht. Er wünschte, er hätte Brenneisen mitgenommen. Als es endlich dämmerte, hatte sich immer noch niemand auf dem Parkplatz blicken lassen. War das Ganze ein Bluff? Es kam vor, dass Erpresser Angst vor ihrer eigenen Courage bekamen und glaubten, durch das Nicht-Abholen der Beute ließe sich die Straftat rückgängig machen. Oder war Otto zwischendurch eingenickt und hatte den Erpresser verpasst? Doch das Netz aus Grashalmen, das er unter seinem Kopf gespannt hatte, war noch intakt. Wäre er eingenickt, hätte sein sinkender Kopf die Halme zerrissen. Dennoch hätte Otto zur Sicherheit gerne den Papierkorb überprüft. Doch jetzt war es zu hell. Wenn der Erpresser in dieser Sekunde erschien, war die ganze Nachtwache umsonst gewesen. Otto spürte den Boden unter seinem Bauch vibrieren. Ein rhythmischer Takt, der bald durch das Rascheln von Schritten im Laub begleitet wurde. Ein Jogger kam vom unteren Zugang auf den Parkplatz, überquerte ihn und verschwand auf einem kleinen Waldpfad. An den Papierkorb hatte er keinen Blick verschwendet. Otto sah ihm nach, noch von Weitem hob sich die grellbunte Bekleidung gegen den Blätterwald ab.

Aus der Richtung des Joggers näherte sich nun wieder jemand. Ein Spaziergänger mit Hut und Hund. Otto richtete den Blick mit dem Feldstecher auf den Horizont, wo heute keine besonders gute Sicht war. Auch der Morgen hing voll tiefer bleigrauer Wolken. Otto rechnete mit einem Morgengewitter.

Plötzlich bemerkte er, dass der Fußgänger sich am Papierkorb zu schaffen machte. Jeder von Ottos Sinnen war mit einem Mal messerscharf gespannt. Scheiße. War das der Erpresser oder einfach nur ein Spaziergänger, der sich gerne in Mülleimern umsah? Er beschloss, dem Mann noch einige Sekunden zu geben, um Klarheit zu gewinnen. In diesem Moment teilte sich das Gebüsch an der gegenüberliegenden

Seite. Ottos Herz schoss in den Hals. Er erwartete eine Horde Wildschweine, die durchs Unterholz brach, und machte sich bereit zur Flucht. Aber es waren zwei Kerle mit geschorenen Köpfen und aufgepumpten Muskeln, die aus dem Gebüsch geradewegs auf den Spaziergänger zustürmten, ihn packten und zu Boden brachten.

Der Hund des Spaziergängers jaulte anklagend, hielt sich jedoch in gebührendem Abstand vom Geschehen. Otto erwartete eine Schlägerei, aber die beiden Kerle fixierten den Spaziergänger einfach nur am Boden, sodass er sich nicht rühren konnte. Otto forderte Verstärkung an, rief dann seine Nahkampftechniken ab und entsicherte seine Pistole. Dann erhob er sich, pirschte sich geräuschlos bis fast an den Papierkorb heran und sprang mit einem Satz aus dem Gebüsch. Die vorgehaltene Pistole und das »Halt, Polizei« lähmte das merkwürdige Trio auf der Stelle. Die beiden Pitbulls ließen sich ohne Gegenwehr mit Handschellen fesseln. Den Spaziergänger hielt Otto mit der Pistole in Schach. Aus dem Augenwinkel registrierte er, dass sich ein weiterer Spaziergänger vom unteren Weg genähert hatte, dann auf dem Absatz kehrtmachte und davonlief. Otto hoffte, dass nicht dies der wahre Täter war, während er sich hier mit Nebendarstellern aufhielt.

»Wir möchten diesen Mann anzeigen wegen Erpressung«, meldete sich einer der beiden Pitbulls zu Wort. Er hatte ein Kindergesicht, das auf den breitesten Schultern ruhte, die Otto je gesehen hatte. Der Mann, der eben noch am Boden gelegen hatte, rappelte sich auf und klopfte den Staub von seiner Kleidung, wobei sein Hund ihm aufmunternd zuwedelte.

»Was hatten Sie am Papierkorb zu suchen?«, fragte Otto.

»Ich hab nur mal geguckt, was da drin ist. Das wird doch noch erlaubt sein.« Seine Worte unterstrich er mit übertriebenen Unschuldsgrimassen.

»Und Sie?«, wandte sich Otto an die beiden Pitbulls.

»Wir sind hier, um einen Erpresser zu schnappen«, hechelte der eine, dem die Luft in seinem Muskelpanzer knapp zu werden schien.

»Ich nehme Sie alle drei fest wegen räuberischer Erpressung und Überfall«, unterbrach Otto, der nun die Verstärkung, die er vor dem Angriff bestellt hatte, in Form von zwei Polizeiwagen anrollen sah.

WAHLVERWANDTE

Als Otto mit seinem Fang im Präsidium eintraf, wartete der Himmel nicht mit Festbeleuchtung auf, sondern mit dunklen Wolken. Während die Verdächtigen in unterschiedlichen Vernehmungsräumen untergebracht wurden, ging Otto zunächst in sein Büro, wo er von Brenneisen angestrahlt wurde, als sei er eine taufrische Mohrrübe.

»Was ist denn mit Ihnen los?«, fragte er knurrig.

Brenneisen verschränkte die Hände hinter dem Kopf und lächelte stolz. »Der Ring ist ausgehoben.«

Otto nickte knapp. »Prima, dann unterstützen Sie mich jetzt bei der Vernehmung von zwei mutmaßlichen Erpressern.«

Brenneisen folgte ihm nach draußen. Als Otto die Tür zum ersten Vernehmungszimmer öffnete, schlug ihm ein Dunst nach Fitnessstudio entgegen. Ein Gemisch aus Schweiß, Deo und Anabolika. Noch bevor sich Brenneisen und Otto gesetzt hatten, begannen die beiden Verdächtigen, ihre Unschuld zu beteuern.

»Name!«, rief Otto dazwischen, nachdem er das Aufnahmegerät gestartet hatte. Die beiden stellten sich als Achim Janssen und Benno Kunz vor. Otto notierte ihre Personalien und kam dann direkt zur Sache.

»Was wissen Sie über den Mord?«

»Mord?«, riefen beide wie aus einem Mund. »Wir wollten nur den Erpresser stellen«, erklärte der mit dem Kindergesicht, der sich als Achim Janssen vorgestellt hatte. Benno Kunz, mit rotem Bürstenschnitt und blonden Wimpern, biss die Zähne so fest zusammen, dass man seine Kieferknochen mahlen sehen konnte. Otto ahnte bereits, um wen es sich bei dem Kindergesicht handelte, gab dies jedoch vorerst nicht zu erkennen.

»Was wissen Sie von der Erpressung?«

Der mit dem Kindergesicht starrte auf die Tischplatte. »Das können wir nicht sagen.«

Otto lehnte sich zurück und verschränkte die Arme. »Dann sind Sie in gewaltigen Schwierigkeiten.« Der Rotschopf starrte seinen Kompagnon an, der jedoch nicht reagierte.

»Wir wurden über die Erpressung informiert und wollten den Täter fassen«, wiederholte das Kindergesicht.

»Und was hatten Sie vor, mit dem Erpresser anzustellen?«, schaltete sich Brenneisen ein.

»Einkassieren und anzeigen«, erwiderte Janssen.

Plötzlich wurde Brenneisen unruhig. Er sah mehrmals vom Kindergesicht zu Otto und zurück. Otto antwortete mit einem fragenden Blick.

»Ich kenne Sie«, sagte Brenneisen schließlich zu Jannsen.

Der Angesprochene kräuselte spöttisch die Lippen. »Vielleicht von einer Razzia?«

Brenneisen beugte sich vor und musterte ihn. »Nein, von einem Foto.«

Er wandte sich an Otto. »Bei Adelheid Gärtner. Das ist eine der Damen, denen Kalinn vorgestellt wurde. Bei der es nach Lavendel roch.«

Otto nickte überrascht. »Ich erinnere mich.«

Brenneisen fuhr fort. »Sie erzählte mir, sie habe einen Schwiegersohn im Sicherheitsbereich, sind Sie das?«

Janssen nickte. »Ja, ich bin mit Adelheids Tochter verlobt.« Sein Blick wanderte unsicher von Brenneisen zu Otto und wieder zurück.

Brenneisens Stimme steigerte sich nun zur Erregung des Dackels vor dem Fuchsbau. »Sie haben den Mord begangen, im Auftrag Ihrer Schwiegermutter.«

Den beiden Schwergewichten sackten die Unterkiefer bis auf die Brust. Otto konnte sehen, wie dem Kindergesicht die Halsschlagader schwoll. »Das ist eine Lüge!«, schrie er.

Brenneisen wandte sich an Otto. »Kurz vor acht, am Abend des Mordes, ging ein Anruf von Lazlo Kalinn an Adelheid Gärtner. Wir können davon ausgehen, dass die beiden sich am selben Abend getroffen haben. Adelheid Gärtner wollte sich möglicherweise an Kalinn rächen. Da die Dame nicht mehr in der Lage ist, die Wohnung zu verlassen, haben Sie das übernommen.«

Janssen schaute drein wie ein Junge, dem man das Weihnachtsgeschenk vor den Augen zertrümmerte. »Ich habe niemanden umgebracht.«

Brenneisen fuhr fort, den Jungen mit provokanten Thesen zu bombardieren, doch Otto hob beschwichtigend die Hand. »Brenneisen, Brenneisen!« Er wiederholte den Namen so lange, bis der Kollege sein verbales Maschinengewehrfeuer einstellte. »Lassen Sie's gut sein. Das ist der Neffe der Kukuk.« Sofort war es im Raum mucksmäuschenstill. »Und für den Anruf an die Gärtner gibt es vermutlich eine einfache Erklärung.« Otto musste dabei ein Grinsen unterdrücken.

Dem Kindergesicht fiel die Kinnlade herunter. Der Rote ließ weiter ein vernehmliches Zähneknirschen hören, während seine Gesichtsfarbe verriet, dass er kurz vorm Implodieren war. »Warum haben Sie uns nicht gesagt, dass Sie mit Frau Kukuk verwandt sind?«, fragte Otto das Kindergesicht.

»Genau«, stimmte der Rote zu. Otto beugte sich so weit über den Tisch, dass ihn die Kante in den Brustkorb stach.

Janssen zuckte mit den Schultern. »Ich wollte sie da nicht reinziehen. Sie ist doch meine Tante.«

Plötzlich kam Otto noch eine andere Möglichkeit in den Sinn. »*Sie* haben sie erpresst!«, rief er in scharfem Ton, womit er sich einen Angriffsvorteil erhoffte.

Der Neffe sprang auf. »Das ist nicht wahr! Ich wollte ihr helfen. Sie ist mit dem Erpresserschreiben im Club aufgetaucht. Ich habe ihr angeboten, mich um die Angelegenheit zu kümmern. Deshalb waren wir auf dem Parkplatz.«

Otto sah den Jungen überrascht an. »Hat Frau Kukuk Sie denn nicht darüber informiert, dass sie die Polizei eingeschaltet hat?« Der Neffe schüttelte entgeistert den Kopf.

»Sie befindet sich derzeit in Haft und wird zu der ganzen Angelegenheit noch befragt. Wir müssen Sie so lange dabehalten, bis wir in der Sache Klarheit haben«, erklärte Otto, nickte Brenneisen zu und erhob sich.

»Jetzt gibt es nur ein Problem«, sagte Brenneisen, als sie wieder auf dem Gang standen.

Otto runzelte die Stirn. »Lösen Sie's«, murmelte er und marschierte in Richtung des zweiten Vernehmungsraumes.

»Wir haben keine Arrestzelle mehr frei!«, rief ihm Brenneisen hinterher.

Otto seufzte. »Jahrelang passiert gar nichts und dann alles auf einmal. Wir werden heute Nachmittag einige von Ihren Verdächtigen nach Weiterstadt verbringen. Dann haben wir hier wieder Platz.«

NEUES LICHT

Gemeinsam betraten sie den zweiten Vernehmungsraum, aus dem ihnen ein Geruch nach altem Fett entgegenschlug. Brenneisen wedelte sich Frischluft zu. Wenn das alles hier erledigt war, musste er Otto mal einen dezenten Hinweis in Sachen Körperpflege geben. Der Mann zeigte allmählich Tendenzen zur Verwahrlosung.

Als Brenneisen erkannte, wer in dem Raum saß, revidierte er sein Vorhaben sofort. »Was macht *der* denn hier?«, fragte er verwirrt.

Auf dem Vernehmungssessel saß der alte Kerl mit den grauen Bartstoppeln, auf dem Schoß sein schwarzkahler stinkender Hund, der zur Begrüßung mit dem Schwanz klopfte, als wäre Brenneisen ein alter Bekannter. Otto blickte ihn irritiert an.

»Sie kennen sich?«

»Ja, das ist Herr Pannager, Nachbar von Kalinn und der Zeuge, den ich nachträglich noch vernommen habe. Er hat die junge Dame an der Bushaltestelle gesehen. Sind Sie hier wegen dem Phantombild?«

Otto schüttelte den Kopf. »Der Mann wurde am Übergabeort gesehen und von den beiden mutmaßlichen Erpressern überwältigt.«

Es folgten Minuten, in denen Otto so demonstrativ nachdachte, dass es im Raum förmlich knisterte. Bis sich der Alte zu Wort meldete.

»Die Herren Kommissare, haben Sie mal 'nen Kaffee für mich? Mir is so blümerant zumute.« Das Gesagte unterstrich der Alte mit einem dramatischen Gesichtsausdruck und einem unbestimmten Wedeln seiner rechten Hand.

Brenneisen wollte aufstehen, doch Otto machte ihm ein Zeichen, sitzen zu bleiben. »Ich gehe selbst.«

»Blond und süß«, rief der Alte, als Otto aufstand. »Und für meinen Otto ein Wasser.«

Otto zögerte, dann begriff er, dass Pannager von seinem Hund sprach. Er verließ den Raum, machte einen Anruf von seinem Büro aus und kam mit zwei Bechern zurück. Den einen stellte er vor Pannager hin, den anderen auf den Boden. Der Hund sprang vom Schoß des Besitzers und stieß den Becher um. Er betrachtete wedelnd die heiße Pfütze und leckte sich die Schnauze, während sein Besitzer in das Wasser starrte, das sich in seinem Becher befand.

»Oh, Verzeihung«, sagte Otto mit einem Seitenblick auf Brenneisen. »Ich habe die Becher verwechselt.« Der Alte nippte angeekelt an seinem Wasser.

»Also erzählen Sie«, sagte Otto, nachdem er sich wieder gesetzt hatte.

Pannager musterte ihn mit runden, erstaunten Augen und wischte sich die Stirn.

»Ich wurde überfallen, das haben Sie doch gesehen.«

Otto beugte sich vor und setzte den brutalsten Ausdruck auf, den er drauf hatte.

»Ich spreche von dem Mord! Und der Erpressung!«

Der Alte wischte mit den Händen über seine Hose, auf dem braunen Stoff blieben feuchte Flecken zurück, schwieg aber beharrlich.

Otto zog den Erpresserbrief aus der Aktenmappe. »Ich habe gesehen, was du getan hast …«, las er laut vor. »Das haben *Sie* geschrieben. Was haben Sie gesehen?« Otto steigerte seine Stimme zu drohender Schärfe.

Der Alte hielt seinen Becher vor den Mund und zog die Mundwinkel nach unten. »Ich weiß net, was Sie meine«, erwiderte er.

»Oder sind Sie für den Mord verantwortlich?«, setzte Otto hinzu und griff nach der Akte des Zeugen. Brenneisen riss die Augen auf. Der Alte nahm einen Schluck und fletschte die Zähne. Sie waren aus Plastik und gelb marmoriert. Geistesabwesend kraulte er den Hund, der darauf reflexartig mit dem Klopfen seines Hinterbeins reagierte.

Otto, der langsam durch die Akte blätterte, wandte sich an Brenneisen. »Haben wir in dem Baumhaus nicht DNA-Spuren genommen und Taschentücher und Hundehaare gefunden?«

Brenneisen räusperte sich. »Ja, Chef, das Baumhaus.«

»Von dort hat man einen direkten Einblick in Kalinns Wohnung.« Otto warf die Akte auf seinen Schreibtisch. »Wir nehmen jetzt eine DNA-Probe von Ihnen und gleichen diese mit den Asservaten vom Baumhaus ab. Und am besten auch gleich mit Spuren vom Tatort …«

Der Alte verschüttete das Wasser über den Tisch und wischte mit seinem Ärmel nach. Sein Gesicht verzog er zu einem Zwischending zwischen Grinsen und Weinen. Die Falten bildeten Abflussrinnen für seinen Schweiß. »Ist ja gut«, sagte er.

Otto startete das Aufnahmegerät und der Zeuge begann zu reden. »Viel habe ich nicht gesehen. Ich kuck ja nicht die ganze Zeit in fremde Fenster, wenn ich im Baumhaus bin.« An einem schmatzenden Geräusch hörten sie, dass der Kaffee inzwischen kalt genug war, sodass der Hund ihn aufleckte. »Es war Sonntagabend. Der Kalinn hatte Besuch von einer Dame. Als ich ins Zimmer geguckt habe, lag er mit dem Kopf auf der Tischplatte. Dann ist die Frau hin und hat ihm das Sofakissen ins Gesicht gedrückt. Eine ganze Weile.«

»Wie sah die Frau aus?«

Pannager trank einen Schluck und überlegte. »Mittelgroß, Mantel, Kopftuch, sogar Handschuhe. Ich dachte erst, es wäre die Putzfrau, die unseren Hausflur sauber macht. Die ist zwar Türkin, aber trotzdem glaube ich, sie wars nicht.« Mit Kennermiene nahm er einen weiteren Schluck aus seinem Becher und sah die beiden befriedigt an.

»Sie haben die Frau nicht erkannt, aber Lore Kukuk einen Drohbrief geschrieben?«

Der Alte zuckte die Schultern, auf denen weiße Schuppen hafteten. »Dass es die Lavendelmörderin war, habe ich dann in der Zeitung gelesen.«

»Um wie viel Uhr genau haben Sie den Mord beobachtet?«

Der Alte runzelte die Stirn. »Halb zehn abends. Um zehn ist die Frau dann weg.«

»Wissen Sie das genau?«

»Ja, ich hab ja die Woche Spätschicht, da fang ich um 23 Uhr an. Ich hatte meinen Schaff, an dem Abend rechtzeitig zur Arbeit zu kommen. Ich musste ja im Baumhaus warten, bis des Biest verschwunden ist. Net, dass ich der auch noch zum Opfer fall.« Mitleid heischend sah er die beiden Kommissare an.

»Dann haben Sie die junge Frau an der Bushaltestelle auf dem Weg zur Arbeit gesehen?«

Der Alte senkte die Augen. »Genau.«

Otto stoppte das Aufnahmegerät und erhob sich. »Danke, das reicht uns. Ich muss Sie bitten, noch hierzubleiben, es geht um den DNA-Abgleich.«

Pannager nickte und klopfte mit dem Finger auf den Tisch. »Diesmal will ich aber einen Kaffee.« Otto machte Brenneisen ein Zeichen und verließ den Raum.

KATZENAUGEN

Edel saß am Zeichentisch und fertigte ein neues Kunstwerk an. Mit einem ihrer feinsten Dachshaarpinsel setzte sie feine Striche aufs Papier, bis sich die endlose Aneinanderreihung der Haare zu einem

Fell verdichtete und dieses schließlich die Form einer Katze annahm. Und zwar einer gestromten, die mochte Edel am liebsten. Viele Menschen bevorzugten schwarz-weiß gefleckte oder ein ganz schwarzes Mohrle, vielleicht mit einem weißen Fleck auf Brust oder Pfote. Aber Edel mochte sie am liebsten gestromt. Auf den ersten Blick wirkten diese Katzen gewöhnlich, aber wer sich genau mit ihnen beschäftigte, musste feststellen, dass jedes Fell so individuell war wie ein Fingerabdruck. Daher waren gestromte Katzen auch die größere künstlerische Herausforderung. Das Fell musste abwechslungsreich sein, aber in sich stimmig.

Immer wenn Edel eine gestromte malte, war es, als würde Stromerle wieder auferstehen. Stromerle, ihre geliebte Katze, die so grausam verendet war. Edel bewunderte Katzen. Die kraftvolle Geschmeidigkeit, mit der sie sich aus dem Stand mühelos in eine beliebige Höhe katapultierten. Die samtweichen Pfoten, die jeden noch so weiten Sprung weich auffingen. Die Anschmiegsamkeit, mit der sie ihre Gefährlichkeit maskierten. Die dreieckigen Gesichter mit den glühenden Augen. Edel setzte die Augen stets aus mehrfarbig funkelnden Pünktchen zusammen. Die Augen waren das Erfolgsgeheimnis von Edels Katzenmalerei.

Immer mehr verkaufte sie davon im Internet, inzwischen war es ein einträgliches Geschäft, aufgrund dessen sie den Aromaladen bald schließen konnte. Sie träumte von Ausstellungen in Galerien im Landkreis und darüber hinaus. Es war eine grausame Laune der Natur, dass Edel selbst seit dem Erwachsenenalter unter einer hartnäckigen Katzenallergie litt, die ihr die Anschaffung einer echten Katze unmöglich machte. Die unerfüllte Sehnsucht führte dazu, dass ihre Katzenporträts von außerordentlicher Lebendigkeit waren. Edel sah sich im Raum um. Überall Katzenbilder, die ihre Betrachter schlau anfunkelten, sich die Pfoten leckten oder zum Sprung ansetzten. Als Edel sich wieder ihrem Gemälde zuwandte, tränten ihr die Augen und sie fluchte leise. War sie jetzt schon allergisch gegen die Abbildungen der geliebten Tiere?

Das Telefon riss sie aus ihren trüben Gedanken.

»Edel?« Die Stimme am anderen Ende hatte auf Edel die Wirkung eines Stromschlags.

»Wo bist du?«, fragte Edel tonlos.

»Im Gefängnis. Hör zu, du musst mir einen Gefallen tun.«

Edel stieß ein blechernes Lachen aus. »Dir?«

»Ja.« Nach einem Luftholen fuhr Lore fort: »Ich brauche noch einige Kleidungsstücke und Sachen zum Übernachten im Präsidium.«

Edel schwieg.

»Edel?«, kam nach einer Weile vom anderen Ende.

»Du weißt, was ich dann von dir will.«

Nun war am anderen Ende Schweigen. Gefolgt von einem kleinlauten Ja.

»Klamotten gegen Unterschrift.«

»Ich weiß.« Lore zählte Edel die Kleidungsstücke auf. »Bitte bring die Sachen möglichst sofort, da heute Nachmittag das Präsidium für Besucher geschlossen ist.« Dann wurde das Gespräch beendet. Edel sah auf die Uhr. Es war elf. Je schneller, je lieber, dachte sie, verschloss die Farbtuben, reinigte die Pinsel, griff nach ihrer Handtasche und trat nach draußen. Ein schwerer stahlgrauer Himmel kündigte ein baldiges Gewitter an. Hoffentlich kam sie noch vor dem Regen nach Darmstadt. Oben auf der Burg war alles windstill und friedlich, sofern man nicht in den Himmel schaute. Kein Grashalm bewegte sich. Selbst die Vögel saßen stumm und bewegungslos in den Bäumen. Das hier würde bald alles ihr gehören. Edel betrat das Haus. Das Chaos, das Lore hinterlassen hatte, erinnerte sie daran, dass Lore gesagt hatte, sie habe ihre Tasche gepackt. Wofür brauchte sie noch mehr Sachen? Vielleicht musste sie länger einsitzen als geplant. Edel betrat die Küche. Wenn das alles erst mal ihr Eigentum war, kam alles raus, der ganze alte Mist. Edel hatte nie begriffen, wie Lore hier leben konnte zwischen Omas Schrott und dem Sisalteppich, auf dem der eigene Vater tot aufgefunden worden war. Na ja, Lore war eben nicht zimperlich.

Sie betrat Lores Schlafzimmer, öffnete den Kleiderschrank und legte wahllos einen Morgenmantel, Nachthemden, Büstenhalter und zwei Kleider aufs Bett. Hauptsache, die Tasche war gefüllt und Lore unterschrieb den Vertrag. Agnes hatte ihr versichert, dass der Vertrag zur Veräußerung des Grundstückes völlig ausreichte. Edel suchte Lores kleine Reisetasche, ohne sie zu finden. Scheinbar hatte sie sie doch mitgenommen. Merkwürdig. Edel griff nach einem kleinen Handkoffer, stopfte die Kleidungsstücke hinein und ging dann zum Auto. Unterwegs setzte ein leichter Sprühregen ein, der die Autoscheibe, die in den letzten Wochen nur mit Blütenpollen und Staub in Berührung gekommen war, verschmierte. Als Edel nach Darmstadt kam, setzten erste Blitze und Donner ein. Und als sie auf den Hof des Präsidiums fuhr, ging ein krachender Regenschauer nieder.

DONNERWETTER

Lore saß in ihrer Zelle und zählte. Zwischen Blitz und Donner passte kaum mehr eine Sekunde. Sie hoffte, dass die Kurfürsten daran gedacht hatten, einen Blitzableiter zu installieren, und wenn nicht diese, dann die Restauratoren des Schlosses. Die erste Nacht im Gefängnis hatte sie gut geschlafen, obwohl sie einen schweren Traum hatte. Ihr Vater lag wie damals tot in der Küche. Lore, auf dem Weg zum

Kälbchen, fand ihn dort. Statt wie damals einfach weiterzulaufen, war sie zum Vater hingegangen und hatte nach ihm gesehen. Er lebte noch und verlangte nach einem Glas Orangensaft. Sie brachte es ihm, und nachdem er getrunken hatte, konnte er wieder aufstehen. Er war wieder gesund. Am Leben. Als Lore aufwachte, war sie einige Sekunden lang erfüllt von diesem glücklichen Gedanken, bis die Realität sie wieder einholte.

Dann der Riesenschreck, als man sie heute Morgen aus der Zelle holte, um Edel anzurufen und zu bitten, ihr noch mehr Kleider zu bringen. Der sichere Beweis, dass sie für lange Zeit hierbleiben musste. Nie zuvor war Lore verzweifelter gewesen. Das Geräusch des Schließens, die Schritte, die sich entfernten, das war von jetzt an die Symphonie ihres Lebens. Lore warf sich aufs Bett und stieß ein lautes Stöhnen aus. Für eine Weile lauschte sie dem Donner und dem Regen und verlor sich dann in den Geräuschen.

Irgendwann später stand eine Polizistin neben Lore. Das Aufschließen musste vom Rauschen des Regens übertönt worden sein. Lore richtete sich traumverwirrt auf und hörte wie durch Watte die Polizistin sagen: »Mitkommen.« Lore erhob sich und strich ihre Kleidung glatt. Oben, in der Polizeistube, wurde sie von Edel erwartet. Unentschlossen standen sie einander gegenüber. Lore wollte nach dem Koffer greifen, doch Edel presste ihn mit warnendem Blick an sich. »Der Vertrag«, formte sie lautlos mit den Lippen. Lore dachte fieberhaft nach. Wie sollten sie das bloß hinbekommen?

Das Glück schien mit Edel zu sein, denn die Polizistin verließ von ganz allein das Zimmer. Im selben Moment knallte Edel den Vertrag auf den Tisch und deutete mit dem Finger auf das Unterschriftenfeld. »Los, beeil dich, oder dein Alibi ist futsch.« Lore zog einen Füller aus ihrer Kleidertasche und unterschrieb. Dabei bekleckste sie sich die Finger und das Papier. Edel funkelte sie wütend an, während sie die Schrift trocken pustete. Schon war die Polizistin wieder zurück. Sie griff nach dem Koffer, stellte ihn in eine Ecke und forderte die beiden auf, ihr zu folgen. Edel und Lore tauschten einen verwunderten Blick und setzten sich in Bewegung. Die Polizistin führte sie den Gang entlang, bis sie auf die Hofseite kamen. Sie kreuzten den Schlosshof und folgten einem weiteren Gang. Vor einem offenen Zimmer blieben sie stehen.

»Was soll das? Ich muss wieder nach Hause«, rief Edel ungeduldig. Lore warf einen neugierigen Blick in den kahlen Raum. Drinnen saß der Kommissar mit dem Bartschatten, daneben der junge Polizist. Lore konnte den Geruch von Quellwasser wahrnehmen. Aber da war noch ein hässlicher, schaler Geruch, der alles verdrängte und Lore schier überwältigte. Im selben Moment sprang der Dritte im Raum auf, ein alter, ungepflegter Kerl, und streckte seinen Finger aus. »Des isse!« Für Sekunden stand die Zeit still.

Und auch kein Laut war zu hören. Bis sich ein kahles Vieh erhob und direkt auf Lore zusprang. Der junge Kommissar war sofort auf den Beinen und mit zwei Schritten bei Lore.

»Nee, die anner!«, rief der Alte jetzt vorwurfsvoll und deutete auf den Gang. Hier stand Edel und versuchte, ihr Hosenbein aus den Fängen des kahlen Köters zu befreien. Otto war mit wenigen Schritten bei ihr, legte ihr die Handschellen an und befreite sie mit einem sanften Stupser von dem Hund, der sich nun vor Edel aufbaute und unentschlossen wedelte. Edel und Lore wurden in den kahlen Raum geführt, ein Vernehmungszimmer, wie Lore es aus Krimis kannte. Keine Fenster, ein Tisch, mehrere Stühle, auf dem Tisch einige leere Plastikbecher, eine Lampe und ein Apparat, der aussah wie aus Krieg der Sterne. Allem Anschein nach ein Aufnahmegerät aus dem letzten Jahrhundert. An keiner Wand befand sich jedoch der obligatorische Spiegel, der es anderen erlaubte, die Szene, selbst unbeobachtet, zu verfolgen. Darüber war sie fast enttäuscht.

»Das hier ist die Mörderin!«, brüllte Edel, die nur mit Mühe dazu gebracht werden konnte, sich zu setzen.

»Nein, die da«, brüllte der alte Kerl, der nun so aktiv war, wie man es ihm nicht zugetraut hätte.

»Jeder redet hier nur, wenn er gefragt wird«, befahl Otto im Kasernenton. Der junge Kommissar bediente das monströse Gerät auf dem Tisch. Der alte

Kerl saß Lore gegenüber und schnitt Grimassen, Lore bemühte sich, seinem Blick möglichst auszuweichen.

»Wen haben Sie am Sonntagabend bei Kalinn in der Wohnung gesehen?«, begann Otto das Verhör.

»Immer noch die da!«, rief der Alte und deutete auf Edel.

Die fuhr herum wie von der Tarantel gestochen. »Halt's Maul oder ich schneide dir die Zunge raus.«

Dem Beamten gelang es nur mit Mühe, sie zu bändigen.

Auf ein Nicken von Otto erhob sich Brenneisen und brachte den Alten mit seinem Hund nach draußen.

»Möchten Sie ein Geständnis ablegen?«, fragte Otto, an Edel gerichtet.

»Wegen diesem Zeugen?«, schrie Edel. »Der ist doch gekauft von der Mörderin. Hier sitzt sie, die Verbrecherin. Ich habe ihr ein Alibi gegeben. Es war falsch. Sie war Sonntagabend nicht bei mir.« Beim Sprechen sprühte sie Spucke.

»Du warst ja selbst nicht zu Hause!«, brüllte Lore und beugte sich vor. Dann wandte sie sich an den Kommissar. »Ich war bei ihr, aber sie war nicht zu Hause!«

Otto sah sie verständnislos an. »Das haben Sie aber bei der ersten Befragung anders ausgesagt.«

Lore senkte den Kopf. »Das war aus Solidarität.«

Edel schrie auf. »Solidarität! Dass ich nicht lache! Hier sitzt die Mörderin, Mööörderin!« Sie brüllte so laut, dass die Beamten auf dem Gang zusammenliefen, um besorgt nach dem Rechten zu sehen.

Otto schaltete sich mit ruhiger Stimme ein. »Lore Kukuk hat uns gesagt, dass Sie im Besitz der tödlichen Substanz waren.« Edels Gesicht vibrierte vor Aufregung. In diesem Moment wurde es Lore klar. Edel war verrückt. Besessen wie ihre Mutter. Ihrer beider Mutter, dachte sie bitter. Oder war auch das eine Lüge, eine Verblendung von Edel? Hatte sie sich das alles nur ausgedacht, war die Sache mit der Geschwisterschaft nur eine fixe Idee?

Wieder ergriff Otto das Wort. »Frau Walter, leugnen hat keinen Zweck. Sie wurden von einem Zeugen am Tatort gesehen, Frau Kukuk hat ausgesagt, dass Sie sich mit der Wirkung des Schopflavendelöls auskannten.«

»Dafür gibt es auch einen Zeugen«, unterbrach Lore. »Opa Weller.«

»Ha«, stieß Edel aus. »Der alte Bock. Der hat mich gefickt, als ich noch ein Kind war.« Lore und Otto tauschten einen erstaunten Blick. Lore tippte sich möglichst unauffällig an die Stirn. »Sie ist wahnsinnig«, formte sie mit den Lippen.

In Wirklichkeit fühlte sich Lore alles andere als souverän. Ihr war klar, wie prekär ihre Situation tatsächlich war. Im Grunde stand Aussage gegen Aussage. Weder Edel noch sie besaßen ein Alibi. Aber Lore hatte den Abend mit Kalinn verbracht. Sie beide kannten das Geheimnis des Schopflavendels. Aber bei Lore war das Fläschchen mit dem Öl gefunden worden. Und dieser Zeuge hatte zwar Edel identifiziert, aber selbst Lore war es klar, dass dieser Pannager nicht wirklich als zuverlässig einzuschätzen war. Es sah immer noch verdammt eng aus für Lore. Jetzt lag alles beim Kommissar. Sie sah zu ihm hinüber. Im trüben Licht des Vernehmungszimmers wirkten seine Augen stahlgrau und unerbittlich. Lore wischte sich den Schweiß von der Stirn.

»Frau Walter«, ergriff Otto das Wort. »Der Zeuge hat Sie identifiziert. Sie wussten, dass Kalinn spätestens gegen 20.30 Uhr zu Hause sein würde. Dort haben Sie ihn aufgesucht, ihm die Substanz verabreicht und ihn anschließend mit dem Sofakissen erstickt.«

Edel setzte ein arrogantes Gesicht auf. »Welchen Grund sollte ich haben, den Kerl umzubringen?«

Lore sah den Moment gekommen sich einzuschalten. »Sie will mich als Mörderin dastehen lassen, um sich mein Haus samt Grundstück anzueignen«, rief sie und blitzte Edel an. Lore betrachtete ihre Hände. Die Tintenspuren waren verschwunden. Also erwähnte sie die Unterschrift auf den Verträgen lieber nicht. Doch der Kommissar schien ohnehin nicht mehr zuzuhören. Er drückte an dem Monstrum von Aufnahmegerät herum.

»Tut mir leid, die Batterie ist leer, ich hole schnell eine neue.« Mit diesen Worten stand er auf und verließ den Raum. Edel sah ihm höhnisch nach.

»Pah, Polizei, bei denen funktioniert ja gar nichts. Noch nicht mal der Alkoholtest.«

Eine Weile saßen sie sich schweigend gegenüber. Hier sitzen wir also, dachte Lore. Das Burgfräulein und sie selbst, Lore, die sich immer als ihr Schattenkind gefühlt hatte. Dabei war Edel das Schattenkind. Und das brachte Lore zu einer neuen Erkenntnis, die sie bisher mit sich herumgetragen, aber stets verdrängt hatte. Bisher hatten sich alle immer nur auf Lazlo konzentriert. Doch was war mit den anderen Toten? Die Kukuksmorde reichten weit in die Vergangenheit. Lore spürte tief im Inneren ein Beben, das stärker und stärker wurde und sich schließlich in einem unkontrollierten Zittern Bahn brach. Lores Knie, Ellenbogen und Hände bebten. Selbst ihre Lippen waren kaum zu kontrollieren, als sie sagte: »*Du* hast sie alle umgebracht.«

Edel musterte sie zunächst mit Argwohn, dann stahl sich ein triumphierendes Blitzen in ihre Augen. »Ich dachte schon, du kommst nie darauf«, flüsterte sie.

Lores Herz pumpte bis zum Hals und bis in die Knie. Im Grunde bestand sie aus nichts anderem mehr als einem wilden, anklagenden pochenden Herzen.

»Warum?«, keuchte sie. »Warum mussten sie alle sterben?«

Edels Augen verengten sich, was ihr Gesicht in eine diabolische Fratze verwandelte. Im Gegensatz dazu faltete sie fromm ihre Hände über der Handtasche, und als sie zu reden begann, klang ihre Stimme wie aus einem tiefen Schacht.

»Damit du lerntest, wie es ist, ohne Eltern aufzuwachsen. So wie ich. Ohne Liebe und ohne Besitz.« Den Satz beendete sie mit einem harten, irren Lachen. Lore blickte zur Tür. Wann kam nur der Kommissar zurück?

Edel fuhr fort. »Unser Vater musste sterben, weil er mich verlassen hat. Mutter und Papas neue Frau haben auch ihre Dosis abbekommen. Aber bei ihnen hat der Lavendel nicht funktioniert, leider. Also musste ich herausfinden, wem das Öl schadet und wem nicht.«

Sie ist besessen, dachte Lore wieder. Verblendet vom Hass.

»Die zwei Männer aus dem Gesangsverein waren ein Test.« Edel kicherte. »Sie haben ihn nicht überlebt. Sie waren Diabetiker. Da wusste ich Bescheid. Dann war Ronni an der Reihe. Er war drauf und dran, sich in meinem Haus einzunisten. Weg damit.« Mit einem Handwedeln unterstrich Edel das Gesagte. Lore musterte sie voller Abscheu. Das Burgfräulein, das nicht mehr in dieser Welt zu Hause war.

»Und Benjamin?«

Wieder stieß Edel ihr irres Lachen aus. »Der kleine Fresssack hatte es nicht besser verdient. Außerdem, vielleicht wäre er später auf die Idee gekommen, uns Omas Erbe streitig zu machen. Lore sah alles um sich herum verschwimmen.

»Warum hasst du mich so?«, begehrte sie auf.

Edel lächelte milde. »Ich hasse dich nicht. Nicht mehr. Damals, als du meine Katze vergiftet hast, da habe ich dich gehasst. Als Oma dich immer vorgezogen hat, während ich mich um unsere irre Mutter kümmern musste, da auch. Jetzt fühle ich keinen Hass mehr. Ich will nur, was mir zusteht.« Sie schlug die Beine übereinander und klopfte auf ihre Handtasche. »Und das habe ich.«

Lore glaubte, sie sei am Ende, doch Edel setzte wieder ihr teuflisches Grinsen auf und fuhr fort: »Die Idee, Lazlo auf dich anzusetzen, kam auch von mir. Agnes wollte ihn loswerden. Ich sagte, überlass mir das. Was sie auch tat. Sie dachte, es gehe um eine Art von Erpressung, wegen der Scheinehen. Aber ich hatte was Besseres für Lazlo vorgesehen. Einen süßen kleinen Tod. Ein paar Tropfen in seinen Tee, da fiel er schon in Ohnmacht. Es war geradezu beleidigend simpel. Ein plötzlicher Mannstod. Der Geruch nach Lavendel. Fertig ist der Kukuksmord. Und du bist die Hauptverdächtige. Und ich die Hausbesitzerin.« Wieder klopfte sie auf ihre Tasche. »Danke, Liebes.« Sie beugte sich vor, wie um Lore zu küssen. Lore glaubte, sie müsse erbrechen und drehte sich zur Seite. Plötzlich schien Edel wieder voll bei Verstand zu sein. »Und sie haben nichts gegen mich in der Hand. Hörst du? Alles, was sie haben, sind deine Fingerabdrücke und deine Spuren in Lazlos Wohnung. Glaub mir, davon gibt es genug. Dafür habe ich gesorgt.«

Lore fühlte nichts als trübe Hoffnungslosigkeit. Plötzlich war der Kommissar wieder im Raum, was jäh die Lebensgeister in ihr wiedererweckte.

»Du hast mein Leben zerstört!«, heulte sie und stürzte sich auf Edel.

Die verteidigte sich sanft lächelnd, und als der Kommissar die beiden getrennt hatte, zog sie ihr Kostüm glatt und wirkte dabei völlig zurechnungsfähig. »Herr Kommissar, ich möchte eine Aussage machen.« Wie schaffte sie es, so normal zu klingen? Der Kommissar setzte sich aufrecht und aufmerksam ihr gegenüber an den Tisch.

»Ich habe Lore Kukuk ein Alibi gegeben, im Gegenzug hat sie mir ihr Haus und ihr Grundstück vermacht. Den Beweis habe ich hier vorliegen.« Mit einer eleganten Geste ließ sie den Vertrag auf den Tisch gleiten. Sie wirkte vollkommen glücklich über diesen letzten geschickten Schachzug. Lore stockte der Atem, mit rasendem Puls verfolgte sie, wie der Kommissar durch den Vertrag blätterte.

»Ich sehe keine Unterschrift.« Ratlos blickte er von Edel zu Lore und zurück.

Edel riss ihm die Papiere so heftig aus der Hand, dass das erste Blatt in der Mitte entzweigerissen wurde. Mit wutverzerrtem Gesicht starrte sie auf die leeren Zeilen.

Lore wusste nicht, ob es Edels Gesicht war oder ihre eigene ausweglose Lage. Doch nun konnte sie nicht mehr an sich halten. Aus ihren Augenwinkeln spritzten Tränen. Ihr Prusten verwandelte sich in ein krampfartiges hysterisches Lachen. Und auch wenn sie wusste, dass dieser Ausbruch sie nicht gerade glaubwürdig machte, konnte sie ihn nicht verhindern. Je verständnisloser die beiden sie anstarrten, desto mehr wurde Lore von einer zwanghaften Heiterkeit geschüttelt. »Die Zaubertinte!«, quetschte sie zwischen zwei Lachkrämpfen heraus. »Erinnerst du dich nicht mehr?« Langsam ließ der Krampf nach, aber Lores Stimme bebte immer noch. Sie wischte sich die Tränen aus den Augenwinkeln.

Plötzlich schien sich alles um sie herum zu drehen, nur verschwommen nahm Lore wahr, dass Otto Edel nach draußen führte. Vermutlich in die Freiheit, während dieser Raum sicherlich das Letzte war, was Lore außer Gefängnis in den nächsten Jahren zu sehen bekommen würde. Ihr war, als säße sie Stunden auf diesem Platz, bis der Kommissar zurückkehrte.

Als er das Vernehmungszimmer betrat, ließ Lore den Kopf auf die Tischplatte sinken und weinte hemmungslos. Es hieß, kurz vor dem Tod lief das Leben wie ein Film vor den Augen ab. Das bedeutete, dass ihr Tod kurz bevorstand. Denn genau das geschah in diesem Moment. Dazu formten ihre Lippen die endlose Geschichte ihres Lebens, um zu erklären, was nicht zu erklären war. Irgendwann spürte sie die Hand Ottos auf ihrer Schulter. »Frau Kukuk. Keine Sorge. Wir haben das Geständnis von Edeltraut Walter auf Band.«

Lore hob den Kopf, bleiern und langsam. Der Kommissar nickte. »Ich wusste schon seit einer Weile, dass Frau Walter die Täterin ist. Nachdem die Beweislage immer noch sehr dünn war, habe ich mir erlaubt, den Trick mit der Batterie anzuwenden. Das Aufnahmegerät lief die ganze Zeit über. Wir haben die Aussage gerade abgehört. Das haben Sie gut gemacht.«

Lore wischte sich das Gesicht ab. Ein Lächeln gelang ihr noch nicht.

»Woher wussten Sie, dass Edel bei mir auspacken wird?« Otto schürzte die Lippen. »Instinkt. Serienmörder sind in den allermeisten Fällen Narzissten. Im Grunde leiden sie darunter, dass sie der Welt nicht mitteilen können, wie genial sie sind. Sie wollen Anerkennung für das, was sie getan haben. Man muss ihnen nur die Gelegenheit dazu geben.« Lore dachte nach. Wie einsam Edel all die Jahre gewesen sein musste, mit ihrem Wissen und ihrer Schuld. Dann riss sie sich zusammen. Edel hatte alles verdient, nur kein Mitleid.

»Und seit wann sind Sie überzeugt von meiner Unschuld?«

Er lächelte. »Im Grunde von Anfang an.«

Lore runzelte die Stirn. »Auch, als Sie den Schopflavendel bei mir fanden?«

Er lächelte. »Auch als Sie mich wegen des Alibis beschwindelt haben.«

Lore wurde erst rot bis in die Ohrläppchen, doch dann schlug ihre Stimmung um und sie machte sich stramm. »Warum haben Sie mich eingesperrt?«

»Zu Ihrer Sicherheit. Ich wusste sehr bald, dass Edeltraut Walter zu allem fähig ist. In der Ausnüchterungszelle waren Sie am sichersten.«

Lore erforschte sein Gesicht. »Und wieso haben Sie mich nicht für schuldig gehalten?«

Er lächelte. »Analyse der Faktenlage.«

Plötzlich stand der junge Polizist in der Tür, ihm voraus ging der Duft frischen Quellwassers. »Was machen wir mit den inhaftierten Erpressern Achim Janssen und Benno Kunz?«

Lore schlug die Hand vor den Mund. »Du lieber Himmel, Sie haben meinen Neffen in Gewahrsam? Der hat mit der Sache nichts zu tun. Das kann ich bezeugen. Ich muss ihn sofort sehen.«

Otto nickte bedauernd. »Tut mir leid, das muss noch warten. Ich brauche Sie jetzt in der Gerichtsmedizin.« Dann wandte er sich an Brenneisen. »Entlassen Sie die beiden.«

Lore folgte Otto nach draußen. Der Kommissar mit dem Bartschatten. Warum hatte sie je an ihm gezweifelt? Sein Plan war minutiös aufgegangen, hatte sogar Edels Gift neutralisiert. Vorsicht, ermahnte sie sich. Jetzt bloß nicht zutraulich werden. Immerhin war da noch Omas Geheimnis. Auf dem Flur berührte Otto ihren Arm, um die Richtung anzugeben. Lore wurde wie von einem Blitz getroffen. Kurz darauf folgte ein Donner, der die Scheiben auf dem Gang vibrieren ließ. Das Gewitter war immer noch in vollem Gange. Regen prasselte auf den Schlosshof.

ZUCKERKRISTALL

In der Gerichtsmedizin trafen sie auf Dr. Helm, einen Mann, an dem alles lang und dünn war: Die Finger, der Hals, die Nase, selbst der Kopf glich eher einer Gurke als einer Kugel. »Sie sind auf bestem Weg, in mein persönliches Kuriositätenkabinett einzugehen«, begrüßte er sie. »Gehen wir in mein Büro«, schlug er vor und wies mit der Hand die Richtung. Lore sah sich neugierig um. Rechts und links befanden sich Türen zu geheimnisvollen Sälen. Sie fragte sich, ob sich dahinter die Schubfächer mit den Toten befanden, die mit dem Schild am Zeh. Doch sie wagte nicht zu fragen, außerdem war es hier nicht kalt genug, um Leichen aufzubewahren. Helm führte die beiden in ein Büro, das bis an die Decke mit Akten bestückt war. Aus einem mittleren Regal zog er einen Ordner und schlug ihn auf. Wieder ein Donnerschlag, der die Scheiben klirren ließ.

»Dies sind die Untersuchungsergebnisse der Substanz, die laut Ihrer Aussage«, Helm sah von Otto zu Lore und wieder zurück, »die Tatwaffe darstellen. Lavendelöl.«

»Schopflavendel!«, berichtige Lore und erntete dafür ein Schmunzeln der Stabheuschrecke.

»Korrekt. Die Analyse zeigt die Bestandteile Linalylacetat, Lilanool, Kampfer und einen hohen Anteil einer unbekannten Glykosidverbindung.«

»Was ist das?«, fragte Otto, der neben Lore Platz genommen hatte, die Hand auf ihrer Stuhllehne, fast auf ihrer Schulter.

»Glykoside sind Zuckerverbindungen, die in fast allen Pflanzen vorkommen. Hört sich harmlos an, kann aber auch sehr bösartig sein. Die cyanogenen Glykoside zum Beispiel spalten im Körper Blausäure ab und führen zu einem sehr unangenehmen Tod. Genauso wie die Herzglykoside, die zum Beispiel im Fingerhut vorkommen. Nur eine winzige Menge reicht aus, Ihnen einen hübschen, kleinen Herzinfarkt zu bescheren.« Er schnippte mit den Fingern, als könne er allein dadurch ein Herz zum Stillstand bringen. Bei Lore gelang es ihm fast.

»Beide Glykosidarten sind jedoch gut erforscht und lassen sich bei Verdacht leicht nachweisen. Nichts davon haben wir im Blut des Toten gefunden. Die Glykosidverbindung dieses Öls scheint auf den ersten Blick harmlos. Gelangt sie allerdings ins Blut, findet eine rasante Kettenreaktion statt, die massenhaft Zuckermoleküle freisetzt. Der Blutzuckerspiegel steigt sprungartig an. Gesunde Menschen schütten sofort eine entsprechende Menge Insulin aus. Damit ist für sie der Käse, vielmehr der Zucker, gegessen. Bei Diabetikern steigt aber der Blutzuckerspiegel schneller, als der Diabetiker spritzen kann. Er fällt ins Koma. Oder ist zumindest sehr benebelt. Allerdings nicht zwangsläufig mit schneller Todesfolge. In der Regel dauert es eine Weile, bis die Organe versagen. Wir vermuten, dass in allen Fällen, wie bei Lazlo Kalinn auch, nachgeholfen wurde.«

»Sie meinen, erstickt?«, fragte Otto.

Helm nickte. »Da reicht es schon, Mund und Nase zuzuhalten. Nimmt man hierfür eine weiche Bedeckung wie etwa ein Kissen und leistet das Opfer keine Gegenwehr, weil es bereits ohnmächtig ist, treten kaum petechiale Blutungen auf, wie sonst beim Ersticken. Das heißt, es fehlt jeder Hinweis auf Mord.«

»Und für den Arzt sieht es aus, als sei es ein ganz normaler Zuckerschock?«

»Der Arzt wird Herz- oder Kreislaufversagen feststellen.«

Lore runzelte die Stirn. »Dorfapotheker Weller sagte, ein natürlicher Wirkstoff könnte keine so intensive Reaktion hervorrufen.«

Die Stabheuschrecke nickte langsam und bedächtig. »Hier handelt es sich um eine bisher unbekannte, besonders aggressive Glykosidverbindung. Möglicherweise entstanden durch einen besonderen Boden, auf dem die Pflanze gewachsen ist.«

Lore musste schlucken. »Achte auf den Lavendel.« Waren Omas Worte ein Hinweis auf die gefährliche Pflanze und möglicherweise gar nicht auf das, was darunter begraben lag? Ihre Gedanken spielten Pingpong.

»In jedem Fall haben Sie der Wissenschaft einen echten Dienst erwiesen«, sagte Helm. »Wir verdanken Ihnen die Entdeckung eines neuen, bisher unbekannten Glykosids. Wenn Sie möchten, benennen wir es nach Ihnen: Kukuksglykosid.«

Lore hob abwehrend die Hände. »Bloß nicht. Mit Dingen, die nach mir benannt sind, habe ich keine guten Erfahrungen gemacht.«

Helm setzte sich auf seinen Schreibtisch. »Otto, jetzt bin ich aber doch neugierig, wie Sie den Fall gelöst haben. Immerhin war für die Dame«, er deutete auf Lore, »die Beweislage erdrückend.«

Otto war das sichtlich unangenehm. Er nahm den Arm von Lores Lehne, was wiederum ihr unangenehm war.

»Misstrauisch war ich von Anfang an durch das Alibi. Eine Frau, die in einem Duftgarten lebt wie Sie«, er lächelte Lore an, »geht bei Kopfschmerzen nicht in ein Aroma-Studio. Ich hatte gleich den Verdacht, dass das Alibi eine Erfindung der Walter war.«

Lore musste lächeln. »Stimmt, ich betrete das Studio nur ungern.« Gleich darauf schämte sie sich, dass der Kommissar ihren Schwindel von Anfang an durchschaut hatte.

Otto fuhr fort. »Später in einer Befragung sprach die Walter dann von einer kaputten Rohrschelle in Frau Kukuks Haus. Wir wissen ja, dass Lore Kukuk Kalinn kennenlernte, weil er ihren Rohrbruch reparierte. Alle Beteiligten sprachen auch immer nur ganz allgemein von einem Rohrbruch. Doch Frau Walter nannte konkret eine kaputte Rohrschelle. Das heißt, sie wusste mehr darüber. Ich habe das überprüft, als ich in Ihrem Keller war.« Beim Gedanken an den Keller bekam Lore das Frösteln. »Es war tatsächlich eine neue Rohrschelle eingesetzt«, fuhr Otto fort.

Lores Herz begann heftig zu schlagen. »Ja, ich erinnere mich. Edel war bei mir, als es passierte. Kurz vorher hat sie aus dem Keller eine Flasche Wein geholt. Sie hat den Schaden verursacht.«

Otto nickte. »Und sich mit ihrer Ausdrucksweise verraten. Die Walter hat das zusammen mit der Rosebrok ausgeheckt. Um von ihr abzulenken, nannte sie Gisela Beck, als ich sie fragte, von wem sie Kallins Nummer hatte. Sie sollten mit Kalinn bekannt werden, dann sollte dieser sterben und Sie waren als Hauptverdächtige erpressbar.«

»Damit Edel das wertvolle Grundstück bekam«, ergänzte Lore.

»Wie kam die Walter an das Öl?«, fragte Helm.

»Es stammt noch von meiner Großmutter«, gab Lore beklommen zu. Sie beschrieb die Wirkung als Erkältungsmittel und schilderte Helm, wie Edel das Mittel an den anderen Opfern getestet hatte.

»Unfassbar«, sagte Helm kopfschüttelnd.

»Das Öl hatte die Walter bei Frau Kukuk deponiert und vorher mit ihren Fingerabdrücken präpariert«, fuhr Otto fort.

»Da wurde die Beweislage eng«, ergänzte Helm.

»Ich habe das Ding nie angefasst!«, rief Lore. »Wie kamen die Fingerabdrücke auf die Flasche?«

Otto blies seine nicht vorhandenen Haare aus der Stirn. »Das Ganze war zu vordergründig. Sie hatten die Fingerabdrücke auf dem Handy des Opfers beseitigt. Warum sollten Sie auf der verräterischen Flasche welche hinterlassen?« Otto strich sich über die Stirn. »Dann fiel mir der Fall Schickeneder wieder ein, erinnern Sie sich, Helm?«

Der Angesprochene nickte und hob seinen Finger ans Kinn. »Stimmt, der hat die Fingerabdrücke seiner Frau auf das Tatmesser übertragen.«

Otto nickte. »Mit Tesafilm. So ist sicher auch die Walter vorgegangen. Sie hat die Fingerabdrücke auf der Flasche manipuliert, genau wie in der Wohnung des Opfers. Sie selbst trug laut dem Zeugen Kopftuch und Handschuhe, hat so mit Sicherheit keine allzu deutlichen Spuren hinterlassen, dagegen zweifellos Haare oder Hautschuppen von Frau Kukuk beim Opfer platziert.«

»Ja!«, rief Lore. »Das hat sie mir selbst gesagt! Und in letzter Zeit hatte sie die Angewohnheit, immer an mir herumzuzupfen. Sie hat das Zeug gesammelt, um den Verdacht auf mich zu lenken.«

Otto nickte ihr anerkennend zu. »Gut beobachtet. Dann tauchte glücklicherweise der Erpresser auf.« Helm und Lore tauschten einen erstaunten Blick. »Aus seinem Brief ging hervor, dass er die Täterin beobachtet hatte, also musste ich nur eine Gegenüberstellung organisieren.«

Lore sah ihn mit großen Augen an. »Das war

der Grund, warum ich Edel ins Präsidium bestellen sollte?«

Otto lächelte diebisch. »Natürlich.«

Lore schüttelte den Kopf. »Als der Kerl auf mich zustürmte, dachte ich, jetzt ist es aus.«

»Aber warum schickte der Erpresser Frau Kukuk einen Drohbrief, wenn er doch die Walter gesehen hat?«, unterbrach Helm. Otto wollte gerade erklären, da wurde er vom Fragesteller unterbrochen. »Warten Sie, Kollege. Ich weiß es selbst. Er ist durch die Zeitung auf die Kukuk aufmerksam geworden. Darin war nie ein Bild von ihr zu sehen, also hat er sie einfach auf gut Glück angeschrieben.« Otto und Lore nickten synchron.

»Nicht zuletzt«, fuhr Otto fort, »war mir klar, wenn Frau Kukuk von ihrer Großmutter alles über Pflanzen gelernt hatte, dann Frau Walter genauso, da diese offensichtlich zusammen aufwuchsen.«

Helm grinste. »Genial, unser Otto. Und nebenher noch einen Scheinehe-Ring ausgehoben.«

Otto hob beschwichtigend die Hände. »Das war Brenneisen.«

Lore stieß einen erleichterten Seufzer aus. »Zwischendurch habe ich meinen eigenen Neffen verdächtigt, von dem ich dachte, dass er Adelheid Gärtner rächen will.«

Otto nickte zustimmend. »Diese Spur haben wir auch kurzfristig verfolgt, nachdem wir feststellten, dass Adelheid Gärtner von Kalinn als Scheinehe-Partnerin angeworben werden sollte. Dann hat Kalinn sie noch kurz vor seinem Tod angerufen. Um 19.44 Uhr.« Er wandte sich an Lore, deren Gesicht sich nun weit bis über die Ohrmuscheln rot färbte. Hätte sie keine Haare besessen, könnte jeder ihre flammende Kopfhaut sehen.

»Das war ich«, gab sie kleinlaut zu. »Das Handy lag im Auto so vor mir, ich war einfach neugierig. Da habe ich ein bisschen daran herumgespielt und dabei aus Versehen eine Nummer gewählt. Aber nur ganz kurz.«

Otto grinste. »So etwas hatte ich schon vermutet.«

»Danke für die tolle Lektion«, rief Helm und tippte auf seine Uhr. »Ich muss los, damit ich von diesem herrlichen Samstag«, er blickte hinaus in den Regen, »noch etwas habe.

»Eine Bitte habe ich noch«, sagte Lore, als er ihr die Hand gab. Beide Männer sahen sie erwartungsvoll an. »Es geht um Edel. Sie behauptet, meine Schwester zu sein. Kann man das nachprüfen? Hier ist ein Haar von ihr.« Verlegen legte sie es auf den Tisch.

Helm grinste. »Kein schöner Gedanke, was?«

»Wir machen einen DNA-Abgleich«, sagte er und steckte das Haar in einen Beutel. »Ihr Material haben wir ja bereits.« Er nickte Otto zu.

»Was passiert jetzt mit Edel?«, fragte Lore, als sie mit quietschenden Sohlen neben dem Kommissar den Gang entlanglief.

»Sie wird lebenslang einsitzen«, gab dieser zurück.

»Die Morde von früher und die Sache mit Kalinn.« Otto brachte sie zum Ausgang. Unter dem steinernen Torbogen blieb Lore unschlüssig stehen. Der Himmel war schwarz und schickte Regen wie aus einer Breitbanddusche herunter.

»Kann ich Sie nach Hause fahren?«, schlug Otto vor.

Lore schüttelte den Kopf. »Ich bleibe heute bei einer Verwandten in Darmstadt. Es sind nur ein paar Schritte zu Fuß.«

Der Bartschatten des Kommissars schien sich zu verfinstern.

»Wiedersehen, Kommissar«, sagte Lore, drückte seine Hand und trat hinaus in den Regen. Im Blitzlicht rannte sie um die Ecke bis zur Schlosshaltestelle. Völlig durchnässt setzte sie sich in eines der Wartehäuschen. Als der Regen zwei Stunden später nachließ, ging sie zum Mathildenplatz, wo die Busse Richtung Dieburg abfuhren. Sie sah das Gewitter abziehen, ein neues aufziehen und wieder abziehen. Als die Sonne herauskam, roch es nach Gras und dampfendem Asphalt. Endlich bog der Bus um die Ecke. Lore stieg ein und bezahlte beim Fahrer. »Einmal Hering.« Das Wasser tropfte neben die Münzen auf dem Zahlteller. Lore setzte sich auf einen der hinteren Plätze und ließ die Landschaft vorüberziehen.

FAIR TRADE

Brenneisen schwang sich auf sein Fahrrad und überquerte den Luisenplatz. Es war früher Abend, der erste seit den großen Festsetzungen, an dem er noch vor den Ladenschlusszeiten das Revier verlassen konnte. Für die vorbildliche Durchführung des Sondereinsatzes war er gleich zwei Karrierestufen nach oben befördert worden. Man hatte ihm sogar einen Posten beim LKA angeboten. Er hatte abgelehnt. So kritisch er Otto zu Beginn seiner Tätigkeit gegenübergestanden hatte, so sehr respektierte er ihn jetzt. Mit seiner unaufgeregten Art und den eigenwilligen Ermittlungsmethoden hatte er Brenneisen nicht nur eine gehörige Blamage erspart, sondern ihm auch ermöglicht, den Fall mit Bravour zu lösen. Und Otto selbst hatte die Serie der Kukuksmorde mit untrüglichem Gespür aufgeklärt. Doch Dankbarkeit war nicht der Grund, warum Brenneisen sich entschieden hatte, einer großen Zukunft beim LKA zu entsagen, um an der Seite von Otto weiterzuermitteln. Er hatte einfach das Gefühl, dass er von dem Kerl, kantig wie er war, noch viel lernen konnte.

Diesen Abend wollte er jedoch einfach nur genießen. Der Tristesse der leeren Wohnung entfliehen, einkaufen, mal wieder richtig gesunde Sachen, und ein schönes Abendbrot zubereiten. Er schloss sein

Fahrrad vor dem Alnatura-Laden ab und betrat das Bio-Geschäft. Wie immer überkam ihn ein wohliges Gefühl, als er den Laden betrat. Es roch auf angenehme Weise gesund, und wo man hinlangte, bekam man nachhaltig hergestellte, fair gehandelte Ware. Das Personal war freundlich, die Warenpräsentation ansprechend. Er füllte sich eine Papiertüte mit Kohlrabi, Karotten, Tomaten, Staudensellerie und wählte drei Sorten Sommersalate aus. Vor Saisonschluss hieß es noch einmal tüchtig zulangen. Treibhaussalate aß er grundsätzlich nicht, im Winter standen bei ihm als Vitaminspender rohes Gemüse und Kohlsorten auf dem Speiseplan. Brenneisen hatte keine Einkaufstasche mitgebracht, wollte aber auch keine sperrige Papiertüte kaufen, so stopfte er seinen Einkauf in die Plastikbeutel, die es beim Gemüse gratis gab. Er zahlte und verließ den Laden. Draußen musste er feststellen, dass die Tüten gar keine Henkel besaßen. Also bohrte er mit dem Daumen Löcher in das Plastik und hängte jeweils an den rechten und linken Lenker eine prallvolle Tüte. Das Fahrrad schob er zur Sicherheit.

Seitdem Sandra nicht mehr daheim wohnte, konnte er ohne schlechtes Gewissen vegan leben. Er hatte ganz vergessen, wie das war. Sich nicht rechtfertigen müssen, keinen Spott mehr ertragen über das, was auf seinem Teller landete. Vermutlich saß sie jetzt bei ihrem Konditormeister auf der Terrasse und sie verspeisten gemeinsam die sahnehaltigen Reste des Tages.

Brenneisen war das gleichgültig. Nicht er würde dabei zusehen müssen, wie Sandra immer fetter wurde, nicht er würde sie später zu mehr Bewegung prügeln, immer die Cholesterinwerte im Auge behalten müssen. Oder sie versorgen müssen nach ihrem ersten Schlaganfall. Brenneisen ging die Rheinstraße hinauf, die Menschen, die ihm entgegenkamen, befanden sich auf dem Heimweg, manche bummelten, andere erledigten mit gehetzten Gesichtern Feierabendeinkäufe. Eine träge, friedliche Masse, deren Hauptansinnen es war, für den Abend, die nächste Woche oder den bevorstehenden Winter vorzusorgen. Doch auf der Polizeischule hatte er gelernt, dass hinter jeder Fassade verborgene Leidenschaften lauerten, die sich bei entsprechender Zuspitzung den Weg nach draußen bahnten und mit ungeheuerlicher Gewalt manifestierten. Alles nur eine Frage der Rahmenbedingungen und der Ausprägung der Hemmschwelle. Jeder Mensch konnte zum Täter werden. Brenneisen musterte die Entgegenkommenden und versuchte, mögliche Anzeichen zu entdecken. Das wäre es. Dem Verbrechen vorbeugen, sodass es erst gar nicht entstehen konnte. Insgeheim fantasierte er von einem Spezialkommando unter seiner Führung.

Er überquerte den Marktplatz, wobei das Fahrrad über die unebenen Pflastersteine holperte. Die Kette schlug gegen das Schutzblech. Brenneisen befürchtete, dass die labilen Henkel seiner Plastikbeutel reißen könnten, und kehrte um. Zu spät. Er hatte gerade das Fahrrad gewendet, da riss die Tüte der linken Seite, und eine Menge junger Kohlrabi, Möhrchen und Mini-Tomaten kullerten über das Pflaster. Drei Kilo Gemüse. Brenneisen fluchte und stellte das Fahrrad ab. Er bückte sich, um das Gemüse aufzuheben. Im nächsten Moment umfasste er mit der rechten Hand einen Turnschuh. Genauer gesagt den Nike Free TR Fit Breathe, er schätzte die Größe auf 38. Er kannte das Modell, denn eine Zeit lang hatte er erwogen, das entsprechende Gegenstück in männlich zu kaufen, sich aber dann für den besser gefederten Reebok entschieden. Sein Blick glitt an den schlanken, muskulösen Beinen hinauf, die zu dem Schuh gehörten und die bis zu den Knien von einer schmalen Laufhose bedeckt waren. Brenneisen richtete sich auf. Vor ihm stand eine brünette Dame mit Pferdeschwanz in Trainingsklamotten. Bis zu den Knöcheln im Mischgemüse. »Entschuldigung«, stammelte er und hob hilflos die Hände.

Die Schöne lächelte. »Ich schätze mal, bei Ihnen gibt's heute Abend Ratatouille«, sagte sie, während sie aus dem Gemüsehaufen stieg, so vorsichtig, als handle es sich um Küken.

»Wenn man das noch essen kann«, antwortete er und starrte ratlos auf den Boden. War das jetzt überhaupt noch bio?

»Ich dachte, bei Ihnen gibt's nur Torte«, sagte die Frau mit einem Schmunzeln. Brenneisen war überrascht. »Kennen wir uns?«

Sie deutete auf das Haus, das dem seinen gegenüberlag. »Nachbarn.«

Er nickte. Die Schöne hob die Hand zum Abschied und trabte davon. Brenneisen sah ihr nach und das Gemüse war ihm plötzlich einerlei.

BURGFRIEDEN

Lore stand auf der Balustrade des Burgfriedes, der sogenannten Weißen Rübe, und genehmigte sich eine Zigarette. Aus den Wiesen um die Burg herum krochen ein feiner Nebel und der Geruch nach Herbst. Die Luft war dunstig und ließ kaum weiter schauen als 200 Meter. Die Blätter hatten sich von einem Tag auf den anderen in flammendes Rot und Gelb verwandelt. Selbst durch den leichten Nebel leuchteten die Farben so unwirklich intensiv wie noch vor wenigen Tagen die Sommerblumen. Von unten zog eine dicke Rauchwolke nach oben. Die Menschen auf dem Burghof drängten durcheinander und brüllten, vereinzelt trappelten Hufe über das Pflaster. Es roch nach verbranntem Fleisch.

Die Weiße Rübe war der älteste noch erhaltene

Teil der Burg. Der Rest der als Veste bezeichneten Burgfestung hatte eine wechselvolle Geschichte hinter sich, seit Abt Marquard I. von Fulda zu Anfang des 13. Jahrhunderts entschieden hatte: Hier oben, auf der Spitze des Otzberges, ist die richtige Stelle für eine Burg. Und recht hatte er. Die Anlage war nicht nur weithin sichtbar, sondern erlaubte auch, die ganze Gegend zu überblicken, zu Zeiten, als dies noch lebensnotwendig war. Der Abt zu Fulda übergab die Burg an Konrad, den Staufer, Bruder des Kaisers Friedrich Barbarossa. 1244 war die Verteidigungsanlage dann so weit fertiggestellt, dass fünf Burgmannen mitsamt ihren Knechten die Anlage besetzen konnten. Die Burgmannen errichteten auch in der Ortschaft Hering Höfe, sogenannte Burgmannenhäuser, in denen sie lebten. Mit Schaudern dachte Lore daran, dass Edel und ihre Mutter eines dieser traditionsreichen Häuser bewohnt hatten.

Seitdem das Burgtor fertiggestellt war, wurde der Schlüssel unter den Fürstentümern weitergereicht wie ein Wanderpokal. Anfang des 14. Jahrhunderts gingen dem Kloster Fulda die Mittel aus, deshalb verpfändete Fürst Heinrich VI. von Hohenberg 1332 die Veste Otzberg an Werner von Anevelt und Engelhard von Frankenstein, die auf der Veste weitere Bauten ausführen ließen. In der Mitte des 16. Jahrhunderts wurde auch um das Dorf Hering eine steinerne Stadtmauer erbaut. Während des 30-jährigen Krieges quartierten sich ein bayerisches Corps mit

2000 Mann sowie kaiserliche und spanische Truppen im Raum Otzberg-Umstadt ein und belagerten die Veste Otzberg. Ein Jahr später kapitulierte die Besatzung der Burg. Die Veste und das Amt Otzberg sowie die Hälfte von Groß-Umstadt gingen 1623 wieder an Hessen, das sie als Entschädigung für erlittene Kriegsschäden erhielt. 1647 nahmen die Franzosen die Veste ein. Sie richteten sich auf der Burg ein und bedienten sich an den noch vorhandenen Lebensmitteln. Mit dem Westfälischen Frieden 1648 kam Otzberg wieder an die Pfalz. Später war die Burg Kaserne, dann Gefängnis, und in den 50er-Jahren des 20. Jahrhunderts eine Jugendherberge. Danach folgten einige beschauliche Jahre für Burg und Museum, in denen die Burg als Touristenattraktion von geringem Wert galt.

Mit der Angliederung des Gebiets an den Geo-Naturpark Bergstraße-Odenwald war es vorbei mit der Beschaulichkeit. Die Wanderwege waren alsbald so dicht bevölkert, wie die A5 zu Stoßzeiten. Die Ausstellungen wurden zum überregionalen Event hochgejubelt. Das traditionsreiche Mittelalterfest zählte in den letzten Jahrzehnten nicht mehr als drei Dutzend Besucher. Jetzt drängten sich die Fans aus ganz Deutschland auf dem Burghof, klimperten mit ihren Zimbeln und Schalmeien, feilschten um Gulden und Taler und brieten Ochs am Spieß.

Und sie verkauften Lavendelwein. Und Lavendelsäckchen. Lavendel war der Renner in dieser Saison. Nicht nur auf dem Mittelaltermarkt, sondern im ganzen Landkreis. Seit sich herumgesprochen hatte, dass ein genialer Kommissar in Darmstadt nur durch den Geruch des Lavendels einen Mordfall gelöst, eine lange Reihe vergangener Mordfälle geklärt und einen Ring von Scheinehe-Betrügern ausgehoben hatte, herrschte eine regelrechte Lavendel-Hysterie. In Darmstadt, so war Lore zu Ohren gekommen, verkauften sie sogar Lavendeltorte.

Selbstverständlich war auch Lore im Zentrum der Aufmerksamkeit. Lavendelzweige inklusive des Gestrüpps im Garten waren begehrt wie Trümmerteile der Berliner Mauer. Selbstverständlich rückte sie kein einziges Blättchen heraus. Den Furcht einflößenden Schopflavendel hatte sie ohnehin direkt nach ihrer Rückkunft aus dem Gefängnis mit der Wurzel beseitigt und diskret in einem Schuttcontainer entsorgt. Statt der blauen Büsche war es nun der Anblick der frischen Erde, der Lore jedes Mal mit Unbehagen erfüllte. Nachdem Lore öffentlich von jeder Schuld freigesprochen worden war, hatte es einen offiziellen Rehabilitierungsakt gegeben. Mit Vertretern der Gemeinde und dem frischgebackenen Landrat. Zwei Tage nach der Zeremonie hatte auch das Schlossgespenst vor ihrer Tür gestanden und mit dünner Stimme gebettelt, sie möge zurückkommen.

»Sie kennen sich doch am besten mit der Geschichte der Veste aus. Sie können doch die schönsten Dekorationen. Die Leute fragen nach Ihnen. Und ich vermisse Sie«, so lauteten seine Argumente. Lore hatte ihn ein bisschen betteln lassen und sich eine Wartezeit erbeten. Dann hatte sie an die Tür des Museums geklopft.

»Eine Bedingung«, so hatte ihre Forderung gelautet. »Keine Dekorationen.« Bei der letzten Ausstellung war sie nichts weiter als Aufsicht und Auskunft. Doch als der neuseeländische Tolkien-Verein eine Hobbit-Ausstellung im Museum installierte, hatte man sie so lange bekniet, bis sie schließlich mitgeholfen hatte.

Glücklicherweise war es ihr gelungen, sich den Kommissar mit dem Bartschatten vom Leib zu halten. Mehrmals hatte er versucht, Kontakt aufzunehmen. Ihren DNA-Test wollte er persönlich überbringen. Lore hatte dies als Einmischung in ihre persönlichen Angelegenheiten bezeichnet und auf einer Zustellung per Post bestanden. Edel war nicht ihre Schwester. Weder teilweise noch ganz. Die Idee mit der Verwandtschaft war ein Zeichen der Verblendung, die sie zu sechs Morden getrieben hatte. Lore besuchte sie trotzdem manchmal. Immerhin hatten sie ja nur sich.

Auf dem Burghof bereiteten sich nun die Reiter auf den ritterlichen Schaukampf vor. Die Hufeisen schlugen Funken auf dem Pflaster. Mit Pauken und Trompeten wurden die Reiterkämpfe angekündigt. Lore hörte noch nicht mal mehr den Wind, der hier oben pfiff. Deshalb konnte sie auch nicht sagen, wie lange der Mann schon hinter ihr stand, der sich jetzt bemerkbar machte. Sie hoffte, noch nicht, als sie vorhin im Schutz des Lärms einen kräftigen Rülpser ausgestoßen hatte, und sie hoffte auch nicht, als sie vorhin ein schimpfendes Gespräch mit sich selbst geführt hatte.

»Hier also verstecken Sie sich. Auf dem höchsten Punkt des Landkreises.« Es war der Kommissar, wie Lore feststellte. So bleich, dass der Bartschatten wie aufgemalt wirkte, an der Leine hielt er den Pudelmischling, der sie um Begrüßung bettelnd anwedelte.

»Hier dürfen Hunde nicht rauf«, sagte sie im besten Aufseher-Tonfall. Mit einer Menge kleiner Gesten versuchte sie zu wirken, als sei sie zu beschäftigt, um mit ihm zu reden.

»Ich wollte ihn nicht alleine lassen«, erwiderte der Kommissar und nahm den Hund auf den Arm. Lore wischte mit der Hand über das Geländer. »Wo ist denn sein Kompagnon?«

»Verstorben«, sagte der Kommissar, wobei sich sein Blick irgendwo am Horizont verlor.

Lore hielt eine Schweigeminute für angemessen, während der es in ihr arbeitete. Dann seufzte sie. »Kommen Sie«, sagte sie schließlich und ging vor ihm die steile Treppe hinunter.

SPÜRNASEN

Auf ihrer Terrasse war vom Lärm auf dem Burghof nichts zu hören. »Kaffee?«, hatte Lore angeboten, doch nachdem Otto unbestimmt genickt hatte, war sie mit einer Karaffe Lavendelwein zurückgekehrt, und nun saßen sie auf der Terrasse und lauschten dem milden Herbstwind, der mit dem Weinlaub spielte. Nach wenigen Schlucken machte sich in Lore eine heitere Gelassenheit breit.

»Es war ein großartiger Hund«, sagte sie und bereute es gleich wieder. Denn die Augen des Kommissars bekamen im Abendlicht einen verdächtigen Schimmer.

Nach einer Weile des Schweigens ergriff er das Wort. »Lavendel ist jetzt groß in Mode«, sagte er und schwenkte dabei die goldgelbe Flüssigkeit in seinem Glas.

»Ich weiß«, gab sie zurück. »Man hat mich gebeten, ein Buch mit Lavendel-Rezepten zu verfassen.«

Er sah sie von der Seite an. »Und?«

»Ich habe gefragt: auch die tödlichen?« Dazu stieß sie ein etwas zu lautes Lachen aus, woraufhin Otto sie mit merkwürdigem Blick musterte.

»Werden Sie das Grundstück nun verkaufen?«, fragte er und ließ Peppy von seinem Schoß springen. Lore betrachtete ihn skeptisch. »Die Gemeinde hat derzeit andere Sorgen, zum Beispiel den Skandal um den korrupten Landrat …«

Otto griff in seine Tasche, holte ein Döschen heraus und steckte sich eine winzige Menge Tabak unter die Oberlippe. »Aber das Projekt läuft weiter. Das Grundstück wird Ihnen eine schöne Summe einbringen.« Sie leerte ihr Glas und starrte auf den Boden.

Mit aufwallender Heiterkeit sah sie ihn an: »Möchten Sie etwas von meinem Lavendel? Die Leute sind derzeit ganz wild drauf.« Er nickte zögernd. Lore sprang auf. Sie griff nach der Gartenschere und durchquerte die Dornen. Die vielen Besuche, die sie dem Beet in den letzten Tagen abgestattet hatte, hatten den Pfad wieder freigelegt. Peppy begleitete sie und streifte um ihre Beine. Unten im Garten sah sie sich nach ein paar Zweigen um. Der Lavendel war bereits fast abgeblüht, sie umrundete weiträumig die frisch aufgewühlte Erde und durchstreifte die Sträucher auf der Suche nach geeigneten Blüten. Schließlich hatte sie ein paar Zweige ausgewählt, die noch ein Weilchen blühen würden. Sie schnitt sie vorsichtig ab, nicht zu lang, aber lang genug, dass er sie bündeln und in eine Vase stellen konnte. Ob der Kommissar mit dem Bartschatten überhaupt eine Vase besaß? Vielleicht konnte sie ihm eine mitgeben. Eine alte von Oma Kukuk. In Gedanken ging sie die Schränke durch. Ein schrilles Kläffen riss sie aus ihren Gedanken.

Lore dachte zunächst, es sei der Köter vom Nachbargrundstück, doch dann fiel ihr ein, dass Peppy ihr in den Garten gefolgt war. Peppy, der Spürhund. Mit wenigen Sätzen war sie am Beet mit der aufgewühlten Erde. In die hatte sich der Hund bereits tief eingewühlt, Fell und Schnauze waren bedeckt mit brauner Erde. Lore überlegte, dem Tier einen Tritt zu verpassen, um ihn in großem Bogen aufs Nachbargrundstück zu befördern. Doch der Kommissar stand schon neben ihr.

»Was ist los?«, fragte er. Er ging in die Hocke und schob den Hund beiseite. Aus der braunen Erde blitzte etwas Weißes. Stücke eines Gerippes. Lore spürte, wie ihre Knie nachgaben, und ging langsam zu Boden.

Als sie erwachte, war alles um sie herum Nebel. Das also war das Paradies. Weiß und ein ungesund sauberer Geruch. Lore sah alles wie durch eine helle Wolke. Durch die Wolke schien jetzt etwas Dunkles. Sie erkannte eine menschliche Gestalt. Vielmehr eine männliche. Und dann den Bartschatten. »Wo bin ich?«, fragte sie verwirrt.

Es stellte sich heraus, dass Lore sich im Groß-Umstädter Kreiskrankenhaus befand. Der Kommissar hatte sie nach ihrer Ohnmacht dorthin gebracht. Allmählich kam die Erinnerung zurück. Lore erinnerte sich an das Gerippe. An Omas Geheimnis. Sie schloss die Augen. Jetzt war alles aus. »Das Grab«, murmelte sie und fiel zurück in einen nachtschwarzen Schlaf.

ORDNUNG MUSS SEIN

Otto saß an seinem Schreibtisch. Zu seinen Füßen Spürnase Peppy. Er hatte beschlossen, für Kauka keinen Nachfolger zu besorgen, sonst wäre sein Leben eine Endlosserie von Hundeschicksalen, die sich aneinanderreihten. Außerdem hatte sich der alte Herr mit diversen Einsätzen den Platz im Polizeipräsidium verdient und begleitete nun Otto täglich zum Dienst. Während Terminen, zu denen er nicht mit konnte, kümmerte sich die Sekretärin der Abteilung um ihn. Otto blickte auf seinen Schreibtisch und sortierte die neuesten Fälle: Eine junge Frau wurde vermisst und ein Drogenring in Darmstadt war hochgenommen worden. In diesem Moment kam Brenneisen zur Tür herein. Seit seine Scheidung lief, strotzte er geradezu vor Energie und Gesundheit. Möglicherweise kam das von dieser Marathonläuferin, mit der er jetzt seine Freizeit verbrachte. Otto war zufrieden, Brenneisen war hochmotiviert und löste die Fälle schneller, als sie auf den Tisch kamen.

»Das soll ich Ihnen bringen, Chef«, sagte er und legte Otto ein Din-A4-großes Blatt auf den Tisch. Es kam aus dem Labor. Otto überflog den Text. »Gut, Brenneisen«, sagte er. »Lassen Sie es hier.« Aus dem Augenwinkel nahm er Brenneisens prüfenden Blick wahr.

Lore stand auf der Terrasse und starrte auf die Grube, die die Spurensicherung nach der Aushebung des Gerippes hinterlassen hatte. Der Wind wirbelte Staubwolken der aufgewühlten Erde vor sich her. Je weiter der Herbst fortgeschritten war, desto mehr dominierte der Wind mit seiner Unberechenbarkeit. In einer Minute strich er noch sanft um die Farbenpracht der Bäume, die sich mit keinem Malkasten festhalten ließ, im nächsten Moment riss er die Blätter entschlossen vom Ast und fegte sie Hunderte Meter weit über die abgeernteten Felder. Die Lavendelbüsche waren ausgegraben und lagen mit nackten Wurzeln auf der Erde.

Der untere Teil des Grundstücks war verkauft, für das Geld hätte Lore eine Berliner Mauer um ihren restlichen Garten bauen lassen können. Aber es zeigte sich, dass eine dichte Hecke völlig ausreichte, sie vor den Blicken neugieriger Wanderer zu schützen.

»Wohin mit dem Lavendel?«, rief der Neffe und packte die ausgegrabenen Stauden.

»Hierhin«, rief Lore und deutete auf die bereits ausgehobenen Gruben direkt vor der Terrasse. Der Neffe, ausgerüstet mit Spaten und Gummistiefeln, machte sich an die Arbeit.

Mandy und Achim kamen jetzt öfter zum Kaffee vorbei. Der Neffe hatte sich bereit erklärt, ihr beim Bepflanzen des Gartens zu helfen, und mit seinen kräftigen Muskeln bereits den gesamten Garten umgestochen. Lore wollte Schluss machen mit der Vergangenheit, dem Gestrüpp und den Erinnerungen. Jetzt wurde der Garten neu bestellt. Nichts mit Dornen, nichts mit Gift. Nur noch Pflanzen, die blühten und dufteten. Vielleicht etwas Gemüse. Ein Windstoß fegte vom Garten herauf und erwischte das Blatt, das auf dem Terrassentisch gelegen hatte. Otto, der gerade mit einem üppigen Stück Kirsch-Streuselkuchen beschäftigt war, sprang auf und lief ihm hinterher. Es segelte mitten in den frisch umgewühlten Boden. Lore hob das Blatt auf und las wieder das Beamtendeutsch.

›Betrifft Fundsache AF4567/D, Knochenfund auf dem Grund der Lieselore Kukuk, Hering.

Die Untersuchung von Bestandteilen der vorliegenden Knochenproben ergab, dass es sich bei dem Fundstück um eine Verbindung aus Kalk und Phosphorbestandteilen handelt, somit um Knochenmaterial. Eine genaue Analyse von Form, Umfang und Gewicht hat ergeben, dass es sich bei den Knochenstücken um Überreste des Gerippes eines Deutschen Schäferhundes handelt.‹

Die Überreste des alten Rex, des Schäferhundes, der den Reden von Opa Gersprenz so hingebungsvoll gelauscht hatte. Zwei Wochen, nachdem Opa Gersprenz sie verlassen hatte, war das Tier verstorben. Die Hundeleiche hatte Oma damals unter dem Lavendelbusch vergraben. Omas Geheimnis. Lore hatte darauf verzichtet, Otto zu erklären, dass sie jahrelang Opa Gersprenz unter dem Lavendelgebüsch vermutet hatte. Die saftige Strafsumme, die ihr das Ordnungsamt für die unsachgemäße Beseitigung von Tierkörpern aufgebrummt hatte, wurde sofort beglichen.

»Du kannst Einspruch erheben«, hatte Otto sie aufgeklärt, »das Gesetz war damals noch nicht in Kraft.« Doch Lore hatte mit Freuden gezahlt. »Ordnung muss sein«, war ihre Begründung. Sie wollte nicht noch in die Verlegenheit kommen, Bodenproben einreichen zu müssen.

Sie legte das Blatt zurück auf den Terrassentisch. Als sie Peppy bemerkte, der bereits wieder die Nase in die Erde steckte, wurde Lore beklommen zumute. Ganz offensichtlich hatte er schon wieder etwas entdeckt, denn er grub wie besessen. Lore seufzte. Hörte das nie auf? Otto sprang von seinem Stuhl auf, um nach dem Hund zu sehen. Als er ihn hochhob, entdeckte er, dass der Pudel ein Maulwurfsnest ausgebuddelt hatte. Die kleinen, kaum mehr als wurmgroßen Maulwürfe wedelten blind mit ihren kleinen Schaufeln. Otto legte den Hund an die Leine. »Ich frage mich, was hier noch alles vergraben liegt«, sagte er lachend, während er das Maulwurfsnest wieder sorgfältig verschloss.

»Du würdest mir sowieso nicht glauben«, gab Lore zurück und schenkte von dem Lavendelwein nach. Otto hielt das Glas gegen das Licht, der Inhalt fing die Herbstsonne ein.

»Durch dich ist der Lavendel berühmt geworden. Aber auch berüchtigt«, sagte Otto.

Lore nahm einen tiefen Schluck aus ihrem Glas. »I wo«, sagte sie. Mit Lavendel tötet man nicht.

Mit Lavendel beginnt man etwas Neues.

ENDE

WARNHINWEIS (BITTE ERST NACH DER ROMANLEKTÜRE LESEN)

Bitte probieren Sie keines der Rezepte von Oma Kukuk aus, wenn Sie nicht auf dem Tisch eines forensischen Toxikologen landen wollen. Viele der beschriebenen Pflanzen und Wirkstoffe sind ohnehin ausschließlich in Lore Kukuks Garten zu finden. Und den suchen Sie auf der Veste Otzberg vergeblich. Genauso wie das Schlossgespenst, den Wanderpfad, die Post in Hering oder das Polizeipräsidium mit Rechtsmedizin im Darmstädter Schloss. Auch viele der im Roman beschriebenen Wirkstoffe sind rein meiner blühenden Fantasie entsprungen. Dennoch danke ich Ute Willig-Hunold, die mich geduldig in allen Fragen zur Pharmazie beraten hat, und Dr. Jörg Röhrig von der Rechtsmedizin der Uni Mainz für das inspirierende Gespräch in Sachen Vergiftungserscheinungen. Danken möchte ich auch Thomas W. für die Selbstversuche und dem Team vom Gmeiner-Verlag, insbesondere meiner Lektorin Claudia Senghaas, für die tolle Betreuung. Entschuldigen möchte ich mich beim Schopflavendel.

Zur Recherche habe ich u.a. folgende Buchtitel genutzt:

Gerti Samel, Gesund und schön mit Lavendel

Sebastian Kneipp, Pfarrer Kneipps Hausapotheke

Peter Schönfelder, Der neue Kosmos Heilpflanzenführer

Angelika Prentner, Bewusstseinsverändernde Pflanzen von A-Z

Stefan Haag, Liebeskraut und Zauberpflanzen

Weitere Romane finden Sie auf den folgenden Seiten und im Internet:

WWW.GMEINER-SPANNUNG.DE

Unser Lesermagazin

2 × jährlich das Neueste aus der Gmeiner-Bibliothek

Das KrimiJournal erhalten Sie in Ihrer Buchhandlung oder unter www.gmeiner-verlag.de

24 x 35 cm, 40 S., farbig; inkl. Büchermagazin »nicht nur« für Frauen und HistoJournal

GmeinerNewsletter

Neues aus der Welt der Gmeiner-Romane

Haben Sie schon unsere GmeinerNewsletter abonniert?

Monatlich erhalten Sie per E-Mail aktuelle Informationen aus der Welt der Krimis, der historischen Romane und der Frauenromane: Buchtipps, Berichte über Autoren und ihre Arbeit, Veranstaltungshinweise, neue Literaturseiten im Internet und interessante Neuigkeiten.

Die Anmeldung zu den GmeinerNewslettern ist ganz einfach. Direkt auf der Homepage des Gmeiner-Verlags (www.gmeiner-verlag.de) finden Sie das entsprechende Anmeldeformular.

Ihre Meinung ist gefragt!

Mitmachen und gewinnen

Wir möchten Ihnen mit unseren Romanen immer beste Unterhaltung bieten. Sie können uns dabei unterstützen, indem Sie uns Ihre Meinung zu den Gmeiner-Romanen sagen! Senden Sie eine E-Mail an gewinnspiel@gmeiner-verlag.de und teilen Sie uns mit, welches Buch Sie gelesen haben und wie es Ihnen gefallen hat. Alle Einsendungen nehmen automatisch am großen Jahresgewinnspiel mit attraktiven Buchpreisen teil.

GMEINER SPANNUNG

WWW.GMEINER-VERLAG.DE

Wir machen's spannend